誰にも出来る殺人／棺の中の悦楽

山田風太郎ベストコレクション

山田風太郎

角川文庫
17033

目次

棺の中の悦楽

誰にも出来る殺人

女をさがせ

プロローグ

寂しい雨のふる或《あ》る午後、私はそのアパートに引っ越してきた。

アパートの名は、「人間荘」といった。

だれが、こんな――平凡すぎて、あまりにも意味ふかい名をつけたのか。それにしては、これは貧しい、わびしい場末のアパートであった。おそらく、戦後まもなく作られた安普請であろう。外の板壁にぬった青いペンキはまだらに剝《は》げおちて、枯葉をあちこちにコビりつかせたまま、腐ったような色をしていた。

玄関ともいえない玄関を入る。左側に五つ、右側に二つの部屋、その奥に便所と炊事場と二階にのぼる階段がある。ガスの出る炊事場は、このアパートじゅうにこの一個所しかないのである。したがって、各部屋々々で食事をつくるとみえて、廊下には七輪や炭俵や野菜などがゴタゴタとつまれて、そうでなくてさえ、まひるからでもうすくらがりの足もとは、よろめくようにして歩かなければならない。

いちばん奥に階段がある。途中のせまい踊場から折れて二階にのぼる。この部分だけが、二階の天井までつつぬけだ。階段の手すりはひどくいたんで、グラグラとうごき、あちこちスッポリはずれそうだった。

二階には九つの部屋がある。階下の便所と炊事場にあたる二階が部屋になっているから、二つだけ多いのである。

私は、その階段のすぐまえの十二号室に入った。それが私の借りた部屋だったのだ。あかちゃけたたたみのうえに、私のトランクをおいて、それに腰をかけた。

どういうわけか、アパートは、まるで人間がいないかのようにヒッソリとしていた。くびをたれていると、窓の外の雨の音ばかりが部屋に満ちる。……となりの十一号室のひとも留守なのだろうか、いまドアの外の標札に「志賀悠子」とかいてあるのをみたが、コトリという音もしない。

じっとそうしていると、遠い旅からかえってきたような疲労の底から、やがてほの明るい安らぎの思いが心をひたしてきた。……顔をあげると、雨は霧のように細くなって、やがてあがってゆく気配である。

私は、フと立ちあがって押入れをあけてみた。なかはむろんガランドウだが、湿っぽい冷気のなかに、なにかなまぐさいような匂いがする。この部屋に、私のまえに住んでいたのは、どんなひとであったろう？

ふと、私はうすぐらさになれた眼をあげて、押入れの奥の壁に妙なものを見つけた。隅にほそくあらわれた柱と壁のあいだがひどくはなれて、そこから黒い三角形がチョッピリのぞいているのだ。

手をのばして、ひきずり出してみると、それはノートの隅ッこだったことがわかった。厚い一冊のノートが、その割れめにさしこんであったのである。

窓ぎわにもっていって、パラパラとめくってみると、その厚いノートには細字でビッシリと何やらかきこんである。二、三百頁もありそうなノートの余白は、ほんの十枚くらい残っているだけだった。

まんなかあたりに、「新しき住人、ようこそ」という文字がみえた。またその前後に、「第三の間借人」「第四の間借人」などという文字もみえた。そして、あちこちと、インクの色も書体もちがうようである。

「おや？」

私はいちばんはじめを見た。

「新しき住人、ようこそ」

と、ここにもある。そして三十枚ほどめくると、「第一の間借人」とかいてあった。

これは、どうやら、この部屋に住んだ代々のひとの書きのこしていったものらしい。……世にも物好きな、そしておかしな連中があったものである。

私はトランクを窓ぎわにはこび、それにもういちど腰をおろして、その黒いノートを第一頁から読みはじめた。……読んでいるうちに、しだいに私の瞳《ひとみ》はひろがってきた。

それはなんというふしぎな記録であったことか、そうして、なんという哀しい、恐ろしい、涙と笑いと血にいろどられた人生の記録であったことか！

私は、じぶんの入ってきたのが、まさに「人間荘」であったことを知ったのである。

一

新しき住人、ようこそ。

ぼくはこの部屋の第一の間借人である。むろん、第一といっても、このアパートが出来て最初の間借人というわけではない。管理人にきくと、出来てから六、七年たっているそうだが、天井は雨もりだらけ、廊下は泥と油にぬれひかり、階段の手すりにいたっては、芝居の小道具然として、移動自由といってもいいくらいのありさまだから、この部屋だって、来りまた去った人は何人あるかしれやしない。……ただ、こんな手記をのこす一番目の男という意味だ。もっとも君が、第二の記録者になるかどうかは、むろん君の自由である。

君はどんなひとなのだろう？……なぜか君は、ぼくに似た人であるような気がする。十ヵ月まえ、ここに来たときのぼくのように、不安と希望にもえた貧しい学生のような気がする。

だから、ぼくは君に、このアパートの人々についての予備知識をふきこんでおいてあげたいのだ。……そうしてまた、この十ヵ月のあいだにぼくが知った人間というものの予備知識を。

いいや、ほんとうはそうではない。ぼくはただだれかにしゃべりたいのだ。けれど、ぼくはこれを公表するわけにはゆかない立場にあるし、また明日いそいでこのアパートからゆくえも知れぬ旅に出なければならない運命にある。心は暗く、気はいそぐのだ。それにもかかわらず、ぼくはこれを書きのこしてゆかずにはいられない。——その半面、どうぞこれがだれにも発見されないようにと、押入れのひびに押しこんでゆくつもりなのだが。

ああ、ぼくはこんなことをクドクドかいている余裕はないのだ、ただもし君が読んでくれさえしたら、このぼくの複雑な心情を理解してくれるにちがいない。

さて、何から書いてゆこうか。

十ヵ月まえ、ぼくはここに、貧しい、けれど希望にもえた夜学生として入ってきた。ぼくの田舎の家はまずしかったが、ぼくは学問をしたかった。それで、はじめ或るオモチャ製造工場の配達係にやとわれて、夜タイピスト学校にかよった。それから或る製鋼会社の英文タイピストに採用されて、いま夜はT大学の第二経済学部に通えるようになったのだ。苦しくはなかった。すべては計画どおりであった。

ただ、少し寂しいことは事実だった。勤め先ではほんとうの友人はできなかったし、夜学では、ぼく以外の人はみんな疲れていて、話すらも交す余裕はなかった。

ここにきて、うれしかったのは、となりの十一号室に志賀悠子さんの住んでいることを知ったことだ。

君はもう見たか、美人だろう。聖処女のようだろう。ぼくはいつかバイブルを売りに来た西洋人の若い尼僧をみたことがある。そのときはじめて西洋に「聖処女」という思想の生じてきたゆえんを知った。その尼僧は、それほど人間ばなれのした透明な清麗さをそなえていた。しかしぼくは、同時に日本に「聖処女」という思想のなかったこともなるほどと思った。

……ところが、ぼくははじめて見たのだ！　それに値する日本の女性を！

もっとも、志賀さんは、年はぼくより六つ七つ上だろう。しかし、年など問題ではない。むしろ軽はずみな二十歳前後の娘には決してみられない、沈んだ、やさしい、母性的な美しさがあのひとにある。ぼくは、ひと目みたときから、あの汚ない廊下にひれ伏したいような気持になった。

よくあんなひとが、こんな貧しいアパートに住んでいたものだ。まさに、泥中の蓮《はちす》だ。いいや、廏《うまや》のマリアだ。……あのひとは、幼稚園の保母をしているということだ。しかし、夜はおそい。ときには帰らない夜もある。どこか造花の夜業をしているうちがあって、志賀先生は、ときどき貧しい子供たちをたすけるためにそこへ働きにいっているらしい。

さけび声をたてたくなるくらい感動しながら、そのわりにぼくは志賀さんと話を交わしたことはない。彼女は、ほのかな笑顔であいさつくらいはするけれど、口の重いほうらしいし、ぼくはぼくで、彼女と顔を見合わせただけで、全身がぼうっと靄《もや》につつまれたようなかんじになったり、息がつまったりするのをかくすのに懸命だったのだ。

彼女とひとことでも交わした日は、それだけで心が洗われたようで、ヒューマニスチックな気分になった。人々がみな善人にみえ、また悪い奴には憐愍《れんびん》の念を起させた。

この二階の住人たち——八号室の雑誌記者青沼君のつつましやかな生活、九号室の人形づくりの木室老夫妻の脱俗の心境、十号室の脇坂氏の古本蒐集《しゅうしゅう》という高雅な趣味、廊下をへだてて十三号室の盲人のきのどくな運命、十四号室の座光寺君の洗練された洋服、十五号室の椎名さんの謙虚さ、十六号室の仁木氏のつむじまがり。——すべてに神の祝福あれ。

このなかで、いちばんはじめに口をきき出したのが、十五号の椎名さんだ。

まえはきっといい男だったにちがいないが、まだそれほどの年ではないのに、ひどくやつれて、おびえたような眼をしている。ひとをみればおじぎばかりしている。毎日、埃《ほこり》だらけのくたびれた洋服の背をまるくして、セカセカとどこかへ出かけてゆく。きっと職さがしだろう。……とぼくは思っていた。

それが、そうでないことがわかったのは、或《あ》る雨の夕方だ。彼はオドオドとぼくの部屋に入ってきて、週刊雑誌でもあったら貸してくれといって、それからなんとなく身上話になった。

「どうです、仕事はありましたか」

と、ぼくはきいた。というのは、どんな時代だって、男一匹、働く仕事がないはずはない、ぼくをみるがいいと、椎名さんを歯がゆく思っていたからだ。

するとと、椎名さんは、うつむいて、小さな声でこたえた。

「ぼくは、女房をさがしてるんです。……」

「へえ？」

ぼくはマジマジと相手を見つめた。しおたれた髪、たえずキョトキョトとして憑《つ》かれたような眼——学生のぼくにも、なるほど奥さんににげられそうな顔だと、あらためて感服してながめられた。

「そうですか？　いやどうも何かをさがしていらっしゃるように見えたんですが、そうでしたか？　いったい、どうしたんです？」

椎名さんは、はっとしたように眼を空にそらしたが、やがて肩をおとして、

「ぼくは、実は軍神《ぐんしん》なんでしてね。……」

「へえ？　グンシンってえと……」

「神さまですよ。ぼくの故郷には、ぼくの墓が立っているのです。噫《ああ》軍神椎名大尉之墓、とね」

「あなた……じゃあ、死んじまったのですか？」

「ええ、こうみえて、神風特攻隊のなれのはてで……当時の新聞に、二階級特進の軍神としてはなばなしく出てしまったんだそうです。それが、こうしていまも生きているんです。つまり、不時着して、捕虜になって……戦後かえってきたら、出征まえ、一ヵ月しか甘い

夜をすごしたことのない愛する妻は、どこかに行方不明になっちまっていたんです。……」

「行方不明？　どこへ？」

「それがわかってりゃあ、こうして足を棒にして探してやしませんさ」

ぼくに、あたまをかくのを忘れさせるほど、ふしぎな常人ばなれした眼つきで、椎名さんはつぶやくのだった。

「ねえ、君、どっかで……色白の、まるい頬っぺたをした若い母親が、二つくらいの女の子を乳母車にのせてあるいているのをみたことはありませんか？　それがぼくのどっかにいっちまった女房と子供なんですが。……」

二

「あはははははは、デタラメだよ。嘘ッぱちだよ」

と、階下の二号室の高力さんは、ほそい金属的な声で笑った。

「かんがえてもみたまえ。愛する妻と二つくらいの女の子だって？　出征するまえ一ヵ月ほど暮しただけの女房から生まれた子供なら、いま二つくらいのわけはないじゃあないか」

「どうもおかしいとはぼくも思いましたがね」

あれから二、三日たった或る夜、夜学からかえってきてからである。

ラジオを貸してくれといってやってきた高力さんとぼくは話した。高力さんは小説家だそうである。高力雨太郎、どうもきいたことがないが、実際にぼくは、分厚い原稿持参で訪問をうけて、ながながと悲壮な声で朗読をはじめられて弱ったことがある。面白いにも、面白くないにも、ねむくってねむくって、死ぬ思いだったのだ。

「どういうわけかね。このアパートには、どうもオカしいのが多いよ」

と、高力さんはたばこを輪に吹いた。ぼくからみれば、高力さんだってオカしい組の旗がしらだ。

「そりゃあね、あの椎名とかいう男の話じゃない。となりの——ほら、十三号室の住人の話だよ」

「あの——山名とかいう——」

「そう。だいぶまえ、ぼくは山名さんからその話をきいたんだが、その話をあいつもきいたんだろうね。あの山名さんは、しゃべりたがらないたちだから、ひょっとすると、ぼくが話をきいたとき、となりで立ちぎきしていたのかもしれん」

山名さんは、盲目だ。生まれついての盲人でないことは、その動作がまだだいぶ不自由なところからもわかる。といって、ごく最近眼が見えなくなったのでもないらしい、からだつきからみるとまだ三十代だが、顔は半分やけただれ、ひきつって、年のころもわからない。あんまをしているわけでもないし、何をして食べているのか知らないが、少々の貯えはあるとみえる。高力さんのいうように、沈黙家どころか不具者特有のぶきみな感じがあって、それにぼくの十二号室と山名さんの十三号室は、廊下をへだてて東西両端にあるから、ふだん話したこともない。

「へへえ、ひとの話を借用したんですか。ひどいひとだな」

「借用もいいが、借用のしかたに空想力が足りないね。剽竊《ひょうせつ》するには、原作者以上の空想力がなければ、剽竊家の資格はないいんだが」

「というと？」

「実はぼくも、山名氏の話を借用しようと思ってるんだよ。小説をかこうと思ってるんだよ。きみ……A新聞で、百万円懸賞で長篇小説を募集しているのを知ってるだろ？」

「さあ、ぼくはその方にはサッパリ能がないので、記憶もありませんが……」

「百万円だ。百万円ありゃ、ちょっとしたうちが買えるからな。そうしたら、田舎から女房を呼んで、こんなボロアパの独身生活にサヨナラだ」

「ボロアパ？」

なるほどこのひとは、空想力旺盛《おうせい》だ。もう当選にきめている。ぼくはひとごとながら、少々しんぱいになった。

「高力さん、ぼくは小説なんてものには門外漢で、こんなことをいうと笑われるかもしれませんがね。山名さんの話というと——山名さん、特攻隊だったんですか？」

「本人はそういうがね。不時着して、捕虜になった。あの顔のやけどは、そのときに受けたものだっていってたよ」

「そうですか。そりゃきのどくですな。きのどくですけれどね、そうしてもどってきて、行方不明の妻子をさがす――すこし話がありふれすぎていやしませんか？ それで長い小説になるんですか？」

「うん、きみ、なかなか話せるじゃないか」

と、高力さんはひざをのり出した。ぼくは、しまった、また小説の話か、とほぞをかんだが、もう間にあわなかった。

「それだけじゃ小説にならんさ。そこが空想力さ。いいかね、このありふれたプロットから発して、堂々たる人間の悲劇を描くんだ。ぼくは男の運命と女の運命を、縄のごとくよりあわせてゆこうと思う。いいかね？」

「そういうわけでもありませんが。……」

「へんないい方だな。いいかね、男は学徒兵さ。青春をあげて祖国の難におもむいた群像の一人さ。この群像を無邪気に描けば描くほど、悲壮感があるね。その特攻隊の基地ちかくにひとりの少女が住んでいる。そして彼と彼女の魂が相寄るんだ。そのもとは、事故のために重傷をうけた彼が、偶然のことからその娘の輸血で救われる事件なんだが、そこからふたりの恋がはじまる。おさない、けれど神々しい恋がね」

「…………」

「出撃前夜、少女ははじめて彼に処女をささげる。彼に処女をささげることは、すなわち祖国に処女をささげることさ。そして、その翌日、彼は嬉々《きき》として蒼空の果てへとび立ってゆく。……」

「………」

「ところが、男は死なない。不時着して、重傷をうけて、捕虜となる。自殺をはかってとめられ、アメリカの収容所に送られる。そして、日本が降伏する直前に、必死の冒険を敢行して脱走する。それ以後の苦労で、眼をわるくしてしまうんだ。しかし、そこで一神父に救われて、かくまわれる。それから、十年――彼は、祖国とあの少女を恋うて、日本にかえってくる。……」

「山名さん……そんなひとだったんですか？」

「ううん、まあ、これに似たようなことはしゃべったがね。これだけじゃつまらん。これからはぼくの空想さ。そこで、両人がいろいろとスレちがって……」

「女はどうなったんです？」

「や、のり出してきたね。そうこなくっちゃ、話し甲斐《がい》がない。小説のプロットを、書くまえにしゃべると、情熱が蒸発してしまうから、ぼくは出来るだけ避けたいんだが、ほかならぬきみのことだから、内輪の話だがおしえてあげる。女は……淫売婦《いんばいふ》になってるんだ」

「そりゃひどい」

「そこがぼくの辛辣《しんらつ》なる人生観のあらわれさ。彼女はひそかに、じぶんは軍神の妻だと思っている。しかし彼女は軍神自身ではなかったのさ。だから、敗戦後の濁流のなかに、苦しみ、疑い、あえぎ、もだえて、結局堕落してゆくのだよ」

「――男は？」

「男も結局、敗残の身をふるさとへはこんでくる。じぶんを軍神とする墓のまえに佇《たたず》む。小学生たちがまわりに遊んでいる。ときどき、墓標の文字を愛らしい声で読む。彼は、日もすがら、そこに立ちつくしている。……」

こういうときは、高力さんもほんものの眼つきになっている。いや、ほんものかどうか、ぼくは小説家を知らないが、ほんものの小説家も、きっといまの高力さんのような眼つきになると思う。

「それで？」

「その幻の墓のとおりに、そこで死ぬんだ」

「しかし、女は――」

「おなじころ、女も、病毒にくされはてて、一病院の窓から、まっかな落日を見ながら、息をひきとってゆくんだ。眼に、曾《かつ》ての彼女の神を見つつ、耳に、曾ての彼女の神話をききつつ。……」

「そして？」

「そして、新聞には、住所姓名不明の男が、軍神云々《うんぬん》の墓のまえでゆきだおれて死んでいたことが三行で出る。女のことは、一行も出ない。――終り」

「どうも、あんまり悲劇的ですが……ちょっと、いいですね。高力さんを見直しましたよ」

「ばかにしちゃいけない。どうだ、いいだろ？　さあ、おれは書くぞ。百万円だ。百万円もらわなくっちゃ、おれ自身がゆきだおれになりかねない。……」

高力さんが、いきなり大俗物《だいぞくぶつ》に還元したので、ぼくはガッカリした。

「それじゃあ、きみ、ラジオを借りてくぜ」

「ラジオ……ああ、その用でしたね。そりゃかまいませんが、高力さん、ラジオなんかきいてちゃあ、小説がかけないでしょう。それとも何かその小説かくのに、今夜の番組が必要なんですか？」

「とんでもない。ジャズをきくんだよ」

ジャズといまの小説とは、あんまりかけはなれているようだ。

「いいや、ただ大騒音が必要なんだ。小説かくためにね」

「なぜ？」

高力さんはながい髪をかきあげ、急に椎名さんみたいにおびえた眼つきになった。

「毒を以《もっ》て毒を制するためさ」

「なんのことです？」

「ぼくの部屋にきて見りゃわかる」

彼は、ぼくの机の上の置時計をちらっと見た。

「もう、そろそろ、その時刻だろう。きみ、知りたかったら、ぼくの部屋にきてみたまえ。そして、あの声をきいて見たまえ」

「あの声？」

ぼくは、けげんな顔で、高力さんといっしょに廊下を出た。

階段のところで、下からあがってきた山名さんに逢《あ》った。山名さんは、盲人のくせに、すこしまえから眼帯をつけていた。このひとは、いつもこの時刻、便所にゆく。このアパートは階下にしか便所がないので、達者な人間でもわずらわしいが、まして盲人では、ほんとうに一苦労だろう。

夜ふけのことではあり、半顔やけただれて、醜怪といっていい山名さんの顔は、ふだんならゾッとして身をひくのだが、今夜はさっき高力さんの話をきいて、シメッぽい気持になっていたところだから、ぼくは山名さんの手をひき、グラグラする手すりをささえてやった。

三

小説家高力雨太郎氏の二号室は、玄関を入って左側、一号室とならんでいる。百万円がまだもらえない現在では、ぼくの部屋よりもっと貧乏くさい。だいいち、ラジオもないし、本だって、夜学生のぼくなんかよりもっと少ない。

しかし、机の上にはたしかに原稿用紙がひろげてあるし、柱には「一日三十枚！」とかいた紙と、一ト月ほどあとの月日をかいた紙がはりつけてあった。一日にかくべき小説のノルマと、おそらくあの懸賞小説の〆切《しめきり》の日付だろう。

「あの声？」

と、ぼくはいいながら坐《すわ》ろうとした。

「しいっ……もうはじまっている！」

と、高力さんは手をふった。

「なにが？」

「しいっ……あの声をきけ！」

ぼくはそのときふしぎな声をきいた。

はじめは、犬のうなり声かと思った。それはひくくむせぶようで、やがて波打ち、たかまり、ヒーッというようなさけびでとぎれる。それからまたひくくすすり泣きがはじまり、あえぎが高潮してゆく。……女の声だ。

それは、じっときいていると、こちらの胸をかきむしり、下腹部を充血させ、あたまをジーンとしびれさせてくる声だった。

はじめてきく、そんな異様な女の声であったが、それが何を意味するのか、たちまちぼくにはわかったから、人間の本能とは恐ろしいものじゃないか。

「きみ、わかるか？」

と、高力さんがひきつッたような笑顔をむけた。

「三号室ですね」

ぼくのあたまに、三号室の夫婦の姿がうかんだ。

たしか、刈部といった。亭主は何をしているのか、えたいのしれない男だが、小柄だがあぶらぎって、精力絶倫といった感じだ。声まで精力にはねかえるようで、ゲラゲラと金歯を出してよく笑う。

そして、細君の方は——これは大柄で、まっしろなツヤツヤした肌をしている。なんか、眼からも唇からも、ポタポタと液汁がしたたりそうな女だ。まず、美人といってよく、ムッチリした腰をひねってあるく姿をうしろからみていると、へんにあたまがモヤモヤとしてくるような女なのだが、最初このアパートに引っ越してきたとき「あら、この学生さん。誰々に似てるわネ、すてきじゃないの！」と学生映画スターの名をあげて、大声で笑われて、赤面してにげ出したことがある。ウルサ型の、悪口の好きな一号室の管理人の奥さんが、いつか部屋代をあつめにきたとき、「あなた、あの刈部さんの奥さんはね、パンパンあがりだから、用心しなくっちゃいけませんよ」とおせっかいな忠告をしてくれたが、たしかにそんな前歴はありげに思われる。

急に物凄《ものすご》い音でジャズが鳴り出した。高力さんが、ラジオをソケットにつないだのだ。進駐軍むけの放送だった。

「高力さん。……」

「きみ、あっちをききたいかね？　ききたけりゃ、きこえるさ。ホラ。……」

なるほど、ジャズを縫って、犬の遠吠《とおぼ》えのような声がきこえる。

「ジャズくらいでへきえきする手合か。いっそう盛大になるくらいのもんだ」

「ま、毎晩ですか？」

「毎晩、少くとも三回は、ああいう声をきかされるね。きみ、きみは、そんなノボせたような眼つきをしているが、それもまあ十日が耐久力の限度さ。実はぼくも、はじめは壁にへバリついてきいていたもんだ。が……そのうちに降参する。ヘトヘトになるよ」

高力さんは、虚脱したような眼つきをしていた。

「独りもんの身にもなってみるがいいと、シャクにさわってね、ドアを音をたててあけたり、しめたり、アクビをきかせたり、奇声を発してみたり、実に惨澹《さんたん》たる努力をしたが、ジャズでさえあのとおりだから、ききめのあるはずがない。たまりかねて外にとび出して、夜風のなかをホッツキあるいてみても、金がなけりゃ、悲惨のきわみさ。もうおさまったろうと、足を棒のようにしてかえってくると、また第二回めがはじまる。……そのうち、どうもあっちは、おれにきかせたがってさわいでいるらしいということがわかってきた」

「まさか？」

「いや、そういう奴なんだ。あの刈部って野郎は」

「なんのためにです？」

「なんのためだかわかるもんか。だから、このボロアパには、オカしいのが集まってるというんだ。いいかい？　となりには、おなじ一部屋に三人も子供がねているんだぜ。……かんがえられるのは、おれをナヤますために、あの声をきかせるってことだね。そういう奴なんだ、あいつは」

「あなたになんか恨みでもあるんですか？」

「ばかばかしい。あの声で敵討ちされる奴があるもんか。あの刈部って奴は、動機不明で、ただイヤガラセをしてうれしがる性質があるらしい。腹のへった奴のまえで御馳走《ごちそう》をパクついたり、貧乏人のまえで札束を勘定してみたり——きみもヘタにつき合うと、そんな目にきっとあわされるから、そのとき原因をかんがえて、くよくよハンモンしたりしないがいい」

「いや、べつにおとなりとつき合いたいとも思ってませんが——刈部さんはそうとして、奥さんの方はどうなんです？」

「あの声さえ出さなきゃ」

と、高力さんはくびをかしげて、ラジオをとめて、

「おさまったらしいや」

と、ボヤッと笑った。

「なかなかいい女だが」

そのときはじめて扉のまえで、かん高くさけびつづけている声がきこえた。

「やめて下さい！　真夜中にガンガン、ジャズをわめかせて……公衆衛生を知らないんで

すか！　パトロールカーをよびますよ！　高力さん！」

「ホイ、やめました、すみません」

と、高力さんはくびをすくめた。

「ほんとにイヤになっちまう。公衆衛生というものを知らないヒトばかりで！」

声は扉をはなれていった。

「公衆衛生か」

と、高力さんは笑った。

「あの女の、もっともトクイとする言葉だな」

「管理人の奥さんですか」

「このアパートの金棒《かなぼう》ひきさ」

と、吐き出すようにいった。

ぼくは管理人の細君の、狐の剝製《はくせい》みたいに冷たくかわいた顔をあたまにえがいた。あのひとは、ぼくも少々おっかない。口をきけば、かならずどこかにアテコスリか、ひとの悪口が入る。口をきかないときは、ジロッと舎監みたいな眼でみる。きくところによると、投書狂でもあるそうだ。まだ三十前後とみえるのに、いまからああでは、将来が思いやられる。

「あれとこれに挟撃されてるんだからね、エライ部屋に入ったもんだ。きみ、しばらく代ってくれんかね」

「いえ、結構です。そんなことになったら、ぼくは一週間でノイローゼになっちまいますな」

「冗談じゃない。こりゃまったく衛生問題だな。あれだけのジャズでもまだ制圧できないとなると、事態はシンコクだ」

高力さんは、ほんとに笑いごとではないといった顔つきだった。ぼくは、やっと彼が小説をかくためにラジオを借りていった理由を納得した。いかにもこれでは軍神の悲劇がかけるわけはない。

「音響というのは、近代文明のひきおこした重大なる害毒の一つだとはふだんから考えていたんだ。たださえ、ラジオの声、警笛、拡声器、ジェット機の爆音のために、われわれ芸術家は、音響恐怖症になっているんだからね。……しかし、あの原始的な声のために、男一匹、野タレ死させられようとは思わなかったよ。チキショウ、百万円ありゃ、ぼくも軽井《かるい》沢《ざわ》に別荘でもたてて、古今の傑作をかいてみせるんだが、あの声のために、ヘタするとその百万円が手に入らんかもしれんぞ！」

高力さんはうめいて、それから襲いかかる不安をはらいのけるように顔をあげて、いい出した。

「声といえば、きみ、妙な話があるんだよ」

「なんですか？」

「あの山名さんがね、声で女をさがしてるんだ。あの出撃前夜、処女をささげてくれた女をね」

「声で……ああ、あのひとはめくらだから！」

「そうなんだ。そしてあのひとは、その女がこのアパートの中にいるといっているんだよ」

四

ぼくはびっくりした。

「えっ、あの娘さんが！」

「もう娘じゃなかろう。あれから十年たっている。……」

「で、それは誰なんです？」

「それがわからないというんだよ」

「だって、いま声でわかったといったじゃありませんか」

「そいつが、わかったようでわからない話なんだがね。彼氏がこのアパートに来たのは、まったく偶然だというんだ。しかしここでたしかに探している女の声をきいた。決して外からブラリと入ってきた訪問客ではない。なにかのはずみで遠くから、二、三度きいた声——声というより、その息づかい、余韻、それから何ともいわくいいがたいもの——それがたしかにこのアパートの中に住む女の声だというんだが、さてそれが誰かと正面きってきくと、もうわからないという」

「そんなばかなことがあるものでしょうか？」

「実はぼくもそんなことがあるものかと眉《まゆ》に唾《つば》をつけてきいたんだが。……」

「十年間か。そのあいだに女が淫売婦《いんばいふ》になったり、のどの病気をして声の性質が変ったりすると……」

「おいおい、女が淫売婦になったというのは、ぼくの創作だぜ」

「あ！　そうか。しかし、女の名は？」

「その娘とおなじ名はこのアパートの中の女にない。なにかの事情があって変名したらしい。実はぼくだって、高力雨太郎という名は姓名判断でつけたペンネームなんだが……」

「女のほうで、山名さんをみてもわからないんですか？」

「あんな顔になっちまったからね。それに、変名するような事情があったとすれば、それは同時にむかしの恋人をみても知らない顔をしなければならない事情だったかもしれない」

「………」

「おいおい、いやにムキになって考えてるじゃあないか。なんだか、あいまいな話なんだ。もっとも山名さん自身もはかばかしく話をしたわけじゃあないが、――ぼくも詳しくはきかなかった。これは小説には使えないと思ったからね。百万円に関係ないとなると……」

「どうして？」

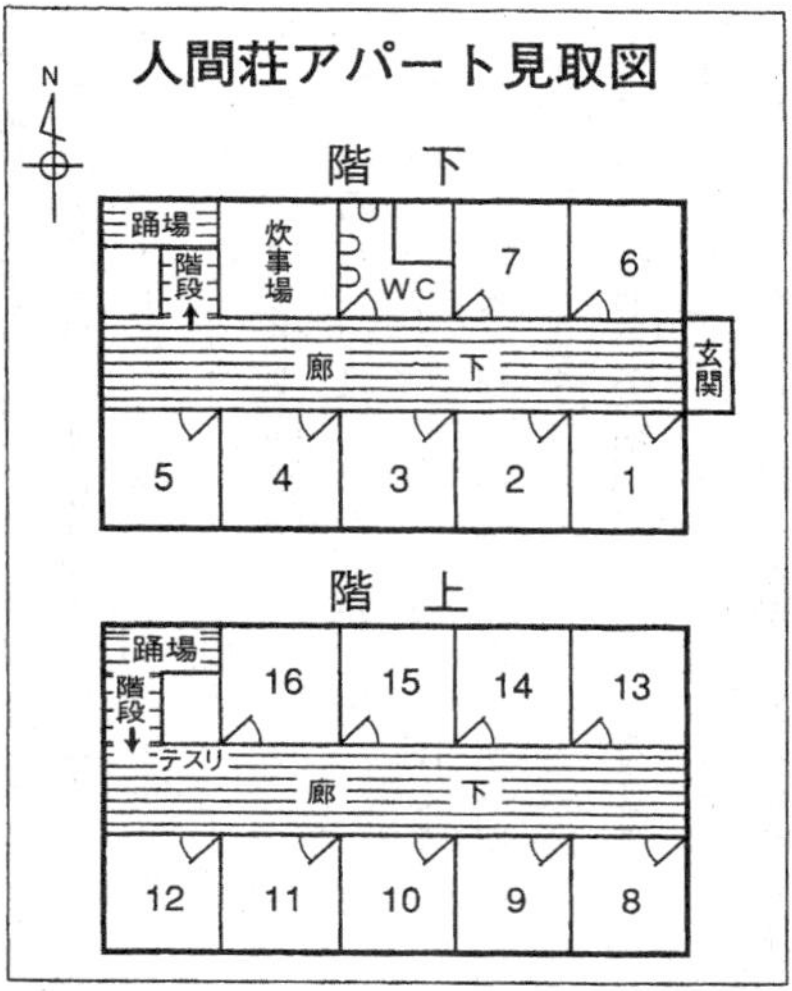

「そんな夢みたいなことは、小説にはつかえないよ。きみは小説というものをあんまり知らないらしいからわかるまいが、声で女をさがす、しかも眼のまえでしゃべられてもわからない、その声が春の逃げ水みたいに逃げてゆくなんて話は、ちょっと非現実的すぎてね。……」

「そうでしょうか？」

ぼくは、なるほど小説を知らない。しかし、高力さんの創作より、もっとこの世にあり得る話のような感じがした。

「高力さん、ひとつその女がだれか、ふたりで考えてみようじゃありませんか？」

「おや、いやに身を入れたものだね。そんな必要はないよ。一ト月もすりゃあわかることだ。もしその話がほんとうだとすると——」

「なぜ？」

「山名さん、このごろ眼帯をつけているだろ？　いま医者にいってるんだそうだ。これが名医らしくってね、あと一ト月もすると、一方の眼だけは何とかおぼろにでもみえてくるかもしれないといっていたもの。……」

ぼくは、山名さんにはわるいが、少々ガッカリした。がすぐに気をとりなおして、

「それならいっそう面白いじゃありませんか。一ト月あとにこのクイズの解答があたえられるんだから、いまふたりで考えてどちらがあたっているか――」

「そこまで熱心なら、やってみるかね。貴重な執筆時間をとられることは、実は身をきられる思いなんだが……」

と、高力さんは大流行作家みたいにもったいぶって、ぼくを苦笑させた。

「このアパートにいる女ね。いったい何人かしら?」

「高力さん、先《ま》ず年ですよ。終戦直前二十歳まえ――ですね、その話だと――それから十年たって、いま三十前後の女――」

「そうなるな。では、一号室から」

と、いいかけて、高力さんは笑い出した。

「よしてくれよ、だから、こんなクイズはぼくの創作意欲を喪失させるじゃないか」

「どうしたんです?」

「一号室にはあの公衆衛生夫人がいるよ」

「あ、あのひとも――そういえば、そんな年ですね」

たしかにそんな年ではあるが、あの蒼空の果てに死の翼を翔《かけ》る若い学徒兵に、美しい血

と処女をささげたという娘は、ひからびた狐のような管理人の関夫人の印象とはあまりにもかけはなれていた。

「それじゃ、三号室は」

「あの声か」

ふたりは急に眼をつむってしまった。ぼくのあたまに、あの白いムッチリしたからだと、ポタポタと滴るような黒い眼とまっかな唇が浮かんだが、高力さんのあたまにも同じものが浮かんでいたことにまちがいはない。

「まえは……パンパンだったっていいましたね。……」

とぼくの声はかすれた。

「だとすると、おれの小説にちょっと似てるじゃないか」

「こいつは保留」

と、ぼくはいった。

その刈部の細君の影像も、あの純情な娘の幻と縁遠いものであったが、なぜかそれをむげに切りはなせないふしぎな男の心理がふたりの胸によどんでいた。

「四号室の津田君は独身で、五号室の日下部《くさかべ》の奥さんは——ありゃどうみても四十すぎですな」

「このアパートで関の細君と張り合うただひとりのチャンピオンだ。その恐怖性に於《おい》てね」

し」


「次に廊下の向う側にうつって、六号室の多賀嬢は——おや？」

「おやもへちまもない、ありゃまだ二十歳すぎだよ。七号室の曽谷氏もひとりぐらしだし」

「それじゃ二階にのぼって——八号室の青沼君も独身、九号室の木室老夫妻、いるいる、あそこの娘さん。——」

「まさに三十娘だね、いつも飢えたような眼をして、そのうちぼくが何とかあのオールドミスの煩悩をしずめてやろうと思っているんだが」

「名はたしか環《たまき》さんといいましたね」

ぼくは、銀ぶちの眼鏡をかけた、冷たい、いかつい女の顔を思い浮かべた。

「女子大あがりってことを本人とくいなんだから、その学校を調べりゃ、そのまえどの女学校を出たか、わかるだろう」

「よし、こいつも保留と。次十号室は脇坂さん、ここには本だけあって女ッ気はないと。それから、十一号室。——」

といいかけて、ぼくは息をのんだ。十一号室は、あの「聖処女」志賀悠子さんだったからだ。

ふたりはだまって顔を見合わせた。年も合う。あの殉教的な恋をした娘のまぼろしの顔が、すうっと志賀さんの顔に重なった。

「……しかし、なぜあのひとが山名さんに気がつかないのだろう？　いくら顔がやけただれていたって……」

「あのひとかどうかわからないよ。しかし、あの志賀さんにはなにか神秘の靄《もや》がかかっているね」

同感であった。

「まあ、さきへゆきましょう。十二号室はぼく、十三号室はその山名氏、十四号室の座光寺君と十五号室の椎名さん、十六号室の仁木さん、いずれも独りですね」

「それで結局容疑者はどうなるんだ？」

「容疑者はひどいな。尋ねびとですね。それはまあ性と年齢からいえば、一号室の関夫人、三号室の刈部さん、九号室の木室環嬢、十一号室の志賀悠子さん。──」

「四人か。そのうち、もっとも可能性のあるのは──」

高力さんはふっとだまって、急に耳を覆った。

三号室からその刈部夫人の、例の歯ぎしりしたいようななまめかしいあえぎの第二波が、ふたたびたかまってきたからである。

五

二、三日のうちに、ぼくは事に託して──山名さんの手をひいて階段をのぼってきたついでに、その部屋に入って話しこんだ。

「どなたか、さがしていらっしゃるそうですね」

「高力さんからきかれましたか」

と、山名さんは、眼帯に覆われた顔をひきつらせて、声もなく笑った。みればみるほど恐ろしい顔だった。

「やはり、しゃべらなかったほうがよろしかったようだ」

「なぜですか？　その女のひとは、このアパートにいるということじゃありませんか？」

「います。たしかにいます。二、三度、たしかにその声をきいたことがあるのです。……しかし、つかまえようとすると、その声はかすかな羽音か、古い記憶の影か、忘れた夢のようににげ去ってしまったのです。きっと、あのひとの声は変っていて、なにかのはずみに、じぶんでも知らないで出した声を私がきいたのでしょう」

「そのひとは、どうしてあなたの顔を——いや、名を知っていて、だまっているのでしょう」

「忘れてしまったのかもしれません。むりもない、私は死んでいるはずの人間なのですから」

山名さんは寂しい笑いをもらした。

「しかしあなたは、どうして声をはりあげて、そのひとの名を呼ばないのです？」

「私にその資格はありません。私は恥ずかしい過去のもちぬしですから」

「捕虜になったということをいうのですか。あの戦争では日本人はみんな捕虜になったようなものですよ」

「いいえ、そればかりではありません。私は、そのひとに対して恥ずかしいのです。私に血と涙と、そしてすべてをあたえてくれたとき、あのひとは私を神とみていたのです。その想い出をやぶりたくないのです」

「じゃああなたは、なぜそのひとをさがすのですか？」

「やがて、この眼があきます。私はただひとめだけ、そのひとの姿をみて去りたいのです。私は偶然このアパートに入ってきて、そのひとがここにいることを知りました。神さまのおこころとしかいえません。だから、神さまは、せめてそれくらいのことを私にゆるしてくれるでしょう」

「山名さん、そのひとはどんな顔をしていたんですか？」

「はい、まつげのながい、まるい、愛くるしい顔の娘でした」

　まつげはともかく、木室環嬢はほそながい顔だし、関夫人は狐のような顔をしていた。あの志賀さんと刈部夫人はたしかにまるみをおびた顔だったのである。しばらくして、ぼくはまたきいた。

「山名さん。……しかし、ほんとうにあなたはそれだけで心がすむのですか？」

「もし出来ますなら……」

　と山名さんは声をのんだ。

「私といっしょにアメリカにいってもらいたいのです。私はむこうにちょっとした財産もありますから」

ぼくは、山名さんにはじめてふかい同情と好意の念をおぼえた。

女をさがせ——。女は四人のなかにいる。

しかし、ぼくの直感では、その四人のなかの二人であった。刈部夫人と志賀さんと。それは両極端にたちながら、正反対の意味でぼくのロマンチシズムを最も刺戟《しげき》したからである。なぜなら、このふたりがきわめて魅惑的であり、また山名さんの話にあるあの娘の迫力をそなえているように思われたからだった。

それから二、三日たった或《あ》る夜、ぼくにとってはっと眼を拭《ふ》かれるような光景をみた。夜学からかえってきて、階段をのぼろうとすると、その上を手すりに沿って這《は》うようにヨタヨタと山名さんがのぼってゆく。そして、その上から志賀嬢が——おそらくまた夜業にゆくのであろう——階段をおりかかって、じっと山名さんを見おろしていたのである。うすぐらい裸電球のひかりに、その顔はボンヤリけぶっていた。しかし、たしかに冷たい嫌悪のいろが凍っているのを、ぼくはアリアリとみたのである。

志賀さんらしくない——とぼくはいいたくない。いくらやさしい彼女でも、夜、階段であの顔にあえば、恐怖の念は禁じ得ないにきまっている。

ぼくのいいたいのはそれではない。ぼくはそのとき、四人の女のうちから志賀さんがきえたことをハッキリ直感したのだ。ぼくはなぜか安堵《あんど》の思いが胸にひろがるのをおぼえた。

それでは——やっぱりあの刈部夫人か！

そう思ったとたん、ぼくの耳たぶに、あの淫《みだ》らな声が波のようにゆれもどってきた。ぼくは彼女にひどい憎しみをおぼえた。これは人間として当然な怒りであろう。

偶然にも、刈部氏が詐欺の容疑で検挙されたのは、それから数日後であった。アパートはわきかえったが、刈部の細君はケロリとして鼻唄《はなうた》をうたっていた。

「なあに、あのひとですもの、すぐに帰ってきますわよ」

ぼくは彼女にひどい好奇心をおぼえた。この身ぶりといい、刈部夫婦の生活が思いやられるというものだ。

しかし、あの娘が！——ここまで堕《お》ちるのに、どんな運命の転機があったものであろう？

ぼくはそれを知りたかった。それから、彼女がはたしてあの娘か、完全につきとめたかった。

さいわいといっては可笑《おか》しいが、刈部氏はくさいところへ旅行中である。

「学生さん、ちょいとうちの子供に教えてやってちょうだいよ」

或る夕方、これから夜学にゆこうとして通りかかる途中、三号室の扉をあけてよびとめられたのを機会にぼくははじめてその部屋に入った。

おそろしくダラシのない部屋のなかで、ぼくは一年生の女の子の勉強をちょっとみてやった。その下が五つ、三つの男の子で、これはもうねていたが、彼女がぼくを呼びこんだのは、たんなる口実であることがすぐにわかった。

彼女はいきなり、ジットリとぼくの手をにぎって、ぬれた息で耳もとにささやいたからである。

「ねえ、学生さん、あすの晩、あたしとつき合ってくれない」

「つき合う?」

「フ、フ、フ、あたし、もとからあんたに眼をつけていたのよう。亭主はいないし、絶好のチャンスなのよう。……」

ぼくは声をつまらせた。これでは彼女の秘密をさぐるどころのさわぎではない。

ところが、ぼくは、ふるえながら、彼女の誘惑を承諾したのだ。にぶいあたまのおくで、理性がほそい悲鳴をあげていた。いいや、こうして彼女の秘密をさぐるのだ!

子供が、何か呼んだのをしおに、ぼくはドアをあけて外に出た。

おどろいたことに、そこからとびのいたものがある。みると、これはしたり、あの作家先生ではないか。

しばらくぼくは口もきけなかった。高力さんも、のどぼとけのあたりをゴクリゴクリとうごかしているばかりだ。

「……小説はどうです?」

と、ぼくはやっと、さりげなくきいた。

「あと十五日だ。十五日で四百枚がかけるか! ぼくの人生は終った!」

と、高力さんは世にも悲惨な声をしぼって、バタンと音をたててじぶんの部屋に入ってしまった。

六

その翌《あく》る晩、ぼくと刈部夫人は、暗い路《みち》を手をにぎり合わせたまま歩いていた。路はいま修繕中らしく、そこら一帯コンクリートのかたまりがゴロゴロしていて、ふたりはときどきつまずいては、からだをぶっつけ合った。ぼくはただワクワクしていたが、やがて必死に「奥さん、あなたは以前に……」といいかけると、彼女はふとったからだをまたぶっつけて、

「あんた、ふるえてるじゃあないの？　お酒でものみなさいよ。ね、そこのホテルにゆかない？　ううん、あたしお金もってるのよ。亭主が働き者だからね」

といって、ゲタゲタと笑った。

ホテルといっても、例の温泉マークの安宿である。そこは、アパートから一丁もはなれていない。ぼくは恐怖した。

「あんた、こわいの？　あたしがこわがっていないのに。ちっともあんたソンすることないじゃない？　ホテルの方はだいじょうぶ。ベラベラしゃべるようじゃ、いまどき連込宿《つれこみやど》はやれないわ。あたし、ずうっと利用してんだけど、だいじょうぶよ」

ぼくはその白鳥ホテルにつれこまれた。白状するが、ぼくはその夜一語も彼女の過去に

ついてきくことはできなかった。

彼女はぼくが童貞であったことを知って恐悦した。ぼくははじめて知る女――しかも官能のかたまりみたいな女の、凄《すさま》じいまでの愛撫《あいぶ》にのたうちまわらせられた。全身を這《は》いまわる唇、からみつく白い四肢のすきまから、それでもときどき、ちらっちらっとあの恐ろしい、神々しい顔がかすめた。しかし、なぜか、この女を汚しぬくことが山名さんへの奉仕であるような気がした。堕ちろ、堕ちろ、この売女《ばいた》。

ばかばかしい。みんな卑怯《ひきよう》な自己欺瞞《ぎまん》だ。彼女の秘密をさぐるなどということも、ていのいい口実だった。すべてはぼくの性欲にある。しかし、世の中の若い学生で、だれがあの女の誘惑におちずにいるだろう?

その証拠に、それから一週間ばかりのあいだに、ぼくは三度も刈部夫人とそのホテルにいったのだ。そのたびに、彼女は例の声を出した。もう彼女の過去なんかどうでもいい。

その三度めの夜に、恐ろしい事件がおこった。

ぼくと刈部夫人はホテルを出た。ぼくはまたコンクリートのかたまりにつまずいたはずみに靴のひもがきれたので、かがんで結んでいた。彼女はブラブラとさきにいった。そしてそこで突然、ぞっとするような悲鳴があがったのだ。

そこはホテルの裏側で、まっくらだった。そのなかでバタバタとにげ出す足音をきき、事情もしらず、ぼくは追っかけて、そいつをつかまえた。

「どうしたんだ!」

「なんだか、おれにもよくわからん。そこを通りかかったら、突然すぐまえの暗闇で悲鳴があがったのだ」

その声をきいて、ぼくはおどろいた。

「高力さんじゃありませんか！」

「やっぱり、きみか！」

と高力さんはさけんだ。

ふたりはあわててかけもどった。暗闇の地面にだれかたおれている。マッチをつけてみて、ふたりはあっとさけんだ。

刈部夫人がたおれていたのである。そして、あたまの傍にころがった血まみれのコンクリートのかたまりに、ギラギラと血しぶきがはねかかっていたのである。

「奥さん、奥さん！」

連呼すると、かすかなうめき声がきこえた。まだ死んではいない。

「どうして、あなたはこんなことをしたんです？」

「ぼくは知らないといったら！」

「嘘をつけ、あなたがこの奥さんのあたまを、そこのコンクリートのかたまりでたたきつけたんだ」

「ぼくは知らないといったら！」

「嘘をつけ、あなたはこの奥さんをにくんでいたじゃないか！　小説ができない恨みで！」

「何をいう。きみこそ、人妻と姦通《かんつう》して！」

ふたりは、仇敵《きゅうてき》のような言葉をなげつけあった。

が、また地上の被害者がうなり声をあげたとき、ふたりは冷水をあびせられたように身ぶるいしてわれにかえった。

どちらもうしろ暗い影をひいていたのだ。ふたりは相談もしないのに、女のからだを頭と足から抱きあげて、必死にヨチヨチとアパートにはこんでかえるのにかかった。

われわれは、神のたすけか、誰にも気づかれないで——たとえ気づいても、ちらっとみただけでゆきすぎてくれた通行人のおかげで——ぶじアパートにもどってきたが、そこで、やんぬるかな、あの恐るべき管理人の細君に見つかってしまった。

「刈部さんの奥さんじゃありませんか。どうしたんです？」

「どうしたんだかわからない。あたまを石でぶたれて、あそこにたおれていたんだ」

「えっ、それじゃ、すぐ交番にいってきます！」

このおせッかいをとめる力はふたりになかった。

負傷者を部屋にかつぎこむとまもなく、警官がきて、医者がきた。彼女は蠟《ろう》のような顔いろになっていた。

「だいじょうぶですか、たすかりますか！」

と、必死の眼で見あげるぼくに、その老《とし》よった医者は、

「死にはすまいが、そのためにはまず輸血せんけりゃならんね」

といった。

「ぼくの血をつかって下さい！」

「誰の血でもいいというわけにゆかんのだ、輸血というやつは」

ああそうか、血液型というものがあったっけな、とぼくは考えた。いそいで負傷者の血液型が調べられた。B型であった。ぼくの血を調べた。A型であった。

「だめだ、これは。B型か、O型の血液でなくっちゃあ」

医者は、あけはなったドアの外にひしめいているアパートの連中をじろっとふりむいて、

「だれか、そこのお方のなかで、B型かO型のひとはいないかね？」

みんな顔見合わせて、しりごみをした。薄情なのではない。ふだんから、刈部一家は、アパートじゅうをへきえきさせていたのだ。

「おまえ、去年病院で輸血したとき、なんだったたっけね？」

二階の木室老人の声がした。

「あたしはAB型。ダメよ」

と、娘のオールドミスの環嬢が冷然とはねかえした。

「あたしの血を調べて下さいまし」

と、やさしい声がきこえて、志賀悠子さんがすすみ出た。

彼女の血液はB型であった！

「あんた、このひとに血をやって下さるか？」

「どうぞ」

と、この「聖処女」はすずしくこたえた。ぼくの眼には、まさにその頭上に黄金の環がかかっているようにみえたのだ。

土下座するひまもなくぼくと高力さんは、警官にドアの外へよび出されていた。むろん、あの惨劇の事情を訊問《じんもん》されたのだが、すぐに警官の眼は高力さんにそそがれた。

ぼくも実に具合のわるい立場にあるが、その惨劇に関するかぎり、高力さんのほうが分がわるいことは自明の理であった。刈部夫人がたおれたとき、高力さんはすぐ眼のまえにおり、ぼくはずっと遠くにはなれていたことは、ふたりがこうして対決してみれば、高力さん自身認めないわけにはゆかないからである。

「きみ、どうしてこんな時刻、そんなところを歩いてたんだ？」

と、言葉するどくきただされて、高力さんは腕をねじるようにしてポケットから一枚の紙きれをとり出した。

「こいつが、ぼくの部屋のドアのすきまにさしこんであったのです」

「なに？——どれどれ」

と警官は読んだ。

「今夜十時ごろ、白鳥ホテルにて、十二号室の男と三号室の女が密通している」

ぼくは愕然《がくぜん》とした。

そのときぼくは、群衆の中から、じっとこちらをうかがっている管理人の関夫人の狐のような顔をみたのである。

七

新聞の小さな三面記事では、事件は終ったようにみえた。

しかし、人間荘ではむろん事件はまだ水脈《みお》を曳《ひ》いていた。

刈部夫人は入院した。命はたすかるらしい。そして彼女の語るところによると、闇の中でいきなりあたまにはげしい打撃をうけたことをおぼえているばかりで、それ以外のことはまったくわからないという。三人残された子供は、志賀悠子さんが母代りに面倒をみてやった。

高力さんは逮捕された。あの紙片がどこのどいつのおせっかいであろうと——ぼくにはだいたい想像がつくが——彼の容疑はうごかすべからざるものである。ぼくも、犯人は彼以外にないといまも思っている。しかしその動機は、決して古今の大傑作の執筆をさまたげられた恨みなどではなく、おそらくゲビたヤキモチからだと思う。

そしてぼくは——ぼくもむろん何度か警察と病院のあいだを追いまわされた。そして、ヘトヘトになってアパートにもどった背なかに、いくつかの冷笑の視線をつき刺された。ふつうならいたたまれないところだ。けれど、この人間荘には、こちらが膿《うみ》のかたまりみたいになっても、なぜかドロンと沈澱《ちんでん》させてしまうおかしな居ごこちのよさがあった。

天罰をうけたという意識はあった。しかし、それで峻烈《しゅんれつ》な罪のいたみを感じないで、ふしぎにもぼくは、ひどくにぶい、ふてぶてしい動物みたいになってしまった。ぼくはその数日で、想像もつかないほど堕落してしまったのだ。

峻烈な罪のいたみをおぼえるのは、むしろあの志賀悠子と逢《あ》うときであった。彼女は、罪の海底にたゆたうぼくからみて、まさに天上の月のようだった。あれを見失ったときが、人間としてのぼくの最期だ。ぼくはそう思い、アパートからはなれなかったのは、そのせいもあるのだ。

そのことをハッキリ意識したのは、それからまもなく、廊下であの山名さんと次のような会話をかわしたときだ。彼は眼帯をはずしていた。

「おかげさまで、あと一週間くらいで眼がみえてくれるらしいです」

と、山名さんはいった。ぼくはその顔が見られなかった。

「それは、おめでとうございます」

と、やっといってから、まだ彼の眼はみえないのだと気がついた。ぼくはふてぶてしく彼の顔をみて、

「すると、あのたずねびとが、やっとわかるわけですね」

「ええ、おそらくは……」

「あなた……下の三号室の刈部さんの奥さんが入院したことを御存じですか？」

山名さんは微笑した。ぼくは恥のために血が逆流するのを感じた。いくらめくらだって、あの騒動の噂はきいたろう。

「はい。しかし、あの方は、私のさがしているひとではありません」

ぼくは、脳天をガンとうたれたように思った。

「なぜです？　どうしてそうハッキリいえるのです？　あなたは眼がみえない、そしてさがしている女のひとの声も正面きってはわからないというのに――」

「なぜでも、あれは、あのひとではないのです」

山名さんは、めずらしくキッパリといって、ヨタヨタとじぶんの部屋の方へ去っていった。

ぼくは、茫然《ぼうぜん》としてそのあとを見送った。

山名氏のたずねびとは刈部夫人ではないという。なぜか、そう断言する。本人にそう断言されてみれば、アカの他人が根拠をきいてみたってはじまらない。

それでは、いったい誰なのか？……ぼくのあたまには、ただひとり残った或《あ》る女性のかげが、キラめきつつ浮かびあがったのだ。

（やっぱり、そうか！）

志賀悠子さんである。かんがえてみれば、それ以外にない。

その刹那《せつな》、ぼくは全身にいたみのようなものを感じた。彼女をうばわれてなるものか！

待てよ、とぼくはかんがえた。それでは彼女はなぜだまっているのか。山名さんの変貌《へんぼう》に眼をくらまされたのか。しかし、いかに思いがけないにせよ、あれほどやさしい女性が処女をささげた男を十年ぶりにみて、相鳴る何ものかを感じないということがあろうか。いつか階段の上から山名さんを見下ろしていた嫌悪の眼はどうしたのだろう？

思考はにぶく、大股《おおまた》にはねた。

なにか暗い事情がある。あのひとの身の上に、またあのひとの心の中に。

彼女はいまの山名さんを嫌悪している。山名さんの眼がひらけば、かならず彼女は不幸になる。

罪の水底にのたうっているぼくの思考は、そう意識せずして、あの事件以来、あかるい大気の中では想像もつかない、ぶきみな蠕動《ぜんどう》を起していた。

ぼくは、山名さんに対する殺意にとらえられた！

「あのひとのためだ！」

破局は、三日のちの夜にきた。

二階の階段のすぐ傍にある十六号室の仁木氏は、へんな天ノ《あまの》邪鬼《じゃく》であった。つむじまがりであったが、恋人があったし、野球が大好きだった。その夜恋人がくるというのに、彼はソワソワしていたし、また後楽園のナイターを見にゆきたい欲望に身をやかれていた。

ぼくは彼の天ノ邪鬼本能を刺戟《しげき》して、彼をナイターの方へむけて尻《しり》をたたいてやった。

「じゃあ、かえりの電車の時間もいれて、おそくも十一時までにはかえってくるから、あいつが来たら、待ってるようにいってくれませんか」

と、仁木氏はぼくに部屋の鍵《かぎ》をあずけてとび出していった。

十時二十五分。ぼくは部屋をそっと出た。廊下に沿う幅四尺五寸の手すりは、ぼくの部屋の扉のすぐ前にある。もとからグラグラしていたやつを、ぼくはひるまスッポリはずせるようにして置いた。そしてはずしたそれを、あずかった鍵でひらいた仁木氏の部屋の入口にたてかけた。

はずされた手すりのあとは大きく歯がかけたように、パックリと空間をひろげている。階段はその左側からおりていって、踊場から折れて、さらに一階へおりる階段につづくのだ。

ぼくは部屋にとびかえって、ドアを細くひらいて待った。

十時半、東のほうで扉をあける音がして、不器用な跫音《あしおと》が、ソロソロとこちらにちかづいてきた。予定のごとく、山名さんが、各部屋の壁づたいにやってくるのである。階下の便所へ下りてゆくつもりなのだ。

ぼくの眼は、義眼のようにむき出されていた。

山名さんは手すりにさわった。十六号室の入口にたてかけた手すりに。――そして右へまがって階段をおりようとした。そこに階段はなかった。彼は夜がらすのように奇怪な悲鳴をあげると、うす暗い空間をおちていった。下で、ぐしゃっというような音がきこえた。

ぼくははげしい音をたてて、ドアをとび出すと、大声をあげながら、稲妻のように手すりをもとの位置にもどした。正確にもどす必要はない。いいかげんな置き方のほうが有効なのだ。

ぼくの大声に、二階の各部屋のドアがひらいていくつかの顔がのぞいたのは、計算どおり、そのあとだった。

「どうしたの？」

「だれか、ここから落ちたらしい！」

ぼくはさけんで、階段をはしり下りた。

階段を下りきったところ――そこにはすぐまえの五号室の日下部夫妻をはじめ四、五人のひとが立ちすくんでいた。その足もとに山名氏はたおれ、おびただしい血が床や階段にはねとんでいた。

山名さんは死んだ。殺意はあったが、死ぬとまではハッキリ見込みをつけていたわけではないが、まっさかさまにおちてきた山名さんは、あたまを床にたたきつけて即死していたのである。

盲人と、ふだんからあぶなかった手すりと、そして他殺の動機がまったく不明なことと――だれもぼくを疑うものはなかった。たとえ山名氏に息があったところで、真相はついにじぶんにもよくわからなかったにちがいない。

相つぐ変事に、人間荘はドス黒い風のようなものにゆらいでいるようだった。

ぼくは三日間、虚脱したように坐《すわ》っていた。

(おれは何をしたろう？　何をしているんだろう？)

いくらかんがえてもわからなかった。ぼくはまったく異種の動物になったかのようだった。ただ、わけもなく（あのひとのためだ、あのひとのためだ！）と、胸の底で獣みたいにわめきつづけていた。

三日めに、突然、或る声がきこえた。つまり、一昨夜だ。それは魔の声であった。

「誰の血でもいいというわけにはゆかんのだ、輸血という奴は」

おお、人間の記憶の奇怪さよ。突如として、なんの脈絡もなく、幽霊のようによみがえる記憶よ、呪われてあれ。――それは先日きいた老医の声だった。

ぼくは昨日、町をかけずりまわって一冊の医学書と載物ガラスやピペットや標準血清などを買ってきた。そして、階段の下にのこった山名さんの血痕《けっこん》からその血液をしらべたのである。

山名さんの血液型はA型であった。

ぼくの操作にまちがいはなかった。いくどくりかえしてもA型であった。

ぼくはうなされたような眼で、その医書を読みふけった。

「O型の人は、すべての型の人に対して給血者たり得るが、O型以外の人の血液を受けることはできない。

A型の人は、A型およびAB型の人に対して給血者たり得るが、A型およびO型以外の人の血液を受けることはできない。

B型の人は、B型およびAB型の人に対して給血者たり得るが、B型およびO型以外の人の血液を受けることはできない。

ＡＢ型の人は、ＡＢの人に対してのみ給血者たり得、すべての型の人から血液をうけることができる」

くりかえしていうが、山名さんはA型であった。そうして、彼は曾《かつ》て「あの娘」から血をもらったことがあるのだ！

もはや、これ以上書きつづける必要はあるまい。君には「あの娘」の十年後の姿が誰かもうわかったろう。そしてぼくがこの愚かな人間喜劇をかきのこして、うつろな旅に出てゆくこころを理解してくれるだろう。

では君の幸福なる生活を祈る。さようなら。

第一の間借人

殺すも愉し

一

新しき住人、ようこそ。

第一の間借人は、こう書き出したな。とりあえず、その真似をしてみたが、実は、おれまでが、この黒いノートに、こんな文字をのたくらせようとは、想像もしていなかった。……おれはこうみえて、大学も出てるし、あたまもわるい方じゃないつもりだが、文章をかくことだけはとんと苦手で、だいいちめんどくさいのだが。——

そのおれが、なぜこんなことを書くのか。いや、そのわけをかくのもめんどくさい。ただ面白いからだと思ってもらおう。おれの経験した世にも恐ろしく可笑《おか》しい事件をきいてもらいたいからだと言おう。それから。——

まあ、よろしい、それからのことは、読んでくれればわかる。おれは天使と悪魔の話をかく。

残念ながら、おれが悪魔の役割だ。

第一の間借人は、第二の間借人たるおれを「なぜか君はぼくに似た人であるような気がする。不安と希望にもえた貧しい学生のような気がする」と想像したが、おあいにくさま、おれは刑務所からやって来た。しかし、第一の間借人、あれは、人生を知るのがすこしおそすぎたね。それを知ったときには、すでに人殺しだったとは。

「盲目の軍神」がさがし求めていた女は、おれにはすぐにわかった。

その女は、この人間荘アパートに住んでいる。しかも四人の女のなかのひとりだ。ここまでは、奴《やっこ》さん、はやくからつきとめた。一号室の関夫人、三号室の刈部夫人、九号室の木室嬢、十一号室の志賀悠子嬢。——これが第一のデータだ。

ところで「軍神」の血液型はA型であった。——これが第二のデータ。

それから、医学書をひいて、ながながとむずかしい原理がかいてあったが、あのなかで必要なのは、「A型の人は、A型およびO型以外の人の血液を受けることはできない」という三十字だけだ。したがって、軍神に輸血した娘は、A型かO型のほかにない。これが第三のデータである。

しかるに、三号室の刈部夫人はB型で、十一号室の木室嬢はAB型で、十一号室の志賀嬢はB型であった。これが第四のデータ。

すると、四人の女のうち、三人が消去されれば、のこるは一人だけじゃないか。

たとえ、そのことが一字もかいてなくったって、その女がA型かO型にきまっているのだ。

つまり、「軍神」のさがしていた女は、一号室の関夫人だったのさ。あの純情な和製ジャンヌ・ダルクの十年後の姿は、このアパートの金棒ひき、管理人夫人だったのさ。まるく、愛くるしかった娘の顔も、十年間の憂世の風にそぎおとされて、あんな狐面になったのだろう。

第一の間借人は、よほど深刻派とみえて、絶望悲嘆してこのアパートをにげ出していったが、おれはべつだんおどろかないね。人生とはそんなものだと承知しているからだ。だから、いまも依然としてアパートじゅうきき耳をたて、眼をひからせ、悪口のたねをさがしてまわっている関夫人をみても、ニコニコといとも愛想よくしていられる。……彼女に罪はない。こうなったのも、みんな遺伝と環境のなせるわざなのだ。

突然、とっぴな言葉をもち出したようだが、人間獣の大真理にまちがいはない。人間の顔、人間の心、人間のやること、すべてこれ遺伝と環境の結果である。——刑務所からこんな大慈悲にみちた道徳をもって出てきた聖人はなかろうと思う。おれは、たいていの悪党をみても、「なあるほど」と思う紳士だから、ましてこんな哀れなアパートの住人どもなど眼中になく、悠々閑居してまた一千万円ほどの不動産詐欺のプランにとりかかっていたのだが、そのなかで、たった四人、ちょいとおれの神経にひッかかった人間があった。

まずおなじ二階十五号室の椎名という男と、階下の四号室の津田という男、これはどっちもまるで日かげのじゃがいもみたいにしおたれた男だが、そのふたりとも、どっかで見たようなおぼえがあるのだ。

おれははじめてこのアパートにきて、はじめて彼らに逢《あ》ったはずなのだが、さて、どこで見たろう？　刑務所に入る以前にも、あんな湿ッぽい連中とつきあったおぼえはないし、だいいちそれほどむかしの記憶ではない。

そうだ、あの椎名という男は——その三年の刑務所生活のあいだに見たような気がする。はてな、どういう野郎だったかしらん？

しかし、それはまあいい。それを知ったからといって、あいつをどうしようというほど、おれはケチな男ではない。たたけば、人間、だれだってホコリが出る。おれだって、むこうが気がつかないから助かっているようなもんだ。それにあいつは、どうやら少々イカれているらしい。いつゆき逢っても、

「ぼくの可愛い妻と娘は、どこにいったろう？」

とかなんとか、ブツブツひとりごとをいってあるいている。

ところで、もうひとり、四号室の津田だ。

そういえば、こいつも刑務所で逢ったような気がするのだが——しかも、ごく親身につき合っていたような気がするのだが——それがだれだったか思い出せない。いや、そんなばかな話があるものではない、とじぶんでも思う。

とにかく、廊下であえば、身をよけて、ペコリとおじぎをする。おればかりにではない。だれにもおじぎばかりしている。御用聞きにも、子供にもおじぎをするし、ひょっとすると、犬にだっておじぎをするかもしれない。およそ世の中に、これほど影のうすい、哀れッぽい男はないだろうと思われるくらい、いつも涙だか眼やにだかためた、ひょうたんみ

たいに蒼白《あおじろ》い顔いろの小男だ。

　こいつが、右の次第で、へんにおれをイライラさせるのだが、なんにしても大した奴ではあるまい。

　それより、猛烈におれをイライラさせるのは、隣室十一号室の志賀悠子嬢だ。この部屋の第一の間借人に、そのゆえに殺人の罪を犯させた裏町の佳人、陋巷《ろうこう》の天使。

　何を、ちくしょう、「聖処女」だって？　ばかにするな、メンスのある、さつまいもの大好きな女という動物じゃないか。どんなに澄ましていようと、いちど手なずければ、男も顔まけの恥しらずになるメスじゃないか。はじめおれはそう思って、セセラ笑った。が、いけない、あの湖みたいにふかく澄んだ眼で見られると、さすがのおれがうつむくか、ヘドモドしてしまう。……なぜだろう？　あの女は、ほんとうに天使で、おれが悪魔だからだろうか？

　そりゃ、あんまり芝居がかったお話だ。ひょッとしたら、おれもあの女にイカれたのかもしれないぞ。

　そう思うほうがおれらしいが、ふしぎなことがある。おれが志賀嬢に惚《ほ》れたとすると、ここにきて三日目に手に入れたちかくのバーの悦子という女がきらいになりそうなものだ。事実、志賀嬢と悦子は、すべてが月とすッぽんだ。ところが、おれは志賀嬢と何かのはずみに五分も話をすると、なんだか胸が苦しくなって、悦子のところへとんでゆきたくなる。

　そして、そこにゆくと、息がらくになるのだ。ふふん、蟹《かに》は甲羅に似せて穴を掘るか。

さて、以上の三人は、おれをイライラさせるとはいうものの、むろん向うからおれに何かしかけて、イライラさせるわけではない。志賀嬢を月光とすれば、椎名も津田も影のように、人間の匂いのしない、ひッそりした連中なのだ。

ところが、ここにただひとり、向うからおれにつっかかっておれのカンにさわる奴がある。

十六号室の仁木という男だ。

二

どういうわけで、そんな問答がはじまったのかしらない。或《あ》る日曜日の午後、アパートの階段の踊場のところで、仁木と志賀さんが話をしていた。

この十二号室は階段の傍にあるから、扉をあけて外に出ようとして、ふと立ち聞きしてしまったのだが、ふたりともひくい声ながら一生懸命で、おれが半分扉をあけた音にも気がつかない風である。

仁木がしゃべっている。

「ぼくはね、人間を形成するのは、その八割までは遺伝だと思うんですよ。よく子供が親に反抗するときにいいますね、誰も生んでくれとたのみやしないのに生んだのだから、ぼくのことはお父さんとお母さんの責任だ、とね。そのとおりです。少くとも子供をそんな子供に生んだのは親の責任だ。子供自身にはどうしようもないことなんです。花はじぶんで赤くなろうったって、白くなろうったって、それは不可能だ。ちゃんと先天的にメンデルの法則できまってるんだから。——」

仁木の十六号室と悠子嬢の十一号室とは、廊下をへだててまむかいである。だから、ふたりが話しあっているのにふしぎはないはずだが、仁木というのは実にへんてこなすねもので、廊下でだれと逢ってもろくにアイサツもしないような男だから、いまひどく熱弁をふるっているのにおれはおどろいた。

「あなたはそんなに美人だ。ちっともお化粧しないのに、発光動物みたいにひかってる。ところが、町でみる女たち！　髪をちぢらせ、眉《まゆ》を剃《そ》り、トンカチと釘《くぎ》ぬきで頬骨をたたき出ッ歯をぬき、スポンジで胸をふくらまし、スリコギで脚をねりまわしても、どうにもならんのがウョウョしてる。これ遺伝のしからしむるところです。顔かたちだけじゃありません。頭のいい奴わるい奴、性質のやさしい奴に残忍な奴、みんな遺伝なんですな」

論はともかくとして、いい方が毒々しい。おれでさえも礼拝したいような志賀嬢をふだん冷眼にみて、時にこうつっかかるような口をきくのは、天下ひろしといえども、この仁木くらいだろう。

「それじゃ、あなたは教育の力というものをおみとめになりませんの？」

幼稚園の保母をしている悠子嬢の、やさしい、懸命の声がきこえた。

「知識をあたえる、という知育だけなら認めますがね。人間を善人にするとか、何とか、いわゆる徳育のほうはちとどうも」

修身教育反対論者らしい。

「教育というより、環境ですな。環境が、人間に影響することは、ぼくも否定しません。だからいま、遺伝の力が八割だといったんです。あとの二割は、たしかに環境の如何《いかん》による。しかし、それもね、大きくなってからの環境ではなくって、物心もつかない幼年時代、いやあかん坊時代の環境ですよ。フロイトの精神分析によれば、ですね。——」

仁木という男は、カンにさわるが、いってることは正論だ。

たしかに人間は、遺伝と環境から形成される。これは、おれが刑務所で逢った何百人かの犯罪者の例からみて、そういいたいのだ。おれは彼らをあわれむ。おれは彼らを愛する。

おれは刑務所で、ひとりの怪物に逢った。もう六十をすぎたのに、強姦《ごうかん》殺人数十件という大した爺《じじ》いで、死刑の運命はきまったようなものだが、話をしてみると、そんな化物とは思われない気のいい爺さんだった。——おれは大好きだった。

いま、仁木がいった。あかん坊時代の環境が、その人間の一生に重大な影響をあたえると。——そのとおりだ。おれの両親は、おれが二つのとき強盗に殺された。母親のごときは、犯されて、そのあとなぶり殺しに逢ったのだ。あかん坊のおれはその傍で、血みどろになって泣いていたということだ。

そういうわけで、おれは両親を知らないといっていいのだから遺伝の質がよかったのかわるかったのか、判断のしようがない。また両親がないのだから、それ以後恐ろしく辛《つら》い人生をなめてきたことも事実だ。しかし、おれをこんな犯罪者にしたのは、それらよりも、二歳の眼でみたその惨劇の印象ではなかったろうか？

おれはその殺人者を見たのだ。そのとき、この眼で見たのだ。その深刻無残の恐怖をやわらかい脳髄にやきつけられながら、その仇敵《きゅうてき》をまったく思い出すよすがもない。永遠に！――人間とは実に哀れに、恐ろしいものではないか。

「けれど、仁木さん」

と、悠子嬢はいった。

「遺伝と環境とおっしゃっても、おなじ遺伝でおなじ環境の兄弟で、いい方も、わるいことをなさる方もあるんじゃありません？」

「そりゃおなじ種で、おなじところに植えても、白い花を咲かせる奴もあり、赤い花を咲かせる奴もありますからね。やっぱりメンデルの法則ですよ」

と、仁木は笑った。

「それじゃあなたは、なにか悪いことをなさるとき、それをとめる何かの呼び声をおききになったことはありません？　つまり、良心の声を。――それが教育によるものだとはお思いになりません？」

「悪魔の呼び声はよくききますがね」

と、仁木はなおカラカイ気味だ。

「要するに、ぼくは犯罪者は遺伝と環境と――それから、出来心から生まれてくると思います。彼らはむしろ普通人より悪意がない。悪意があったら、ばかげた犯罪者などにはならない。むしろ悪意という奴は、普通人の中にこそ棲《す》んでいる。——」

なんだか、りくつが支離滅裂になってきたようだ。

「問題は、この出来心という奴です。どこからともなく、ヒョイと空中からとりついてくる見えない悪魔ですね。これは、どんな人間にもふせぎようはない。教育の網の目など、かるがると通りぬけてしまいます。——」

おれは、いつのまにかニヤニヤと笑っていた。

彼のいっていることが、少々シドロモドロになってきたのも道理——さっきから、おれがしきりに彼に共鳴しているのも道理——実は、仁木の論は、おれからの受け売りなのだ。おれの持論なのだ。

このあいだ、おれはいま仁木のいってることと、そっくりおなじことを仁木にいってやった。そのときは、仁木はいま志賀嬢とそっくりおなじことをいって、おれに抵抗したくせに。

仁木が、おれに説伏されたとは思われない。それほど素直な奴ではない。こいつは実にへんなへそまがりなのだ。人があいえばこういう、こういえばああいう天ノ邪鬼野郎なのだ。……

志賀さんは、急にだまった。さすがに気をわるくしたのかと思っていると、ふと微笑しながらいうのがきこえた。

「あなた、そうおっしゃるのは、あの熊倉さんからの感染ね？」

おれはとびあがった。熊倉とはおれのことだ。しかし、あの女は、いつどうしてそんなことを知ったのだろう？

「ち、ちがいますよ、ぼ、ぼく自身の思想ですよ」

と、仁木は大いにあわてている。

「そうですか？　それならいいんですけれど、あの方に感染しちゃだめですよ。あなたは、ほんとうはいい方なんですから。……」

と、志賀嬢は、母があかん坊をあやすようにいって、それから階段をおりていった。

おれは、世にもばかげた顔で棒立ちになっていた。「それならいいんですけれど、あの方に感染しちゃだめですよ。あなたはほんとうはいい方なんですから……」とはなんだ。それじゃおれがまったく病原体みたいじゃないか。内心ちょっとあの女に参ってる徴候を自覚していただけに、おれは平手打ちをくわされたような気がした。

急に猛烈に腹がたってきた。

「そうだ、おれは悪党だ。よく見ぬいた」

と、おれは口をひンまげて、声もなくひとりごとをいった。

「それならそれで、こっちにも考えがある。聖女面をしたナマイキな女め、いまに一ト泡吹かせてやるぞ。……そうだ、そっちが救いたいと思っているそのおかしな天ノ邪鬼を、おれがつかまえて堕《おと》してやる。天使と悪魔のたたかいだ。小説や芝居の世界とは、ことがちがうぞ。きっと悪魔が勝ってみせる！」

廊下をバタバタと二つ三つの跫音《あしおと》がみだれてきた。

「待ちな、待ってくれ、環」

「イヤ、お父さん、ケイベツするわ！」

そんな声がきこえた。九号室の木室老人とその娘の環嬢らしい。

木室老人は人形づくりの職人かたぎ、実によく出来たお爺《じい》さんだが、不覚にも娘を女子大など卒業させて、そのうえオールドミスのせいか、環嬢はすぐにヒステリックな声をあげて、父と衝突する。

かんばしった声がきこえた。

「あたし、生きてるの、いや。どうしてあたしを生んだのよ？　だれも生んでくれとたのまないのに。――」

すると、それをなだめるというより、からかうような例の仁木の声がした。

「まあまあ、お嬢さん。……そりゃお父さんだって、あなたを生もうと思ってお母さんとナニしたわけじゃないんだから。……」

こんな説得があるものではない。

それより、たったいま「子供を生んだ以上、みんな親の責任だ。そのとおりです」とかなんとかやってたくせに。――また例の天ノ邪鬼、あきれた野郎である。

三

出来心。――どこからともなく、ヒョイと人間にとりついてくる見えない悪魔。

こいつはまったくふしぎな奴だ。おれは志賀嬢のせりふに腹をたてて、仁木を犯罪者にひきずりこんでやろうと思いたったが、実はそれほど深刻に決心したわけではない。それなら、直接に志賀嬢に仕返しを決心しただろう。それより、腹をたてつつ、むしろいたずら半分の出来心といってよかった。

出来心とおなじように、おれにはわけのわからない人間の心理がある。それは天ノ邪鬼、つむじ曲りという奴だ。

こいつはどうも人間の本能の一つじゃないかと思う。おれは子供をもったことがないが、もっと若いころ、或《あ》る家に下宿していてそう思った。どんなに子供のよろこびそうな御馳《ごち》走《そう》をつくって、どんなにうまくすかしても、それをグイとおしのける。そして大人の呑《の》んでいる辛い酒などを欲しがるのだ。それも酒がうまいと感じるのじゃなくて、ふだん禁じられているから、それで欲しがるようにみえるところがある。やはり、自我、自己主張の発現のひとつだろう。

だから、むろん大人になってからもある。そして、おなじ自己主張の発現の一つである虚栄心とむすびつき易い。歌舞伎の一等席が百円くらいになったら、名流夫人がいまのように押しかけるかどうか。ゴルフをニコヨンがやり出したら、重役連中がいまのように杓子《しやくし》の化物をふりまわすかどうか。——

しかし、それにしても仁木のへそのまがりかげんは、すこし度をすぎていると前から見ていた。きちがいの症状という奴はあらゆる人間がもっているいろいろな性情の一部分が、癌みたいにあたりかまわずニュッと拡大してきたものだそうだが、このつむじまがりも、度をこすと、自己拡大よりも自己破壊の結果をよびおこす。そもそもつむじまがりという性質自体が、すでにその気味をおびているのだ。

おれは、それからわざと仁木に接近した。

そしてこの男の天ノ邪鬼ぶりが、想像以上に念の入ったものであることを知って、実はあきれかえった。よくいえば、簡単にばかにはできない深味のあるへそまがりだが、要するに病コーコーだ。りっぱな精神異常者だ。他人から強いられたものはみんなきらいになり、禁じられたものはみんな欲しくなるという。——

「きみ、うちは何だったの？」

と、きいてみたら、

「おやじは神主で、小学校の校長だった。物凄《ものすご》いスパルタ教育をやられたから、その反動だろう」

と、自分でも承知している。だから修身教育などするものじゃない。

「おやじが死んだときにね、坊主も呼ばなきゃお経もあげない。ただ棺桶《かんおけ》に入れて、にない棒でかつがせて、山の上の先祖代々のお墓にほうりこんでやったよ」

「そりゃ痛烈な復讐《ふくしゅう》だな」

「そうじゃないんだよ。ぼくの村はひどく封建的で、葬式の格式とか、何とか古老がうるさいんだよ。だから、わざとやってやったのさ。もっとも、人間、死んじまってから何をしたってはじまらない。ぼくが死んだら、棺桶も要らん、両手両足をひとつに縄でくくって、焼場にブラ下げていってもらいたいと思ってるがね。……とにかく、そんなことで、村にもいられないことになってしまった」

「……君、よくそんなことで役所がつとまるね」

仁木は或る区の登記所の役人をしていた。こんな役人にものをたのまなければならない人民の災難が思いやられる。

「出世の見込みはないね。われながら、そう思う。ただぼくはひとのいやがる仕事をすすんでやるし、それに課長がぼくほどじゃないが、これまたちょいとしたつむじまがりだから、それでどうやらなんとかくびがつながってるんだろう」

そして、彼はふっともの悲しげな表情になった。

「そんなことよりね、こまったことは、このごろちっとも世の中に面白いことがなくなっちまったことなんだ」

「そりゃ、だれだって、そんなに面白いことなんかありゃしないが。……」

「ちがう。きみなんかの愉《たの》しみと意味がちがうんだ。つまり、ぼくにとっては、抵抗のあるもの、禁断のものほど――というより、それしか愉しみがないんだよ。ところが、このごろの世の中は、何もかも抵抗がなさすぎるじゃないか。禁断のものなんかないじゃないか。エロ本を読もうと、はだかの女を見ようと、姦通《かんつう》しようと――」

「なるほど、しかし……」

と、おれは彼の顔をみながらいった。このつむじまがりが、なんと平凡な大衆とおなじく、野球が大好きらしいということを思い出したのだ。

「きみはよくナイターなんか見にゆくじゃあないか。ナイターが禁断の娯楽とも思えないが。――」

「あれは野球を見にゆくんじゃないよ。野球場の或る警備員を見にゆくんだよ」

「警備員？」

「その男の女房が、おれの恋人なんだ。……どうだ、間男がコキュウの顔を見にゆくのは、禁断の娯楽だろう？」

「な、なあるほど。――」

「しかし、それもこのごろ興味を失ったね。女がぼくを追いまわすようになったからね」

そして、こればかりは人間並に、ひどく好色的な笑顔になった。

「ぼくは女を手に入れたらね、その女が死物狂いにいやがり、悲鳴をあげるような可愛がり方をしてやる。ところが、ふしぎだよ。女って奴は、だんだんそのうち、そのいやなことに無上の快感をかんじてくるらしいんだね。……そのときが、おれの愛の終りだ」

おれは、じっと彼の顔を見てきいた。

「きみは、いま一番何がしてみたい？」

「そうだな、まえから考えてるんだが、いちど夏のまっさかりに、オーバーをきて、マフラーをつけて満員電車にのってみたいな」

それで、ゲラゲラ笑いとなった。

こういう問答をかわすくらいだから、志賀嬢にはおきのどくだが、二人はきわめて親密になったのだ。

そのことについて、彼はこんなことをいったことがある。

「実はね、ぼくはなんだかきみがこわかったんだよ」

おれはギョッとした。が、すぐに笑顔をつくって、

「そうさ。おれはこわい男さ。それできみ、はじめあんなにおれにつっかかってきたのかね？」

「いや、こわいから、いっそうきみに近づきたかったんだ」

「それじゃあ、なぜ。……」

「近づきたいと思うと、なんとなくきみにつっかかりたくなったんだ」

「…………」

この男らしく、いかにもひンまがった変な心理だ。——そのときおれは、ふっと或ることに気がついた。

「ねえ、きみ。……すると、きみがあの志賀さんにつっかかるのも、おなじ心理かね？」

彼はびっくりしたらしい。じぶんの心の中をのぞきこむような眼つきになったが、急に赤黒い顔をした。図星だ。

「そして、おれとこう親しくなるのも、志賀さんがそれをきらうからじゃあないのかね？」

彼はだまっていた。しかし、おれはこれも図星とみた。なんとこのつむじまがりのこんがらかっていることよ。が、その心理の屈折はともあれ、結果はおなじだ。おれの欲するとおり、彼はおれと親密になった。こんなおかしなことがあろうか。監視者の眼の前で、加害者と被害者が握手をしたのだ。ただ彼はじぶんが被害者であることを、やがて被害者となることをまだ知らない。

おれはすでに仁木に罠《わな》をかけていた。

四

おれは、情婦の悦子を罠につかった。

「そんなこと……あたし、いやよ」

と、はじめ彼女はしりごみしたが、

「何も、おれを裏切ることにはならないよ。そんなことになっちゃあ、おれの方がこまる。

ただ、あいつを釣りよせるだけなんだから。……あいつをとっちめて、そのくびねッこをつかまえておくことが、おれの仕事に必要なんだ。あいつはなにしろ登記所の役人だからな。うまくいったら一千万円だぜ。そうしたら——こんなアパートなどけとばして、銀座の高級アパートへ引っ越そうじゃないか」

と、おだてて、承知させたのだ。

悦子は、たしかに一種の美人にちがいなかった。色が白く、長い顔で、受け口である。しかしおれは、仁木がこういう顔を好まないのを知っていた。そこがこっちのつけ目なのである。

おれはわざと留守をして、おれを訪ねてきた悦子を、仁木の部屋におしかけさせて、誘惑させた。はじめ彼はへきえきし、たまりかねて、じぶんから部屋をとび出していったこともあるらしい。つむじのまがっているのは仁木ばかりでなく、だれにもある性質とみえて、悦子も彼の苦悶《くもん》ぶりが、はじめ小癪《こしやく》にさわり、やがてかえって面白くなったらしく、いくら彼がにげても、わざとドッシリと大きな尻《しり》をすえつけてうごかなかった。……はたせるかな、そのうち仁木の例の反応が起った。彼は悦子をもてあませばもてあますほど、へんな執着にとらえられはじめたのだ。

その機をつかんで、おれはこんどは悦子をひきはなして、こんどは階下の四号室の津田におしつけてやった。

津田もめんくらったらしい。悦子のいうところによると、彼は部屋の隅にかたくちぢこまって、何をいっても、「へい、へい」と恐縮ばかりしているという。可笑《おか》しいことに、それで悦子がよこをむいていると、トロンとした眼で、悦子の横顔を盗み見ているという。……野良猫のまえに、大鯛《おおだい》がおかれたようなものだろう。きいていて、おれは腹をかかえて笑った。

ところで、さて、問題の仁木だ。ふつうの色恋だって、相手がにげれば追っかけたくなるのが人情なのだ。まして、天ノ邪鬼の大先生である。彼は完全に野球場警備員の奥さんをほうり出した。彼の津田を見る眼のいろが険悪になってきた。

そのときに、おれはそしらぬ顔をしてのりこんだのだ。

仁木はねころんで、何か本を読んでいた。のぞいてみると、アウシュヴィッツの大虐殺の写真だ。例の第二次大戦中ナチスが何十万とか何百万人とかのユダヤ人を収容所に追いこんで、銃殺、毒殺、いぶし殺しに餓死に生体解剖、およそありとあらゆる殺人方法のオンパレードでみな殺しにしてしまったという記録の本である。物騒なものを読んでやがる。

おれをみると、起きあがってきて、しばらく雑談を交わしたあとで、

「きみ、このごろ悦子さん、へんだとは思わないか？」

と、オズオズといった。

「へん？　あいつはもともとへんな奴さ」

「下の津田をしきりに訪ねてるようだぜ」

「そうかね」

と、おれが気のない顔をしているので、彼は大いに不満らしかった。おれはニヤニヤしていった。

「怒るのはきみの役目だろう。おれはきみにあいつをゆずったつもりでいたんだから」

彼は狼狽《ろうばい》した。

「あいつは淫乱《いんらん》さ。おれはもてあましたんだよ。きみはどうだったい？」

「淫乱？……その点は、ぼくもまだ知らんが、そうかね、淫乱か。ふうむ、そういえば、そんな感じがあるな。……」

深刻な顔で、眼だけ夢みるような仁木をみて、おれは笑いをかみ殺すのに苦労した。

「しかし、その悦子さんが、あんな津田みたいな影のうすい男が気にいるなんてふしぎだな。……」

「彼女は、イカモノ食いだからな。それにしても、実はおれもあんまりいいきもちはしないよ。きみなら、不平はないが――」

「おい、きみ、ぼくはきみに悪いと思って遠慮していたんだよ。それじゃあ悦子さんを、きれいにぼくにゆずってくれるかい？」

「ゆずるもゆずらないも、ここ二、三ヵ月、悦子はきみの恋人だってことは、アパートじゅうみんなみとめてるじゃあないか」

と、おれはまじめくさっていった。

仁木はこぶしをかためて膝《ひざ》のうえにおき、じいっと何やらかんがえていたが、おれがいつまでもだまっているので、ふっとおびえたような眼をあげた。

「どうした？」

「ねえ。……あいつを殺《や》っつけないか？」

と、おれはひくい声でいった。

「やっつける？」

「くたばらすのだ」

彼は顔いろをかえた。

「まさか？」

笑おうとした。おれは笑わず、いよいよむずかしい顔をしていった。

「むろん、殺っつけるというのは、すこし手荒すぎる。しかし、おれがこんなことをいうのはね、動機はともかく、以前に面白い人殺しの方法を思いついて、いちど実験してみたいものだと、冗談に考えたことがあるもんだから」

「……面白い人殺しの方法？」

「実は、いつか伊豆山《いずさん》温泉の或《あ》る旅館に泊ったんだ。その旅館は、道路からみると、玄関にあたる小さな建物がひとつ、ポツンと建ってるだけにみえるんだが、そこから階段を下りると、何十メートルかの大断崖《だんがい》に沿って、三層か四層の大建築物になってるんだよ。おれはその上の方の部屋に泊ってね、下をみると、海岸は白い砂利がひろがって波がおしよせ、松の木がチラホラみえて、実にいいながめだ」

「それがどうして人殺しと関係があるんだい？」

「まあきけよ、ところがあとで下におりて、裏口から下駄《げた》をつっかけ、崖《がけ》を稲妻型に削ってつけられた細い道を海岸まで下りてみておどろいた。さっき上から砂利にみえた海岸は、あかん坊の頭ほどある白い石だらけじゃないか」

「ああ、高いところから見下ろしたからだね」

「そうなんだ。それからね、宿にかえって一階の手洗いに入った。そして何げなく窓から外を見下ろして、ちょっとおれは妙な気がしたね、やっぱり外は細かい砂利の海岸だ。もっと上から見下ろしたのとおんなじじゃないか」

「はてな」

「つまりね、崖はむろん屏風《びょうぶ》のように切り立っているわけじゃなく、急だがやはり段階がある。それで一階のすぐ外は、ほんものの砂利がしいてあるんだ。ところが上からみるとこの部分はほとんど小屋根にかくされて見えないんだね。おまけにそこに生えている松は小ぶりで、崖のもっと下に生えているのは大木だ。そして背景となっているのは、どっちもひろい海だけだろう」

「…………」

「遠いところのものがすべて大きく、近いところのものがすべて小さい。そのため遠近法が無視されて、人をへんな錯覚におとす。――むろん、よくみればあちこち眺めはちがっているが大体のところはそうなんだ」

「…………」

「その錯覚を利用するのさ」

「というと？」

「あいつをはじめ下の部屋に通して、何かの機会をつかんで、こんどは上の部屋に通すんだ。むろん、その二つの部屋は、あらかじめ調べていちばんよく似た二つをえらび、予約しておく必要があるがね、そして窓から――」

「つきおとすのか」

「いや。それじゃ何の芸もない。あの悦子と寝させて、イザというとき、いきなりきみが廊下でさわぎたてるんだ。するとあいつはあわてて、うっかり窓からとび出す。――下の部屋かと錯覚してるからね。ところが、どっこい、ずっと上の部屋だ。あいつは一直線におちていって、あたまを石でたたきわるだろう」

「そんなにうまくゆくかね？」

「ゆくさ。おれが保証する。実際にあの宿へいってみるがいい。きっとうまくゆくという確信ができるから」

「しかし、人を殺すなんて……」

と、さすがのつむじまがりも、のどぼとけをゴクリとひきつらせた。そのために、こっちは、殺すのに最も抵抗を感じさせない、いちばん影のうすい男をえらんだのだが。――

「きみはあいつに手もふれないのだよ」

おれはそこで一歩退却した。

「よしんば、あいつが窓からとび出してくれず、したがってくたばらなかったとしても、もともとじゃあないか？　おどしてやるだけで面白いじゃないか？」

「それは、面白いが。……」

「仁木さん。どうだ、いちど人殺しをしてみたいとは思わないかね？　これこそ人間にとって、最大の禁断《タブー》なんだが。……ゾクゾクするような魅力をかんじないかね？」

おれはついに彼の泣きどころに触れた。仁木の眼が、だんだん異様なひかりと熱をおびてきたようだ。

「ごらんよ、その本の写真を。——この地上には、一人で何千人も何百人も殺戮《さつりく》する奴もある。だのに、たった一人の男を——しかも、あんな影のうすい男を——ひとつ、ためしにやってみたいと思わないかね？」

「うまく、ゆくなら、やってみてもいいが……」

とうとう彼はいった。おれは、心中、とびあがった。

「うまくゆくさ。おれが悦子をそれとなくケシかけて、伊豆山へアベックでゆかせる。まずくいったら、おれも同罪になるんだから、ヘマなんかやらないよ」

「殺人か。男児この世に生を享《う》けて、たしかにいちどはやってみたい快事ではあるな。……」

と、仁木は深刻な感慨をこめていった。

これで彼は殺人予定者となった。よし、それが曝露《ばくろ》されないにしろ、彼はこれで永遠に地獄の囚徒たる烙印《らくいん》をひたいに押されることになる。

やれやれ、天使に一泡吹かせるのも、手数のかかることだ。

五

かならずうまくゆく自信はあった。

仁木には、彼と共謀して、津田と悦子に一杯くわせようといってあるが、事実は悦子と共謀して、仁木と津田を罠《わな》におとす計画だったからである。

悦子にはよく教えてあった。おれが上の部屋をとっておくから、そこに津田をおびきこんで、仁木が廊下で大声をはりあげたら、

「あっ、いけない！　あなた、窓からにげて！」

と、火のつくように津田をせきたてさせるつもりだったからだ。

数日後、おれは悦子に津田をそそのかせて、伊豆山へ一泊旅行に出発させた。可笑《おか》しいことに、そうさせながら、津田がそれを承諾したときくと、おれはあんまりうれしくなかった。

(よくまあ、あんな貧乏の神さまみたいな面アして、女と温泉に出かけようなんて気をおこすもんだ。案外、ズーズーしい野郎だな)

一汽車おくれて、演出者たるおれが出かけた。

あまりはやくから、仁木を宿にウロウロさせて、万一津田に見とがめられたりすると、すべてはおじゃんだから、仁木はさらに一汽車おくれてのりこんでくるようにいいつけてある。

伊豆山の宿は、碧洋荘《へきようそう》といった。

予約しておいたとおり、おれは玄関から階段をおりていってすぐの——四階の「孔雀の間」に通された。

「あとで、もう一人くることになってるんだが」

と、おれは女中にいった。

ずっと下の一階の「亀の間」に、悦子と津田が泊っているはずである。そのあいだのいくつかの階段、廊下は、はじめてくる者にとっては巨大な迷路のようであった。

午後六時、薄暮のころ。——それが「実験」の予定時間だった。仁木は五時にくることになっている。

おれは女中に、

「少し疲れてるから、すまないがふとんをしいてくれ」

とたのんだ。

下の悦子も、何とか口実をつけて、もうふとんをしかせているはずだ。そっちはアベックだから、何といったかしらないがきっと女中を苦笑させたろう。これは、津田に部屋を錯覚させるための準備である。

準備は完了した。

ところが――実に意外な、ばかげているとも何ともいいようのないつまずきが生じた。五時になっても、かんじんの仁木がやってこないのだ。

五時半まで待って、おれはようやくあわて出した。（あいつ、どうしやがったんだ？）おれは、ジリジリした。おれはなるべくそこらをウロウロしたくなかったのだが、たまりかねて、部屋と玄関のあいだの階段を往復した。

六時ちかくになると、悦子が津田を浴室につれ出して――ちくしょう！　あんな野郎に悦子のはだかを見せるのか！――そのかえり、階段を上ったり下りたりして、結局「孔雀の間」に入りこみ、いっしょにふとんの中に入るはずだ。そして、きわどい瞬間に、仁木が唐紙をあけて、ケタタましい絶叫をあげなければいけないのだ。悦子はわざとおれとは連絡しないことにしているから、何もしらず、予定どおり津田と同衾《どうきん》するだろう。そして、声をかけられたとき、津田がもっとも周章狼狽《ろうばい》する体勢に追いこむだろう。――しかし、そのもっともきわどい瞬間に仁木が声をかけないと、事態はいったいどうなるのか？

あの女にしがみつかれ、からみつかれ――いくら津田だっていつまでもそのままじっとしてはいられないだろうし、そんなことをしていれば、悦子だって、ほんとにへんな気を起すかもしれない。（何をボヤボヤしてたの？　予定時間に声をかけないのがわるいのよ）と、あとでケロリといいかねない女なのだ。

時刻は切迫してきた。もう悦子と津田が入ってくるかもしれないから、おれは部屋をあけわたさなければならない。

おれは、玄関から下りる階段のまむかいにある娯楽室に入って、ソファに坐《すわ》って、階段を監視する一方、窓から眼下の海や例のへんな磯を見おろしたり、壁の時計をふりあおいだり、ヤケに煙草をつけたり、消したりして焦燥した。

六時十分前。——仁木はまだこない。

悦子と津田は、もうおれの部屋に入ったろう。……もういっしょにふとんに入ったろう。……それから、いよいよ時至れりとばかり、手を出し、足を出し……おれはたまらなくなった。

六時五分前。

(ちくしょう、おれの色女だぞ!)

おれはついにソファからはねあがり、「孔雀の間」の前にかけつけた。おれはあくまで蔭《かげ》で糸をひくつもりであったが、こうなってはもう仁木の野郎の代りに舞台にとび出さなければどうにもしかたがない。

「こらあ!」

おれは、ヤケクソのような声をはりあげた。廊下をあるいていた二、三人の女給がとびあがった。が、中はしいんとしている。あわててドタバタとにげ出す物音が起るはずなのだが——おれは逆上した。

「こらあ！　悦子、津田の野郎！　見つけたぞ、たたッ殺すからそう思え！」

おれは唐紙をあけてとびこんだ。そして、部屋の中にだれもいない——ふとんは冷たく、さっきおれが出たときのままであることを発見したのである。

（あれ！　悦子のやつ、どうしたんだ？）

めんくらって、立ちすくんだとき、廊下でどどっという物音がおこった。

「何だ何だ！」

「人殺しだ！」

「火事だって？」

おれは仰天して、廊下へとび出した。廊下を無数の人がかけてゆく。あちこちの部屋からとび出して、ころがるようにむこうの階段へはしってゆく。

「地震だ！」

というさけびがきこえたのは、あとで考えると、その恐ろしい跫音《あしおと》をかんちがいしたのだろうが、そのときはおれまで狼狽して、そのあとを追っかけた。

事実は、おれの途方もない絶叫に、廊下をあるいていた婦人たちがきもをつぶしてにげ出したのが、この騒動のはじまりらしかったのだが、ふしぎなことにみんな上の玄関へにげないで階下の方へなだれおちてゆく。すべては、この建物からくる錯覚だった。出口は上にあるのに、窓から眼下の海を見下ろしているので、ふとじぶんが高いところにいるようなかんちがいがあって、それでみんな下へ下へとにげ出したのである。

ところが、殺人事件はほんとうに起っていたのだ。

「亀の間」で悦子が殺され、その窓の外に津田が死んでいたのである。

おお、それはなんたる残虐無比の殺戮《きつりく》であったか。悦子はふとんの上で、一糸まとわぬまるはだかに剝《む》かれていたが、眼球をひとつえぐりぬかれ、舌をかみきられ、のどぶえをくい裂かれ、下腹部は血のぬかるみのようであった。

そして、その窓の外に、津田はうつ伏せにたおれていたが、両手はまっかに血にぬれて、そして頭をくだかれていた。その傍に、あかん坊のあたまくらいの大きさの石が一つゴロンところがっていて、これに頭をぶっつけたものとみえるが、ふしぎなことに、一階のことだから、窓から地上まで四、五尺の高さがあるにすぎず、まわりはこまかい砂利ばかりだったのである。

六

なんたる不運なことであったか！

大騒動の口火をきったおれがあやしまれて、つかまえられてしまったのだ。

あのつまらないさけび声がたたって、おれはすんでのことに真犯人にされるところだった。悦子がおれの情婦だったことはわかるし、おれが前科者だったこともあばかれるし、いやもうおれ自身が二重三重の罠におちた獣みたいにひどい目にあった。

それを救い出してくれたのが、あの志賀悠子嬢であったとは！

なんと、彼女は三階の一室に泊っていたのである。……そして、私がいちども一階の方へ下りてゆかなかったことを証明してくれたのである。……いかに疑いぶかい捜査官でも、彼女の天使のように清純な眼だけは、ひと目みただけで信じずにはおれなかったろう。

一夜の取調べのあいだに糸みたいにやつれはてたおれを、彼女はやさしくなぐさめた。朝の熱海《あたみ》の町である。おれは涙をこぼして、おじぎばかりしていた。

「ほんとうにありがとうござんした。あなたがいてくれなかったら、おれはもうどうなっていたかわからんです」

「いいえ、あたしのせいじゃないのです。津田さんが悦子さんを殺したことが証明されたのは……あの方の爪のあいだに、悦子さんの血やら肉やらがいっぱいつまっていたからなんです」

おれは、ゲエッと吐きそうになった。

「しかし、ツ、ツ、津田は、まあ、いったい、どうして——」

「あの方は、ふつうの方じゃなかったのです。きちがいだったのです。しかも……殺人鬼だったのです。……遺伝の血が、なにかひどく興奮したはずみに、発作的に爆発したのだろうと警察ではいっていましたけれど」

「遺伝の血？」

「これをごらんなさい」

と、志賀嬢は、ハンドバッグから折りたたまれた新聞をとり出した。へんな顔でのぞきこんで、志賀嬢のゆびさした個所に眼をやったおれは、あっとおどろきの声をあげてしまった。

そこにある小さな老人の写真に見おぼえがある。それは刑務所でおれの親しくしたあの老人の顔だった。

「大殺人鬼の死刑執行」

という見出しがならんでいた。

「あの津田さんが、この老人の子供だってことがわかったのです」

と、志賀嬢は、ひくい、ふるえる声でいった。

おれは、津田という男は以前どこかで見たようなへんな感じがした理由をはじめて知って、背に水がながれるような気がした。そうか！　道理で——しかし、こちらの苦心惨憺《さんたん》した殺人遊戯の対象が、なんとほんものの殺人鬼であったとは！

しかし、つづいて記事に眼をはしらせたおれは、またもや脳天を槌《つち》でうたれたような思いがしたのである。

「さきに世人を衝動させた一代の殺人鬼毛利《もうり》松吉（六五）は、死刑執行にあたり、さらに三十二年前、神奈川県T町における若夫婦暴行殺人事件を自供したのをはじめとし、その後、迷宮入りをした幾多の殺人事件の真犯人であったことをはじめてあきらかにし——」

三十二年前——神奈川県T町！

「こいつは、おれの親を殺した奴だ！」

と、おれは絶叫した。

志賀さんは立ちどまった。恐怖にみちた眼で、おれをじっとながめた。

「熊倉さん。……」

「おれの両親は、こいつに殺されたんです！」

「……おきのどくに」

と、彼女はつぶやいた。それから、ふかい調子でいった。

「それじゃあ、何もかも、恐ろしい天意ですのね。あなたのさけび声で人々がさわぎ出し、下にかけおりていったので、悦子さんを殺して屍体《したい》をもてあそんでいた津田さんがびっくりして窓からにげ出そうとしたんですから。……その窓からころげおちたとき、たったひとつの石にあたまをぶっつけて死んだなんて、ほんとうに恐ろしい神さまの御意志ですわ。……あたしが傍にいながら、とうとうこんな恐ろしい事件をふせぐことができなかったのも、あたりまえかもしれません。あたしは、悦子さんと津田さんが一階から上ってくるのを、じっと待っていたんですけれど……」

おれはあたまがしびれたようになって立ちすくんでいたが、しばらくしてふっと奇妙な顔をあげた。

「悦子と津田を見張ってた？ あなたは、どうして――」

「仁木さんから告白をきいて、びっくりして、事件のおこるのをふせごうとかけつけてきたのですわ」

「仁木が！」

「あのひとは、その告白を、出来心だとおっしゃったわ。出来心でわるいことするのがふつうだが、出来心でふっとわるいことをやめることもあるのですな、と苦笑しながら。……」

「……くそ！　つむじまがりめ！」

とおれはうめいた。

志賀嬢は、白い日のひかりの中に、まぼろしの聖女のごとく微笑しながら、この「天使と悪魔とのたたかい」にとどめをさしたのだ。

「良心の出来心。それがつまりあの方の受けられた教育のおかげじゃないでしょうか。あの方は、いい方なんです。……そして、あなただって、ほんとうは」

――話はこれで終りだ。かくてこのおどけ者の悪魔は、旗をまいて、人間荘をにげてゆく。

では君の幸福なる生活を祈る。

さようなら。

第二の間借人

まぼろしの恋妻

一

新しき住人、ようこそ。

あたしは、第三の間借人です。あたしは、美しいお話をきかせましょう。

美しいお話?……いいえ、あたしは、はじめ恐ろしい話だと思っていたのです。

この事件の直後、あたしは人生というものの恐ろしさをまざまざと思い知らされたような気がして、ほとんどショックをうけました。けれど、あのひとの結婚のプロポーズをうけいれる気になったのも、そのショックのせいだと思うと、ただ恐ろしい想い出として胸に抱いてゆくのはたえきれない思いがいたします。それどころか、あたしはこの事件から受けた教訓を感謝しなければならないかもしれません。

それに——これはやっぱり美しい話にちがいありません。とくに、これから愛さなければならないひとを持つあたしにとっては、ほんとうに感動的な物語なのです。

まして、偶然発見したこの黒いノートにかかれてあった恐ろしい物語——この人間荘には、ほとんど化物ばかり住んでいるのではないかと思われるような印象を消すためにも、あたしはあの事件をかきのこしてゆく義務があるように思います。

それまで、あたしは人生というものをお伽噺《とぎばなし》みたいなものとかんがえるくせから、どうしてもぬけきれませんでした。

もともと、高校を出るとすぐ、ひとり東京へとび出してきたのも、母ひとり娘ひとりで、家の大部分をひとに貸して、それで暮してきたような身分ですから、働かずにはいられない事情もあったのですが、やっぱり虹《にじ》みたいなことを夢みて上京してきたのです。

はじめ、或《あ》る計理士のところに、事務員としてつとめました。サラリーは六千円でした。そのちかくの或る家の屋根裏みたいな三畳の部屋を借りました。間代は三千円でした。

あたしはのこり三千円でくらしてきました。ひとりの若い娘が、一ト月三千円で暮す——それがどんなものか、想像がつきますか。

食べるのがせいいッぱいといいたいのです。せめて、ときどき飢えたといいたいのです。けれど、ほんとうのところ、あたしはしょッちゅう飢えていました。

それでもあたしが堕落しなかったのは、あたしが何かを夢みていたからなのです。いまに来る。何か来る、きっといいことがくる。——

そのうち、ほんとうにいいことがやってきました。あたしは有名な少女ジャズ歌手旗雲マリ子嬢のところで働くことになったのです。そこのマネージャーが、あたしのつとめていた計理士のふるい友達だった縁から、その幸運がおとずれてきたのです。

少女歌手、旗雲マリ子——といっても、年はあたしより一つ若いだけですけれど、その生活の豪奢《ごうしゃ》なことは、いままで雑誌のグラビアなどで見たり、想像したりしていた以上のものでした。もっとも、あたしはその邸《やしき》につとめたわけではなく、その事務所で、マネージャーに使われていただけですけれど、それでも用事があって、なんどかそのお邸にいったので、それをみる機会があったわけでした。

カーテン、ソファ、絨毯《じゅうたん》だけでも何百万円かかったとかいう応接間、おなじお仕着せのきものをきた何人かの女中――ちょっとした現代の王女さまでした。みるものすべてが、夢のような生活でした。

人間の暮しの差も、ここまではなれると、羨《うらや》ましいという気力が起るどころか、ただうちのめされるとみえて、あたしは新しい主人を、それこそ王女のようにあがめました。それに、旗雲マリ子嬢は、あたしたちにほんとうにやさしく、鷹揚《おうよう》で、サラリーも一万円にあげてくれたのです。

あたしはその当座、ただワクワクとして、何もかも感謝のきもちでいっぱいでした。……ところが、あたしの人生の罠《わな》は、そのときにしかけてあったのです。

サラリーが一万円にあがった！　旗雲マリ子さんのところで働く！

そのうれしさのあまり、あたしはいままで住んでいた三畳の屋根裏部屋をひきはらい、この人間荘アパート十二号室に移ってきたのです。決してきれいだとは義理にもいえないアパートですが、それでも六畳の部屋に入るということは、あたしにとって大した飛躍でした。

そのとき、当然、お金が入用になりました。引っ越しの費用、権利金、敷金など、合計二万五千円ほど余分のお金が。——いままで、食うや食わずの暮しだったのですから、そんなお金のあろう道理がありません。

こまっていると、それを貸してくれたのが、このアパートの五号室の日下部さんでした。日下部さんは、ちょいちょいあの計理事務所にくる人で、このアパートを世話してくれたのも、あの人だったのです。

「なあに、一ト月、千円ずつでも返してくれりゃいいんだよ」

と、日下部さんはいってくれました。

そこだ、そういう甘い親切が、田舎娘の罠になるのさ、とだれもがあたしを笑うでしょう。けれど、あたしだって、それほど向う見ずのばかではありません。むやみやたらにお金を借りたわけではないのです。日下部さんという人は、貧乏な娘のあたしでさえときどきからかいたくなるような、桁《けた》はずれて気の弱い、おとなしい人でした。あとで、これをたねに、あたしをこまらせるような人では決してないと見きわめたからこそ、うっかりあたしもその親切に甘える気になったのでした。……そして、あたしのおちた罠は、実際にもっと予想外のことだったのです。

二回目の千円をかえしたとき——それを一号室の管理人関さんの奥さんに見られてしまいました。それから、関夫人は、あたしの借金のことをさぐり出したようです。そして、おせっかいにも、日下部さんの奥さんにそれを密告したらしいのです。

或る晩、日下部夫人が、血相かえて、あたしの部屋にどなりこんできました。ほんとうに鬼女のようにものすごい形相でした。

「どういうわけで、日下部からお金を借りたの」

というのが、最初のあいさつでした。あたしが、金にこまった事情をうちあけても、ろくに耳にも入れません。奥さんは、それまであたしの想像もしていなかった汚らわしいことをかんがえていたのです。

「日下部とあんたと、どんな関係があるの。キリキリ白状してちょうだい！」

あたしは、顔色がみるみる蒼《あお》くなるのを、じぶんでも意識しました。

「関係だなんて！」

かっとして、あたしはさけびかえしました。

「なんてことをおっしゃるの！　そんな疑いをうけては、あたしもあたまをさげてはいられないわ。旦那《だんな》さん、いらっしゃる？　いらっしゃるなら、これからいっしょにいって、日下部さん自身の口から、あたしのケッパクを証明してもらいましょう」

そしてふたりは、肩と肩をぶッつけるようにして、階下の五号室へ下りてゆきました。

日下部さんは、部屋の隅に小さくなって坐《すわ》っていました。——そしてまあ、なんという男でしょう！　洪水のような奥さんの罵《のの》り声、あたしの泣き声をあびせかけられても、ウンともスーとも、一言の弁明をしようとはしないのです。よほど奥さんがこわいらしいとみえて、ただブルブルふるえているだけなのです。あたしはあきれてしまいました。

とうとう、あたしはかんしゃくをおこしました。

「もうけっこうです。お金は明日じゅうにかえします。奥さま、あたしは旦那さんと、御想像になるような不潔な関係はありませんけど、もしあったとしても、こんなイクジナシのデクノボーは、ノシをつけてもらってもいやだわ……」

「まあ！　なんてズーズーしい！」

と、日下部夫人は、卒倒するような金切声をはりあげました。

「ほんとにほんとに、このごろの若い娘は！」

さて、その翌朝早く――あたしは事務所にかけつけました。マネージャーに事情をうちあけて、サラリーを前借しようと思ったのです。つとめて二ヵ月たつやたたずで、ほんとうに厚かましいかぎりですけれど、ほかにしようはありません。ところが、運悪く、マネージャーは、旗雲嬢の劇場出演の打ち合わせに、昨夜大阪へ発《た》ったということでした。

途方にくれていると、折よく旗雲嬢のお母さまが、十本の指のうち七本まで指環をひからせて事務所にやってきました。あたしは、神さまにすがりつくようにして、お母さまに訴えました。お母さまは、心から同情して、笑いながらポケットマネーを貸してくれました。

あたしは、これでひとまず窮状はきりぬけたと思いました。日下部夫妻には、金をたたきつけてかえしてやりました。

それから三日たって、マネージャーは大阪からかえってきました。その日、アパートにもどってくると、北海道の故郷から電報がきていたのです。

「ハハビョウキ、スグカエレ」

あたしはびっくりして、事務所に電話をかけました。

「こういうわけで、これからすぐ故郷へかえります。母の病気が大したことがないようでしたら、すぐまた上京してきますけれど、もしおそくなるようでしたら、お金はあちらからお送りしてお返ししますと、お母さまにおっしゃっておいて下さいませんか」

電話からマネージャーの恐ろしい声がかえってきました。

「なんだって？……きみ、顔に似あわないふてえ娘だな。ぼくの知らないあいだに、とんでもない人から金を借りたそうで、さっききいてそのズーズーしさにたまげていたところだ。この上まンまとふみたおして逃げようったって、そうはさせないぜ」

これが、あの洗練されたスマートなマネージャーの声だろうか、とあたしはしばらくじぶんの耳をうたがったくらい野卑な声でした。

それにしても、なんというかなしい誤解ばかり、この世の中には満ちていることでしょう。あたしは返事をする勇気もなくくずおれるように受話器をかけてしまいました。

あたしは北海道にかえりました。一ト月たって、母の病気がなおったので、また東京に出てきました。あたしは働かなくてはならなかったのです。旗雲嬢のお母さまには、あのひとからお金を借りてかえしましたけれど、クビになりました。それから、あのひとの世話で、おなじ出版社の事務員にしてもらいました。

出版社――それは、あたしにもちょっとした魅力でしたけれど、入ってみると、編輯《へんしゅう》者は三人という小さなエロ雑誌の出版社なのです。

金を借りて、就職の世話までしてもらいながら、あたしはあのひとをケイベツしてしまいました。それはエロ雑誌の編輯者だからではありません。エロ雑誌の編輯者のくせに、あのひとにはそれらしいところがちっともないのです。あのひとはコツコツと小金をためて、人に貸して、そしてそのささやかな利子を計算するのを無上の愉《たの》しみとしているようなひとなのです。……

あのひと――八号室の青沼さん。それがこれからあたしが結婚しようとするひとの名です。

あたしは、あたしなりに、この世の恐ろしさを経験したつもりでした。それにもかかわらず、あたしが何かを「待つ」くせはなくなりはしませんでした。いいえ、なまじあの夢の国の王女さまの世界をのぞいただけに、いっそうあたしの夢は傲慢《ごうまん》にキラビヤカになっていたのです。そんなあたしが、どうして小金をためて人に貸す、小さなエロ雑誌の編輯者青沼さんをじぶんの夫にえらぶ決心をしたか。――

けれど、あたしがこの黒いノートにかこうとしているのは、あたしのことではありません。それは結局、あたしがその決心をした理由となった事件のことですが、主人公は十五号室の椎名さんの物語なのです。……

二

椎名さんのことは、第一の間借人もかいています。

「まえはきっといい男だったにちがいないが、まだそれほどの年ではないのに、ひどくやつれて、おびえたような眼をしている。ひとをみれば、おじぎばかりしている。毎日、埃《ほこり》だらけのくたびれた洋服の背をまるくして、セカセカとどこかへ出かけてゆく。……」

そして、ひとが何をしているのかときくと、「ぼくは、女房をさがしているんです……」とこたえる椎名さん。ふしぎな常人ばなれのした眼で、「ねえ、君、どっかで、……色白の、まるい頰っぺたをした若い母親が、二つくらいの女の子を乳母車にのせてあるいているのをみたことはありませんか？　それが、ぼくのどっかにいっちまった女房と子供なんですが……」とつぶやく椎名さん。

その椎名さんのことは、第二の間借人もかいています。

「そうだ、あの椎名という男は——三年の刑務所生活のあいだに、見たような気がする。はてな、どういう野郎だったかしらん？

あいつは、どうやら少々イカれているらしい。いつゆき逢《あ》っても、

『ぼくの可愛い妻と娘は、どこにいったろう？』

とかなんとか、ブツブツ、ひとりごとをいってあるいている。……」

あたしが、この黒いノートを見つけ出したのは、事件がすんだあとのごく最近のことですけれど、椎名さんがへんなひとだということは、前の間借人同様、あたしも気がついていました。変でもあるし、なぜか哀れをそそる人でもありました。

あたしが椎名さんをつくづく変だと思い、可哀そうなひとだと思い、そのくせひどく胸をうたれたようにかんじたのは、この晩春の午後のことでした。それはこのアパートの中ではなく、武蔵野《むさしの》の野原の中の路上のことでした。

その日、あたしは武蔵野の奥に住む或《あ》る作家を訪ねました。作家をたずねるなどという用事は、ほんとうならあたしなどには関係ないのですけれど、人手が少ないものだから、出来てるはずの原稿をただ受けとりにゆくだけの仕事なら、ときどきあたしもやらされたのです。

用をすませて、駅へいそぐころは、もう日暮にちかい時刻でした。

くるときは、美しく晴れたおだやかな空だったのに、かえるときは、すさまじい風が、青い麦や樹々を海のように波うたせていました。黄塵《こうじん》が薄暮の空にこんとんと渦まいて遠くの森も林も、黄色い霧のなかに、死の国の風景みたいにかすんでみえました。

「寒くさびしき古庭に、ふたりの恋人通りけり。まなこおとろえ口ゆるみ、ささやく話もとぎれとぎれ。……」

あたしは大好きなヴェルレエンの詩を口ずさんであるいていました。

「お前はたのしい昔のことをおぼえておいでか。

なぜおぼえていろとおっしゃるのです。

ああ、ふたり唇と唇をあわせた昔、
あやうい幸福の美しいその日。

そうでしたねえ」

風が耳に鳴りました。

「昔の空は青かった。昔の望みは大きかった。

けれど、その望みは破れて、暗い空にときえました」

涙がこぼれるようで、そして恐ろしい詩でした。

「からす麦、しげった中の立ちばなし、夜よりほかにきくものもなし」

突然、あたしは立ちどまりました。あたしは路《みち》の上で、思いがけなく椎名さんに逢ったのです。

数分間、あたしは声もあげずに、その姿を見まもっていました。

最初は、椎名さんがこんなところにいるなんて意外で、じぶんの眼をうたがったのですが、椎名さんにまちがいないということがわかってからも、その姿があまりに異様で、つよい好奇心にかられたのです。

椎名さんの姿は、アパートにいるときより、広い野中のせいか、いっそう見すぼらしくみえました。ヨレヨレの背広に、あの、やや凄味《すごみ》のある美しい顔も、埃にまみれて、病んでいるようにみえます。が、ふしぎなのはそれではありません。この眼もあけられないような黄塵の中――ゆく人はみな帽子か腕でひたいを覆い、前かがみにあるいているのに、椎名さんだけは、あたまをあげ、必死に何かをさがしもとめているようなのです。砂の霧のなかに、その眼は大きくひらかれて、妖《あや》しいひかりをはなっているのでした。

「椎名さんじゃあありませんの？」

やっとあたしはそのまえに立ちふさがりました。

「ああ、あなたですか」

と、椎名さんは眼をこちらにむけました。

「何をしていらっしゃるの？」

「ぼくは、女房と娘をさがしているんです。……」

おどろくより、このせりふはいままでに何度もきいていますし、それから、まるで往来におとしたものをさがしているような様子なのに、あたしは思わず微笑しました。

「あなたの奥さまとお嬢ちゃんが……」

しばらくあとをつづけかねて、

「このへんにいらっしゃるんですの？」

「そうなんです」

と、椎名さんはまたウロウロとまわりを見まわしました。

「七年ほどまえ、ぼくはこのあたりに妻と二つの女の子と住んでいたのです。小さいけれど、明るく、清潔で、花につつまれた家でした。……」

「いま、ひとが住んでいます。女房と娘は、そこにはいないのです。……」

「いったい、どうなすったんですの？」

「ぼくは……旅に出たんです。そしてもどってみたら、女房も娘もいなくなっちまっていたんです」

あたしはまるで狐につままれたようなきもちでした。しかし、椎名さんはなお夢みるようにいうのです。

「あのふたりは、まるで蒼《あお》い天から下りてきたような母子でした。じぶんの妻、じぶんの娘でありながら、ぼくは純化されるようでした。ぼくは、じぶんの人生に、これほど幸福な時期がこようとは、それまで夢にも考えたことはなかったのです。ぼくはしばしば、娘を乳母車にのせて、町へ買物に出かけてゆくふたりの背なかに、透明な翼が生えているようにながめたものでした。……」

「それが、どうして――？」

椎名さんは、だまりこんで、うなだれて、ポツリとつぶやきました。

「とにかく、七年前、別れたっきりになっちまったんです」

それから、顔を覆っていうのでした。

「旅からもどってみると、もとのところには、ふたりの影も匂いものこってはいませんでした。ぼくは、ふたりがどこかで野たれ死をしたにちがいないと思いました」


「そのおうちは？」

うすぐらい黄塵が、朦朧《もうろう》とその姿を不吉につつみました。

「ところが、十日ばかりまえのことです。ぼくは或る用で、この電車にのりました。生あたたかい、うす曇りの、そして野にはふしぎに明るいひかりの満ちた午後のことでした。この武蔵野をはしる電車からみた風景は、実にふしぎで、美しい。丘をこえ、林をすぎ、ふかい山の中に入ってゆくような気がするかと思うと、ふいに忽然《こつぜん》と幻のようにきれいな町があらわれてきます。……しかし、電車の中の客は、みんなねむっているようでした。ぼくもつかれはてて、ウトウトしていました。が、ふと窓をしめようとふりむいて——この麦畑の中の小路に——女房と娘を見たのです。……赤い乳母車をおして、たのしそうにあるいている女房の姿を……むかし通りの、買物にゆくふたりの姿を……」

あたしは、ぎょっとして息をのみました。椎名さんはかわいた唇をなめました。

「ぼくは、あそこの駅へつくと、狂気のようにとびおりて、この路をかけてきました。……けれど、ふたりの姿は、それっきりどこにもみえなかったのです。それ以来、毎日、ぼくはこのあたりをさがしています。あの丘をこえていったこともあります。あの森の向うへまわってみたこともあります。しかし、ぼくの愛する妻と娘は、ふたたび姿をあらわしてはくれないのです。……」

あたしは、なぜかひどく感動しました。思わず、椎名さんの手をしっかりとにぎりしめたまま、声もなく、うすぐらい風の吹きめぐる武蔵野の中に、いつまでも立っていました。

三

二、三日たって、あたしはとなりの志賀悠子さんにこの話をしました。

志賀さんは、女のあたしがみても——いいえ、女のあたしが見れば、男性がみるよりいっそうきよらかな姉のように思われるひとでした。あたしは何でも志賀さんに相談しました。一号室の関夫人とか、五号室の日下部夫人とか、世にもいやな女のいるこのアパートに、それでもあたしをひきとめているのは、ただ志賀さんという存在があればこそといっていいくらいでした。

「あのひとは……お可哀そうに、気がすこし変なのですわ」

と、志賀さんはかなしそうな笑顔でいいました。

「きちがいなのでしょうか。それでも、あたしは、なぜかきちがいとは思えないほど感動したのですけれど……」

「まあ、かんがえてごらんなさい。七年前に別れたはずの奥さま、ことに二つの赤ちゃんが、七年後のいま、どうしておなじ姿であるいているでしょう」

と、志賀さんはいうのです。それから、ふっとあたしをのぞきこんで、

「ごめんなさい、あなたのロマンチックな同情をぶちこわしたりして——いいえ、あのひとは、ふつうの意味のきちがいじゃあないのです。ただその一点だけ、思いつめて、気が

へんになっているのです。……あのひとは、どうしてその奥さまや赤ちゃんに別れたといいまして？」

「あの、旅に出て、とかいってましたけれど……」

「ずっとまえには、戦争にいってとかいってましたわ」

「まあ、それじゃあ、みんなデタラメなんですの？」

「いいえ、あのひとに可愛い奥さまや赤ちゃんがいたことはほんとうなのです。そして、それをあのひとが必死にさがしていることもほんとうなのです。……」

「志賀さん、あなたはあのひとのことをよく、御存じなんですの？」

志賀さんは、しばらく返事をしないでかんがえこんでいました。やがて、ほっと吐息をもらして、

「ほんとうは、あたし、知っているのです。おそらく、このアパートでそのことを知っているのはあたしだけかもしれません。あのひとの素性がしれると、かならずきのどくなことになると思って、だまって知らない顔をしていたのですけれど、あなたには教えてあげてもさしつかえないと思います。きっとふたりで、あのひとのために何かいいことがかんがえてあげられるでしょう。あのひとの本名は、椎名ではありません。……これをごらんなさい」

志賀さんは立っていって、押入から数枚の新聞をとり出してきました。もう色も黄ばんだ古い新聞でした。日づけをみると……七年もまえのものです。

「あたし、或《あ》るとき、これを偶然に見つけ出したの」

と、いいながらひらいた第三面をみて、あたしは思わずあっとさけびました。

「ホテルの窓から乱舞する札ビラ、狂乱の横領魔のあがき」

という大見出しとならんで、

「××省の大汚職事件発覚。被害は一千万円におよぶ」

という大活字の傍に、大きくのっているのは、一見別人かと思われるほど若々しく、ふとってはいますけれど、まごうかたなきあの椎名さんの写真だったのです。ただし、その名は椎名ではなく、船島でした。

七年前のこの事件は、あたしのまだほんの少女時代のものなので、おぼえているといえばおぼえているような、またそれからあとにいくどか起った汚職事件とこんがらかっているような気もします。……要するに、椎名さんが「旅」といったその行先は、刑務所だったのです。

「ホテルの窓から云々《うんぬん》」

というのは、犯行が発覚して、妻子をつれて熱海の某ホテルに逃走潜伏していた船島が、警官の急襲に自暴自棄になり、横領した金の一部をホテルの窓から外へまきちらしたという大それた行為をやったことらしく、そのホテルの窓と、室内に赤ん坊を抱いてつッ伏している女の写真ものっていました。

事件の全貌《ぜんぼう》よりは、あたしは「白面のサギ師、船島の仮面をはぐ」というような記事にひかれました。

「郊外に快適な電化住宅を新築。チャッカリと愛の巣」などという記事といっしょに、前景に花壇のみえる白いきれいな小住宅の写真ものっていました。一千万円ちかい公金を着服したこの若い税金泥棒が、美しい妻と愛児と、どんなにたのしい生活をしていたか、いかにもにくにくしげにかいてありました。

それを読みながら、あたしの耳には、あの風の中の椎名さんの声がきこえました。

「小さいけれど、明るく、清潔で、花につつまれた家でした。ぼくは、ぼくの人生に、これほど幸福な時期がこようとは、それまで夢にも考えたことはなかったのです。ぼくはしばしば、娘を乳母車にのせて、町へ買物に出かけてゆくふたりの背なかに、透明な翼が生えているようにながめたものでした。……」

あたしはまた別の記事をみました。

「船島の前歴はハマのヨタモノ。いいかげんな公務員採用試験」

それを読むと、船島は大学を卒業しながら、横浜であばれまわった不良のひとりで、前科こそなけれ、いくどかピストルの弾の下もくぐり、異名を「ハマの豹《ひょう》」とよばれた恐ろしい男だったというのです。もっともそれは、終戦後まもない混乱期のことでした。

「この前歴がありながら、彼が××省の事務官となったのは、亡父の知人に同省の某官吏があり、その紹介によったものといわれるが、彼のヨタモノ時代の仲間某氏（特に名を秘す）の話によれば、彼はそのころ、その剽悍《ひょうかん》さに於《お》て不良仲間にも舌をまかせるほどの乱暴者であったが、突然その社会から姿をくらまし、みなもふしぎがっていたところ、こんどの事件で彼が何くわぬ顔で××省にもぐりこんでいたことがわかり、一同唖然《あぜん》としているという。――」

それで、彼が逮捕直前、あの凄絶《せいぜつ》な札ビラの処理ぶりをみせたむちゃくちゃな行動が納得ゆくわけです。このヨタモノ時代の血がよみがえったにちがいないのです。

あたしは、しいんとするような恐怖に襲われました。椎名さんの過去の姿がこわくなったというより、その兇暴《きょうぼう》なヨタモノ、美しい文化住宅に愛の巣をいとなんでいた公務員、そしていまのあの哀れな半廃人のような椎名さんが同一人であるということに、人間の性質、運命というものが恐ろしくなったのです。

「あなた。……なぜそのヨタモノが、ヨタモノの世界から姿をけしたとお思いになる？」

と、志賀さんがささやきました。

「わからないわ。……」

「あたし、椎名さんが恋をしたからだと思うの。愛らしい恋人を得たからだと思うの」

あたしの耳には、また風の中の声がよみがえりました。

「あのふたりは、まるで蒼《あお》い天から下りてきたような母子でした。じぶんの妻、じぶんの娘でありながら、ぼくは純化されるようでした。……」

志賀さんは、もういちどふかいため息をもらした。

「そして、あのひとがそんな大きな罪を犯したのも、その恋人――いいえ、恋妻と赤ちゃんのせいだと思うの。……」

それから、ふっと耳をすませて、

「今夜も、椎名さん、いないわね？　昨日もいないようだったし、まだ武蔵野をうろついて、奥さまと赤ん坊をさがしているのかしら？」

「志賀さん、その奥さまは、椎名さん——いいえ、船島の罪を知っていたのでしょうか？」

「おそらく、何も知らなかったと思うわ」

「それじゃあ……突然、船島がつかまって、どうしたのでしょう？」

「さあ、どうしたのかしら。むろん、家など没収されたでしょうしね。……ただ、びっくりして、うちひしがれて、赤ちゃんといっしょに、おなじように泣きじゃくりながら、どこかへにげていったのでしょう。……」

突然、あたしはコミあげるようにさけんでいました。

「志賀さん、あの椎名さんがみたという母子は、ほんとうにそのひとたちじゃなかったのでしょうか……その可哀そうな母子は、きょうも武蔵野の小路を、幻のようにたのしそうに歩いているのじゃないでしょうか？」

志賀さんは、ぎょっとしたようにあたしを見つめて、それから、

「ばかね、あなたは」

と、笑いました。……むろん、それはあたしがとりみだしたので、そんなことのあるわ

けがありません。

そのとき、階下で大きなさけび声がしました。一号室の管理人関さんの声でした。

「ええうるさいガキだな、気がちがいそうだから、どっかへつれてゆけ！」

四

あたしは志賀さんと下へおりてみました。玄関のところに、火のつくように泣いている二つばかりの赤ん坊を抱いて、関さんの娘さんがボンヤリと立っていました。

関さんの娘さんといっても、もう三十ちかく、関夫人とそれほど年はちがわないのですから、むろん関さんのまえの奥さんの娘さんでしょう。あたしはそれまで見たこともなかったのですが、昨日の朝突然どこからかかえってきたのです。

このアパートにふるくから住んでいる九号室の木室老人の話によると、三年前にも、それから五年ほど前にも、どこからかフラリとかえってきたことがあるそうです。けれどたいてい三、四日ののちに追い出されて、またどこかにきえていったそうです。……「可笑《おか》しいことに」と木室老人はいいました。

「それが、いつも二つくらいのあかん坊をつれているんだよ。おッぱいをのませているところをみると、じぶんの子供にちがいない。しかし、まえとおなじ赤ん坊であるはずがない。いったい、まえのあかん坊はどうしたものかな」

可笑しいどころではありません。かんがえてみると、恐ろしいことでした。木室老人のいうところによると、父親もおなじとは思えないというのです。その娘さんは、あたしがみても正常なひとではない——きちがいというよりすこしあたまがぼうっとしているようなところがありました。

恐ろしいのは、その当人もさることながら、その親の関さんでした。娘と大して年のちがわないいまの奥さんに気がねをしていることもあるでしょうが、そればかりでもないようです。

あたしのきらいなことで、五号室の日下部夫婦と双璧《そうへき》でした。間代をあつめにきたついでに坐《すわ》りこまれて、お門ちがいの説教をなんどもきかされたことがあります。

関さんは、この世でえらそうにしている人間、幸福そうにくらしている人間は、みんなおたがいによろしくやっている狡猾《こうかつ》な偽善者ばかりだというのが持論でした。政治家や実業家はいうまでもなく、芸術家や芸能人もそうだというのでした。「ねえ、新聞雑誌のゴシップなどをみると、この連中はみんな友情があつくて、欲がなくて、義理がたくって、気前がよくて、サッパリした快男児ないし佳人ばかりですぜ。へん、それであんなにお金がもうかるかってんだ」——だから、いつか画家が派閥で展覧会の入選作品をえらび出すのではないかという疑いをうけた日展事件の起ったときなどは、「それみたことか」と、鬼のくびでもとったようなよろこびようなのです。

関夫人の方はおせっかいな投書狂でした。あたしからみても、あのひとがひたすらに正義を愛する女性とは思えません。世の中の何にでも不平をもつ、他人の不幸に快感をかんじるきのどくなひとなのです。

「ほんとに、手あたりしだいにハランでくる野良猫みたいなひと！」

あたしたちがおりていったとき、そういってドアをピシャリとしめたその狐のような顔がみえました。

娘さんは、あかん坊を抱いたまま、玄関にボンヤリと立っていました。暗い夜は雨にぬれています。

あたしたちが傍にちかづいても、娘さんはふりかえりもせず、かるくあかん坊をゆすりながら、雨をみていました。その顔は微笑しています。このひとは、いつもニコニコとあどけなく笑っているのです。

きているものは、ボロといってもいい着物でした。けれど、その顔には、哀しみも苦しみもあとをとどめない幸福そのもののような表情がうかんでいました。それはきみわるくもあり、ひかりかがやくようにもみえました。

「くるわ……くるわ……きっとくるわ」

ブツブツと、娘さんはつぶやいていました。

「あたし、こうして待っているのだもの……きっと、くるわ」

「ねえ、何がくるんですの？」

と、そっと傍によりそって、志賀さんがささやきました。

「何だかわかんない。……」

依然として暗い雨の往来をみながら、娘さんはケロリとしてこたえました。

「けれど、きっとあたしのところへやってくるの……」

それから小首をかたむけて、

「あ……きこえた……きこえたわ。……」

「何が？」

「あたしをよぶ声が――」

何もきこえません。きこえるのは、蕭条《しょうじょう》たる雨の音ばかりです。が、娘さんはなお夢みるような表情で、眼をかがやかせて、依然として耳をすませているのでした。

あたしの背に、ぞーっと水のようなものがながれました。それは、このひとのあたまがまともでないことを知ったからではありません。……あたしだ、あたしとおなじことだ！そう思ったからなのです。

わかります。この人は、何かを待っているのです。夢みているのです。野良猫みたいに追い出されては世の中をうろついて、子供をはらませられてはかえってくる。どんなに恐ろしい、かなしい思いをしてきたことでしょう。それでもこのひとは何かを待ち、夢みることをやめない性質なのにちがいありません。

「ねえ。……」

ふいに志賀さんがおし殺したような声でいいました。

「このひとにきれいなきものを着せて、あかちゃんを乳母車にのせて、椎名さんにみせてあげたらどうかしら？」

あたしは口もきけないで、眼を大きく見ひらいて志賀さんの顔をみていました。

「あの、こ、このひとが、椎名さんの――」

「ばかなこと、おっしゃい。まだそんなことをいってるの。椎名さんのあのあかちゃんが、こんなあかちゃんのわけがないじゃありませんか」

「それじゃあ……どうなるんですの、そんなことをして――」

「どうなるか、あたしにもわからないわ」

志賀さんの眼は、しかしキラキラと異様なひかりをたたえてきていました。

「けれど、何かが起るような気がするの。乳母車を押すまぼろしの恋妻……その一点だけ狂っているあのひとの頭に、何かの反応が起ると思うの。それがあの可哀そうなひとを救うすばらしい一つのトリックになるような気がしません？」

あたしの眼もかがやいてきました。あたしもふいにそんな気がしてきたのです。

「思うわ。そんな気がするわ。面白いわね、やってみましょうよ。……」

そして、女二人のこの善意にみちた突飛な知慧《ちえ》がどんな結果をよび起したことでしょう？

五

椎名さんは、二日たってからかえってきました。いったいそれまでどこをうろついていたものか、服はビショぬれ、足は泥だらけ、袖《そで》のあたりに麦の穂がくっついているという姿で、やつれはて、熱もあるらしく、部屋に入るとドサリとたおれるという始末です。階段のところで見つけたあたしは、大声で志賀さんをよび、ふたりで介抱して寝かしてやりました。

翌《あく》る日は、美しく晴れました。あかるい初夏の日ざしのなかに、町は白くもえあがるようでした。ちょうど日曜日です。遠い電車の音、どこかで鳴っている風鈴の音、のどかな金魚売りの声、犬の声、それから「さッちゃんが一イ、エイコちゃんが二イ……」などいう子供の声。——耳をすませば、そんなもろもろの声が、いっそう巷《ちまた》のしずけさを深めているのです。

あたしは志賀さんにいいつけられたとおり、椎名さんの部屋に入りました。志賀さんは、あの関さんの娘さんをつれてどこかに出ていったとのことです。

「やあ、どうも、たいへんな世話をかけちゃってすみません」

熱もひいたらしく、椎名さんはしきりにペコペコあたまをさげました。あの麦畑の中でみたときとちがって、眼は正気にもどり、あたしはこんどにかぎって、それがかえって不安になりました。

「あの……奥さまは見つかりまして？」

おずおずというと、すうっと椎名さんの眼がくもりました。

「いいえ、まだ……」

そしてあたまをかかえこみました。やがてあげた眼には、またあの異様な苦悶《くもん》と錯乱の翳《かげ》がただよっていました。

「しかし、女房と娘は、たしかにいるのです。乳母車をおして、どこかを——」

そのとき、あたしは窓のところに立っていました。

むこうの町角から、赤い乳母車をおして若い母親があるいてくるのがみえました。……むろん、志賀さんが美しくしたてたあの母子なのです。

あたしは胸がドキドキしました。椎名さんのみた幻影は、あたしの知らないはずなのに、その世にも美しく幸福そうな母子の姿をみたときに、あたしはそれがほんとうに椎名さんのさがしているあの母子のような気がしたのです。

「椎名さん。……」

あたしは息づまるような声でいって、ふりかえりました。そのあたしの顔に、椎名さんもただならぬものを感じたのでしょう。へんな表情で、フラフラと窓ぎわに立ってきました。

そのときあたしはうしろのドアがひらく音をききました。あたしはあっと思わずさけびました。そこに二、三人の警官が立っていたのです。

あたしはいまでも、なぜそのとき警官がそこにきたのかわかりません。それはあたしたちの計算には絶対になかったことなのです。が、それ以上にびっくりしたのは、椎名さんの態度でした。

「…………」

椎名さんは、背後の音も気がつかぬ風で、凝然と往来を見おろしているのです。その眼はかっととび出すようでした。唇がヒクヒクとひきつり、それから――ニンマリと笑ってきました。

「見つけた。……とうとう、見つけた。……」

風のようなつぶやきが、そののどの奥から吹いて出ました。

あたしの恐怖のさけび声に、椎名さんはふりかえって警官の姿をみました。次の瞬間、椎名さんは獣のようにとびあがって押入れにかけつけたのです。そしてトランクをひきずり出し、中からおびただしい札束をとり出しました。

「ちくしょう！　おまえたちのために、金をかくしておいたのに！」

そう絶叫すると、椎名さんは、あっというまもないうちに、その札束をひきちぎり、窓から木の葉のようにまきちらしはじめたのでした。

警官たちは殺到してそのうしろから羽がいじめにしました。

「ばか！　何をする！」

たのだな！」

「よさないか、船島！」

「横領金の一部をかくしたまま出所して潜伏してるという密告があったのはほんとうだっ

あたしは茫然《ぼうぜん》とたちすくんだまま、そんなさけびをききました。

それで警官たちがやってきたのがわかったような気もし、わからないような気もします。

密告……だれがそんなことを密告したのでしょう？

けれど、そんなことより、あたしの胸と眼を打ったのは窓の下のあの母親の声と姿でした。

黄金色の日光の中に、雨とふる札ビラをあびながら、ウットリとしてあのひとはさけんだのです。

「あたしは待ってるわ。……あなた、あたし、いつまでも待ってるわ！」

それはたしかに正気の声でした。

あたしはこの母親が、こちらのつくりあげた仮装のまぼろしではなく、椎名さんのさがしていたほんものの恋妻であったことを、そのときはじめて知ったのでした。

椎名さんはふたたび警察にひかれてゆきました。

あの哀れな母親が正気にもどったのはその一瞬で、彼女はふたたびもとのあたまのおかしい女にもどり、風のように人間荘を追い出されてゆきました。

あたしのお話はこれで終りです。美しい――いいえ、やっぱり恐ろしいお話です。あたしはこの人の世の恐ろしさに衝撃されました。愚かな夢は身ぶるいして捨てました。

あたしは、あたしに金を貸した男のところへ参ります。貧しい月給をやりくって、ひとに小金を貸して、利子を計算している、つましい、けなげなたのもしい雑誌記者のところにお嫁に参ります。

もうそれをケイベツなどはいたしません。ほんとうのたしかな幸福は、きっとそこから見つけずにはいられません。

それがあたしの夢なのです。

では、あなたの幸福な御生活を祈ります。さようなら。

第三の間借人

人間荘怪談

一

新しき住人、ようこそ。

――といいたいのはヤマヤマだが、ほんとをいうと、おれは、おきのどくさま、といいたい。そうでなければ、十二号室の押入れの壁のひびから出てきたこの黒いノートを見る人間は、クソクラエ、といいたい。

しかし、何もしらず、おれの次にこのアパートの十二号室に入ってくる奴は、きっとあるだろう。入っても、この黒いノートを見なけりゃ、知らぬがホトケで、案外ノーノーと暮してゆくかもしれん。そんなら、しあわせだ。その証拠に、おれのすぐまえには学生夫婦、そのまえにはタクシーの運転手が住んでいたらしいが、この黒いノートを見つけ出さなかったとみえて、天下タイヘイな顔でひっこしていったということだ。少くとも、そいつらはこのノートに何もかいてない。

第一の間借人のかいているところによると、それはこのノートに何かかく一番目の男という意味だそうだから、してみると、おれは第四の間借人ということになる。

そして、その意味での第三の間借人が、こんなことをかいている。「この人間荘には、ほとんど化物ばかり住んでいるのではないかと思われるような印象をけすためにも——」とか何とかかいている。印象じゃない。ほんとうにこのアパートは、化物アパートなんだ。

実は、おれは恐ろしくって恐ろしくって、逃げ出さずにはいられない——どころか、実際にもう荷づくりをしてあるのだが、このときになって偶然この黒いノートを見つけ出したら、なぜかこの十二号室に巣くう見えない悪魔にトリ憑《つ》かれたように、こんな文章などかいたこともないくせに、どうしてもおれの見聞きした怪談をかいてゆかずにはおれなくなった。

だいたい、おれがこのアパートにくることになったわけもロクでもないことだし、第一歩からしてエンギがわるかった。

それまでおれは、田舎の或《あ》る町の螺子《ねじ》工場で、旋盤工をやっていた。もともと喧嘩《けんか》が大好きで、勉強は大きらい、読むのはスリラーばかりといっていいおれが、それでも高校だけは出たのは、元軍人のおやじに尻《しり》をひッぱたかれたからだ。が、学校はもうそれでカンベンしてもらって、町工場ではたらき出したのだが、一年めにそのおやじが死んだ。おッかない頑固なおやじだったが、死なれてみれば、親一人子一人の暮しだったから、のどから何かとび出しそうで、おれはお通夜の晩にあびるほど酒をのんで、生まれてはじめて女郎買いをした。そうせずにはいられなかったんだ。それでもなんとか葬式をすまして工場へ出たら、そこの主人が、おやじのお通夜の晩におれが女郎買いをしたという評判をもうきいていて、テメエはメカケをもってるくせに、ケントウちがいのお説教をはじめやがったから、大きなお世話だ、アカの他人におれのキモチがわかるかって、またワーワー泣けてきそうになったものだから、テレカクシにひッぱたいてやったら、たちまちクビになってしまった。

それで東京へとび出してきたわけだが、一ト月ばかり山谷《さんや》のドヤ街にゴロゴロしてたら、つい文無しになっちまって、気がついたら腹ペコになって、雨の夜の場末の裏町をあるいていた。

背に腹はかえられないとはこのことだ。おれは強盗をやろうと思った。

あのときはじめて知ったのだが、強盗ってものは、やられる方よりやる方がおッかないものだ。秋の雨がくびすじから背中へながれこむのに、からだがほてッて、そのくせ、足が、ガタガタとふるえた。

イザとなると、なかなか適当な場所と人間にぶつからないもので、そのうち一方が工場らしい長い塀で、一方がドブ川のさびしい通りへ出た。

塀のかげの暗いくぼみにかくれて、向うの角の電柱にボンヤリともった電球の下をあるいてくる人間をテイサツする。こんどはあまり寂しすぎて、ちょっと人が通らない。

こっちはこんなに腹をへらしてるのに、タダで電気をくってる電球までシャクにさわってきた。

一番めは、手ぶらの夜学生だ。次は四、五人つれだった酔っぱらいだった。三番めは、何だか大きな風呂敷包《ふろしきづつ》みをかかえているが、恐ろしいボロボロの服をきた男だった。しかも、電球の下を通るとき見えたところでは、おれよりずっと背がたかく、力も強そうだ。おれの同類か、それとも前を通ってゆくとき、プンとへんな匂いがしたところをみると、乞食《こじき》かもしれん。四番めはお巡りだったので、おれはキモをつぶして、平グモみたいに塀のくぼみにハリついた。

その次にきたのが、蛇の目をさした爺《じい》さんだ。背は小っちゃく、やせて、右足をひきずるようにしているが、ちらっとみえたところでは、品のいい御隠居然として、もじりの外《がい》套《とう》をきている。

（こいつだ！）

と、おれは思わず立ちあがった。もう空腹のあまりか、待ちくたびれたせいか、腹のあたりが板みたいにかたくなって、それをホゴさずにはいられなかった。

爺さんはノロノロと歩いてきた。

「おい」

と、おれは突然とび出して、歯をガチガチ鳴らしながらいった。

「カ、金、金！」

ところが、爺さんは、どうしたのか、ワッともキャッともいわなかった。しばらくだまって、おれの方をのぞきこんでるようすだったが、

「きのどくだが、金はあまりないよ。わしは貧乏な爺《じじ》いだからね。さあ、財布に五百円も

あるかどうか……」

「そ、それでいい、それをくれ」

と、おれはせきこんだ。爺さんは笑った。歯がぬけているらしい。

「うちにかえると、もう少しあるだろう。いっしょにおいで」

「何いってやがる、そんなウマいことをいって——」

「大丈夫、大丈夫、安心しておいで。すぐそこのボロアパートだよ」

こういうのが、婆さんみたいに、実にやさしい声なのだ。きみがわるい一方で、おれはまた泣けそうになった。

なんだかヘンな具合になって、気勢がそがれて、おれは先に立って歩き出した爺さんにフラフラくっついていった。こんなバカな強盗ってないが、ほんとにおれはそのときキョトンとした顔をしていた。

爺さんは、途中でおれに夜泣き中華ソバをオゴってくれた。おれはほんとうに涙をこぼしながら、七杯くった。これで無条件降伏だ。

道々、おれの年だの、故郷だの、故郷をとび出してきたわけだの、ポツリポツリきいていた爺さんは、突然、

「おや?」

と立ちどまった。ゆく手の汚ないアパートの入口から、鉄砲玉みたいにひとりの男がとび出してきた。

「青沼さん、どうしたんです？」

と、爺さんはきいた。脳天から出るような声がとんできた。

「女房が、階段からおちて重傷だって知らせが、いま警察からあったんです！」

「な、なんですって？　どこの階段から？」

しかし、その男は、返事もしないで、キチガイみたいに走っていってしまった。

アパートの入口には、七、八人の人影があつまって、ガヤガヤとさわいでいる。それにかこまれているお巡りが、その知らせにやってきたお巡りだろう。爺さんはちかづいていって、もういちどきいた。

それによると、このちかくに何とかいう大きな月賦屋があって、そこでは月賦で、家具、衣料品、皮製品、電気器具、なんでも売っている。そこで、あの青沼という人の奥さんが、どうしたのか二階の手すりからまっさかさまにおちたらしい。

「ああ、あの手すりはひくいから、子供なんか危いと思って、あたし投書してやろうと思ってたのよ」

と、狐みたいな顔をした女がさけんだ。あとで知ったことだが、これはこのアパートの管理人の奥さんだった。爺さんも声をふるわせて、

「しかし、子供じゃあるまいし――」

「どうやら、そのちかくに三面鏡の売場があって、どこまで離れたら全身が入るかって、あとずさりしたら、おッこッちゃったらしいんですな」

と、お巡りさんはいった。

「そ、それで、怪我はどうなんです？」

「旦那《だんな》さんにはいわなかったが、病院の方じゃ、もういかんといってましたが」

「ああ、あの奥さんが、可哀そうに！」

と、爺さんは涙声でいった。さっき、ひどく度胸のいい爺いだと思っていたが、あれは度胸がいいのじゃなく、生まれながらやさしいたちなんだと、おれにははじめてわかった。

さわいでいるところへ、外からまたひとり、ひどくスタイルのいい洋服を着た背のたかい男がかえってきて、話をきいてびっくりして、

「そりゃたいへんだ。ぼくも病院へいってくる！」

と、かけ出した。それはいいが、うしろを見送って、おれはなんだかへんな気がした。たしかにはじめてみる顔なのに、どっかで見たことがある。——これもあとでわかったのだが、十四号室の座光寺という人だった。しかし、座光寺なんて変った名をきいても、いよいよおぼえがないが。

何はともあれ、これが、おれがこの人間荘アパートに住みつくようになった夜の話だ。おれを救ってくれたのは、九号室の木室老人だった。

二

最初に来た夜に死人が出るなんて、まったくエンギでもないが、しかしおれはこのアパートにつれてきてもらったおかげで、刑務所ゆきをまぬがれたわけだ。

木室老人ほど親切な爺さんはまたとあるまい。おれを空いている十二号室に入れてくれ、その権利金まで貸してくれ、ちかくの町工場に就職の世話までしてくれたのだから、ホトケさまとよりいいようがないが、この老人はだれにもそうらしい。おれのつとめた町工場の主人も、むかしこの爺さんにちょっとした恩をうけたそうだ。

こんなボロアパートに住むだけあって、むろん金持ちどころか、九号室でひねもす婆さんと内職の日本人形をつくっていて、その方ではちょっとした名人なんだそうだが、とにかく今どきのスピードじゃない、お茶をのんでるときの方が多いのだから貧乏もあたりまえだ。しかしいかにも名人らしく、鶴みたいに品のいい、アカヌケのしたいい顔をしている。

このよく出来た老人が、ほんものの娘だけは人形をつくるようなわけにはゆかなかったと嘆息するから、おれのおやじとおんなじ悲劇だ。もっとも、娘の環さんは、おれとちがって、なんと女子大を出たらしい。どんなハズミで女子大までいったのか、銀ぶちめがねをかけて、いつもツンツン月夜みたいな顔をして、とにかくおッかない三十娘だ。あんないい父親を、すっかりばかにして、いつも叱りつけてばかりいる。

「わしが貧乏な職人育ちだものだから、ついムリをして、不相応な背のびをしたバチがあたったよ」

と、いつか爺さんは愚痴をこぼした。

おれは恩をうけたせいばかりでなく、この爺さんのいうことなら、なんでも身に沁《し》む。よく爺さんくさいお説教をするが、おやじとちがってかえってうれしいからふしぎだ。いつかこんなことをいった。

「明治の人間は、三十四十ころからもう爺い爺いしてたようだし、また自分からそうなろうとしていたように思うな。それであんな結構な国をつくったんだからおもしろい。いまのひとはどうだい、五十になっても六十になっても大変若くって、若いのはいいが、色気の点ばかり若くって、とうとうお国をこんなにしちゃったじゃないか」

　爺いは爺いらしくしろ。爺いであんまり若気のいたりみたいなことをいったりしたりするのは、きみがわるいというんだ。なるほど、木室老人はいかにも爺さんくさい。右足をちょっとひきずるのも、中風のきみがあるのかもしれない。

　工場で二度めの月給をもらったとき、おれが例の月賦屋でラジオと電気コンロとアコーデオンを買いこんできたら、ひどく叱られた。それから、涙をながしながら、こんな話をしはじめた。――青沼夫人の話だ。

　青沼夫人とは、おれがきた夜、月賦屋の二階からおちて死んだ奥さんだ。――そして、いまにして思えば、それこそこの部屋の三番めの間借人、つまり、おれのまえにこの黒いノートに、「あたしは、貧しい月給をやりくって、ひとに小金を貸して、利子を計算している、つましい、けなげなたのもしい雑誌記者のところにお嫁に参ります。もうそれをケイベツなどはいたしません。ほんとうのたしかな幸福は、きっとそこから見つかるでしょう。いいえ、見つけずにはいられません。それがあたしの夢なのです」

とかいた、感心な娘だ！

「それはほんとうに可愛らしい奥さんだった。そして、しッかりものだったよ。このアパートの、お前さんのいまいる十二号室からわしのとなりの八号室へのお嫁入りじゃというのでな、一本の廊下の端から端へ、七、八間《けん》の嫁入り道中とは前代未聞じゃった。もっとも結婚式場は仲人役《なこうど》のわしがちかくの或《あ》るところを世話してあげたが、あれが戦後派式というのかな、呼ばれた人は、仲人役のわしをふくめて、みんな会費をとられたよ。それから、新婚旅行にもゆかん、その費用でミシンを買ったという。わしはひざをたたいて感服した」

と、木室老人はしゃべり出した。

「いや、若いがたいしたしッかりもので、カロリーとかミネラルとかいって、肉は安い骨か臓物ばかり買ってくる。人間には鉄が要るとかいって、売れ残りのホーレン草ばかり食うとった　わしは金槌《かなづち》でもかじった方がよかろうと笑ったがな。いや、はじめは感心しとったが、こんなにくまれ口をたたきたくなるほど、だんだん変なことになってきたよ。妙なところで緊《しま》ってるくせに、いやもういろいろな機械を買うこと、買うこと。——」

「機械？」

「写真機、トースター、電気ガマなんぞはいいとして、肺の衛生のためといって電気掃除器、快眠のためといってベッド、ビタミンをとるためといってミキサー……生活のゴーリ化、ゴーリ化と死物狂いにいっとったが、ゴーリ化もいいが、ちっともゴーリ化されとらんのは財布のほうで、これがみんな月賦屋からはこばせたもんだ」

おれは、爺《じい》さんがおれを説教するのに青沼夫人の話をはじめたわけが、やっとわかった。

「あの奥さんは、まえに流行歌手の秘書だか小間使いだかしとったそうで、そのときに見た夢が忘れられなかったのではないかな。それとも、月賦という奴はありゃ賭《か》けごとみたいなもんで、クセになったらだんだん深味におちる。とにかく、お金はその場じゃ大して要らんのだから、三つ月賦があれば、三つにナレて、ふっと四つめをやりたくなるものらしい。だから、ヒョイとみて、じっとその品物のまえに立ってると、フラフラと買いたくなって、どうにもじぶんでおさえがきかなくなるものらしい。そのうち、電気冷蔵庫、テレビときた。このアパートでテレビをもっとるのは、おとなりだけじゃ。しかし、まあ考えてごらん、六畳にいまの品物がみんな入るかどうか。——」

「みんな、入ってるんですか？」

「ふしぎに、入ることは入っとる。人間の一念というものは恐ろしい。わしはのぞいて、ため息をついた。ふたりとも、電気冷蔵庫に腰かけて飯をくい、電気ガマを枕にねとる始末だ。……それでも、夫婦仲はよかったなあ。あの旦那は、まったく奥さん孝行だったなあ。若いに似ず、なかなかの経済家とみたが、それが飴《あめ》みたいにトロトロになって、奥さんのなすがままになっていたからね。わしはとなりの部屋をみて、あきれかえって、これじゃからだもシンケーももつまいと思ったが、ふたりともニコニコしてるから、いまの若い人は丈夫なものだと安心したが、やっぱりいけなかった。そのゆきついたさきが、あの三面鏡の災難だ。可哀そうなことをした。……」

おれもいまこの黒いノートにかかれてる、あの奥さんの結婚まえのソーレツな決意をよむと……だから娘の決心なんてアテにはならない……などとは思わない。ただカンガイムリョーである。……

爺さんも、泣き笑いみたいな表情をして、

「しかし、いまになってみれば、ばかなひとたちだとは思わないね。お葬式をすますかすまさないうちに、青沼さんはその三面鏡を買いこんだじゃないか。女房がそれほど執心して死んだとあれば、買わずにはいられないといってね。わしはそれをきいて、モライ泣きをしたよ。……月賦もここまでくると、鬼をも泣かせるね。……」

これじゃ、説教が説教にならないじゃないか。

木室老人がこんな話をしてから三日ばかりたった或る夜のことだ。突然、廊下でけたたましいさけび声がきこえた。おどろいてとび出すと、八号室の青沼さんが、ドアをあけて廊下にとび出して、ボンヤリ立っている。

「どうしたんです？」

木室老人も、十一号室の志賀悠子さんも、向いの十四号室の座光寺さんも顔をのぞかせた。

座光寺さんは、どこかのキャバレーのバンドマンをしているそうだが、今夜はお休みらしい。

青沼さんはその名のごとく真っ青な顔色をしていたが、急にニヤニヤ、しまりのない表情で笑い出した。

「ああ、なんて、ぼくは幸福なんでしょう」

「きみがわるいね。青沼君」

と、座光寺さんがいった。

青沼さんは、雑誌の記者なんだそうだ。おれみたいな大して教育のない人間は、記者だなんてきくとへへーと感心してしまうが、青沼さんのやっているという雑誌は読んだことがある。すげえ、エロ雑誌だ。が、それをつくっている青沼さんは、こっちがもういちど、へへーと見なおすくらい、クタビれたキューリのような顔をしていた。あんな雑誌つくってるので、つくるだけで消耗してしまったのかもしれない。

青沼さんは、きみのわるい笑顔で、

「いや、女房が出たんです。……」

「えっ、で、出たあ?」

「ど、ど、どこに?」

と、木室老人と志賀嬢が息をひいてききかえした。

「鏡の中に」

「…………」

「三面鏡の中に」

「…………」

「いま、ヒョイとぼくがのぞきこんだら、まんなかの鏡と左の鏡にはぼくの顔がうつってるのに、右の鏡には、ぼくじゃなくって、女房の顔がうつって、ニヤリとぼくを見つめていたんです。……」

そして、水をあびたように立ちすくんでいる一同をしりめに、青沼さんは舌なめずりして、またフラフラとじぶんの部屋に入ってしまった。

三

三面鏡の二面だけにじぶんの顔がうつり、他の一面にべつの人間の顔がうつる。しかも、それは、その鏡への欲望のために横死した女の顔である。ああ、恐ろしい女の執念ではないか。……それがほんとうなら、おれの好きなスリラーによくいう怪奇センリツのきわみだが、おそらく何かのまちがいだろう。しかし、まちがいにしても。……

青沼さんは、とうとうイカれてしまったにちがいない。木室老人は、「若いに似ず、なかなかの経済家」なんてウマいことをいったが、アパートのほかのひとの話では、たいへんなケチンボだったらしい。そのケチが、あれほど度はずれた月賦狂の奥さんのお尻《しり》に鼻の下をながくしてしかれていたというから、よほどネッアイしていたとみえるが、その奥さんが突然死んで、のこったのは部屋をうずめる品物とその月賦ばかりときては、あたまが少々おかしくなってもムリはない。

青沼さんは、よく勤め先を休むようになった。葬式のとき、北海道から死んだ奥さんのおふくろさんがやってきて、遺骨をもってかえったが、そのときも「雑誌の〆切《しめきり》がせまっていますので」とかいって会社へ出ていったのに感心したが、あれが働き者としての最後の努力だったとみえて、それから二ヵ月もたってから、ちょくちょく会社を休むようになった。部屋からあんまり出てこない。蒼《あお》い顔をして、小便だけに出てくる。しかし、いつか、何かの用事でおれがのぞきこんだら、ミシンとベッドの谷の底で、テレビの喜劇をみて、ひとりでゲラゲラ笑っていた。

おれがそのことを木室老人に話したら、

「それだって、少しオカしいよ」

と、心配そうな顔をした。

「それに夜中の一時二時にも、ゲタゲタ笑う声がするぜ。そんな時刻、テレビは何もうつしてやしないだろう？……また三面鏡で奥さんに逢《あ》ってるのかな」

「よしてくれ、おじさん」

と、おれは手をふった。

町の電線にこがらしが鳴るようになって、突然、青沼さんはひさしぶりにオーバーをきて、ボストン・バッグをもってあらわれた。

ちょうど日曜だったので、おれは部屋で、電気コンロでパンをやいていたが、急にニクロム線が黒くなったので、けげんな顔で廊下に出てみると、斜め向うの十四号室の座光寺さんも顔を出した。

「停電ですか」

「君のところもそうか。じゃあ停電だ」

など話しているところへ、旅行姿の青沼さんがあらわれたのだ。

「おや、どこへ?」

「ちょっと北海道へ」

「ちょっと? そりゃたいへんだ。なんか急用ですか」

「いや、女房のお墓参りをしてやろうと思いましてね」

と、青沼さんは、細ぼそとした声でいった。そういえば奥さんの故郷は北海道で、お葬式のときお母さんがやってきた。母一人娘一人らしく、泣きながら遺骨もひったくるようにもっていってしまったようだ。

「はあ、そりゃ……」

いい心がけだと他人がいうのもおかしいが、旦那《だんな》がお墓参りをしてやれば、あの奥さんも成仏《じょうぶつ》して、もう三面鏡に顔を出さなくなるかもしれない、と思ったが、まさかそれも口に出しかねた。

「それじゃあ、どうぞ元気でいってらっしゃい」

「北海道はもう雪なんじゃあないか」

と、口々にあいさつすると、青沼さんはキョトキョトして、

「木室さん、いますか？」

と、九号室のドアの方をみる。

「おや、知らないんですか。木室さん御夫婦は、けさ歌舞伎を立見してくるといって出かけましたよ。お嬢さんもどうしたのか、この二、三日いないようだし」

「実は鍵《かぎ》を、あずかっておいてもらいたいんですがね」

「鍵なら――」

と、座光寺さんがいいかけると、

「いや管理人にゃわたしておきたくないんです。どうも、あの人は信用ならん」

と、ひとりごとをいって、しばらく考えこんでいたが、すぐに十一号室の志賀さんの扉をノックした。

志賀さんは在室していて、顔を出して、青沼さんの話をきいて、おなじように「それはそれは」といった。ちょっと涙ぐんで、どうぞ、あたしの分もお参りしてきて下さいましねなどといっている。

すると、――あとで思うと、あれが虫の知らせというものであったろうか――青沼さんは、実に不吉な妙なことをいい出したのである。

「ありがとう、ありがとう！　ほんとうに、女房は、ぼくの女房になるまえからあなたの親友でしたねえ。女房は、しょっちゅうあなたの話ばかりしていましたよ。——」

「妹のような気がしていましたわ。あんないい方が、なんて運のわるい——」

「このアパートは呪われてるんです。ずっと以前に三号室の刈部夫人があたまを石でわられるし、十三号室の山名さんは階段からおちて死んだし、四号室の津田君は、温泉にいって、高いところからおちて石であたまを割る。そして女房も月賦屋の二階からおちる。同じ手口です。……」

「手口って？　まるでだれか犯人がいるみたい。……」

「いや、犯人はわかってるんです。刈部夫人をやっつけたのは二号室にいた高力という三文作家、山名さんを殺したのはその十二号室にいた夜学生、とね。……」

志賀悠子嬢はだまって青沼さんをみている。しかしその眼は恐怖でいっぱいであった。

「あなた、山名さんを殺したのが、あの夜学生の方だったなんて、どうして御存じなんですの？」

「女房が話してくれましたよ。それもあなたへの恋のためだったんですってね」

「まあ」

「といって、あなたに責任はないけれど……いや、ぼくのいいたいのは、そんな相つぐ惨劇の個々の犯人じゃなくって、その背後に感じられる呪いの神の影なんです。同じ手口というのは、その神の手口の意味なんです。……」

「あなたのおっしゃること、ちっともわかりませんわ。……」

と、志賀さんはかなしそうにいった。青沼さんははっとわれにかえって、

「あっ、ぼくはこんなことをいいにあなたを呼び出したわけじゃなかった。実は、あなたにおねがいがあるんです。ぼくの部屋の鍵をね、留守ちゅう木室さんにあずかっておいてもらいたいんだけど、いまいないらしいから、もどったらこれをわたしておいていただきたいんです。……」

と、鍵を志賀さんにわたした。

「はい、承知しました」

「木室さんは、おつとめがあるわけじゃなく、たいていひるまいらっしゃるから――というのは、実はぼくはまだたくさん月賦の未払いがあるので、旅行がながくなって、もし払わないと、月賦屋の方で品物の回収にくるかもしれない。しかし、大部分支払いずみのものもあるから、ただ回収されちゃ損ですからね、あと少しはらえば、その品物は完全にこっちのものになる。そこのところを木室老人に御一任しますとお伝えねがえませんか？」

「御一任というと？」

青沼さんは、モジモジして、

「つまり、木室さんに立て替えておいていただきたいんで……」

座光寺さんが、おれの横ッ腹を肘《ひじ》でつッついて、小声でいった。

「チャッカリしてるな。……」

「鍵ならこっちにあずけておいてもおなじだろうと思って、ずいぶん信用がねえなといままで考えてたんですがね。……」

「そんな御一任ならゴメンだよ」

なるほど、木室老人なら、それくらいのことはやってくれるかもしれない。さすがに面とむかってはたのめないから、存外木室さんが留守と知ってのうえでの、図々《ずうずう》しい伝言かもしれん。

青沼さんも気がとがめたとみえて、弁解した。

「もしぼくが永遠にかえらなかったら、むろんその品物を御老人がどう処理して下すってもけっこうですといって下さい」

「あら！　永遠にかえらないなんて！」

「いや、これは冗談です」

そして、青沼さんはもういちどおれたちに別れの挨拶《あいさつ》をして、フラフラとアパートを出ていった。気のせいか、そのうしろ姿の影がうすいようだった。

夕方になって、木室老夫妻が芝居見物からかえってきた。おれは、志賀嬢が木室さんに八号室の鍵と青沼さんの伝言をつたえているところにゆき逢った。

「はてな」

と、それをきいて、木室さんはくびをかしげた。

「その伝言はおかしいな。いくら北海道へ女房の墓参りにゆくからって、そんなに長くかかるわけがわからない」

「あたしもへんだと思ってきいてたんですけど。……」

「お嬢さん、あのひとが永遠にかえらないってのは、そりゃ冗談じゃないんじゃないか」

「えっ」

「まさか、あのひと、死んだ奥さんのお墓のまえであとを追うつもりで出ていったのじゃあるまいね？」

「まあ、どうしましょう？」

と、志賀さんは顔色をかえた。

そこへ、座光寺さんも顔を出す。頭をあつめて話しあっているうちに、だんだん不安の度がましてきた。両手をねじり合わせてだまっていた志賀さんが急にいい出した。

「どなたか、北海道へ追っかけていって下さる方はないでしょうか？　あたしがゆくといいんですけれど、都合のわるいことに、四、五日ちゅうにどうしても埼玉県までゆかなくちゃならない仕事があるんです。むろん、旅費はあたしにもたせていただいて。……」

「しかし、あなた、ただ北海道とだけで、青沼さんのいった先がおわかりか」

と、木室老人が眼をまるくしていった。

「ええ、亡くなった奥さんから、まえにきいたことがあるんです。部屋の手帳をみれば、わかるんですけど、なんでも苫小牧《とまこまい》のちかくでしたわ」

「旅費が出るなら、ぼくがいってもいいな」

と、座光寺さんがいった。

「あなた、キャバレーは？」

「いや、どうも不景気なバンドでね、いっても足代が出るか出ないかっていうようなありさまだから」

「あんた、そうして下さるか？」

と、木室さんはしっかりと座光寺さんの手をにぎって、それからくびをたれた。

「いま、志賀さんが、ありがたいことをいって下すった。本来なら、わしも一ト肌ぬがなくちゃあいけないところだが、こういう話で、恥をうちあけます。実はきょう出かけたのはお芝居じゃない、病院なので、娘が流産したのです」

老人は赤い顔をした。娘さんはオールドミスのはずだったから、みんなびっくりしてしまった。

「その経過があまりよくなくって、情ないことに、いまのところわしは身うごきがつかんので……」

こういうわけで、すぐ座光寺さんは志賀嬢から旅費をもらって北海道へ立った。

――ところが、翌日の夜である。おれは実にわけのわからない事件にぶつかってしまった。

工場の主人の命令で、上野の銅線屋に使いにいったのだが、ひどい吹き降りだった。その中を、或《あ》る交叉点《こうさてん》にくると、向うにグデングデンに酔っぱらったひとりのルンペン風の男をみた。それが、なんと、北海道へいったはずの座光寺さんみたいにみえたのである。

はっと思ったとき、シグナルが赤に変って、眼のまえを自動車の大群がはしり出し、信号が青に変ったとき、もうその男の姿はなかった。

その夜の嵐は、珍らしい冬の颱風《たいふう》だった。颱風は北上して、津軽《つがる》海峡でたいへんな惨事をひきおこした。あの誰でも知っている、青森を出航してまもなく沈没した十二月七日の青函《せいかん》連絡船阿寒丸の事件だ。

四

阿寒丸事件をつげるラジオの臨時ニュースがあったのは、そのあくる日、おれが工場からかえった直後だった。びっくりして立ちあがったところへ、木室老人がとびこんできた。むろん、二日まえに北海道へ旅立ったふたりの知人があるのだから、これはこ、と、だ。

「しかし、青沼さんはもう北海道へわたっちまったあとでしょう」

「わしもそう思う。が、あの座光寺さんは？」

おれは、眼を宙にすえてしまった、昨夜の上野駅ちかくの交叉点の怪を思い出したのだ。

「途中で道草をくっていなけりゃ、あのひとも北海道へいってると思うが」

「それがね、木室さん、妙なことがあるんですよ」

と、おれは昨夜のことを話した。

「まさか？……なにかの見まちがいじゃろ？」

爺《じい》さんは笑い出した。

「キャバレーのハイカラなバンドマンで、現在は不景気じゃとはいえ、このアパートでいちばんりっぱな背広をきとるあのひとが！」

そういわれれば、おれはあたまをかいてひっこむよりほかはない。

あくる朝、新聞をみると、阿寒丸の乗客千百十三人はみんな溺死《できし》している。そして、東京都関係の乗客名簿をみて、おれはあっと声をあげてしまった。青沼さんの名が、そこにあったのだ！

おれは新聞をもって、木室さんの部屋にかけこんだ。木室さんの老妻は、あれ以来娘さんの入っている病院に泊りづめだとかで、部屋には爺さんひとりだった。

「木室さん、青沼さんが死んだよ！」

「わ、わしもいま見てびっくりしとるところだ。本来なら、もう北海道へわたっているはずなんだが、してみると、東北のどこかに途中下車でもしていたのかな」

「……なんてことだ、夫婦そろって、運のわるい人だなあ！」

「しかし、座光寺さんの名はないようだね」

——翌《あく》る日の夕方、くたびれたような顔で、その座光寺さんが帰京してきた。くたびれていても、やはり立派な男前で、あのルンペン姿など想像のしようもなく、おれはばかなことを考えたものだと苦笑いした。

きいてみると、青森まではいったが、空模様があやしく、海が荒れそうだというので、船によわいたちだから、市内に一泊したら、阿寒丸があの海難で、胴ぶるいして逃げかえってきたという。――

「しかし、その阿寒丸にはさきにいった青沼さんが乗ってたんだね。もし、ぼくも乗ってたら、見つけてひきずりおろしてやったんだが」

と、座光寺さんはくやしがった。

「そういえば残念だが、まあ、あのひとはよほど死神にとり憑《つ》かれていたんだな。あんたの運がよかったんだと思うよりしかたがない」

と、木室老人はいった。

「ぼくなんかより、もっと運のいい連中もいましたよ。ホテルにドヤドヤ十人あまりおしかけてきましてね。いちど船にのったがなかなか出航しないので、イヤ気がさして、タラップを下ろしてもらって下船したって連中が――」

その幸運な人々の話も、きょうの新聞に出ていた。それらの人々の名は、きのう死亡者の中に出ていて、きょうとり消されている。しかし、むろん青沼さんは、その中に入ってはいなかった。

「せっかく旅費までもらいながら、申しわけないことになっちゃった。志賀さんにあやまらなくちゃならないが――」

「志賀さんは、けさからいないが、埼玉県とかへ」

「ところで……青沼さんも奥さんも死んじゃって、あの遺産はどうするんです？」

と、いままでヤケに恐縮していたくせに、座光寺さんは急に薄情なことをいい出した。が、まさに遺産だ。おれも、青沼夫妻をきのどくだと思う一方で、少なからぬ興味をもった。

が、爺さんはもういちど新聞をみて、くびをふった。

「まだ、そんなことを考えるのははやい。青沼さんが死んだということがハッキリせんうちは。……早まって、妙なことをして、ヒョッコリ本人がかえってきたりすると、一任されたわしの立つ瀬がない」

翌る日、志賀嬢がかえってきたが、彼女とて座光寺さんを責めるわけにもゆかなかった。阿寒丸の溺死者は、続々とひきあげられているらしかった。海におちて、漂流中のもの、船内にとじこめられて死んだもの——そのたびに、死体と姓名が、青森におしかけた遺族に確認されて、新聞に発表された。しかし、一日、二日、まだ青沼さんの名は出なかった。万一——と、理由もなくかけていた期待は、三日めに破られた。なんと青沼さんは、北海道苫小牧の沖合までながれていって、その沖で漁船にひろわれたのである。ポケットの名刺からその名がわかり、勤務先の雑誌社の社員がいって確認したと新聞に出た。

それを読んだとき、おれはゾーッとした。青沼さんの奥さんの故郷が——したがって、お墓が苫小牧にあることを思い出したからだ。青沼さんは死骸《しがい》になってからも、はるばる海をわたってそこに近づこうとしたのだろうか。

おれは、その晩、悪夢をみた。灰色に濁った北の海の、うすぐらい、わびしい潮けぶりの底を、あの長い髪の毛と藻をもつれさせながらながれてゆく、蒼《あお》い青沼さんの顔を。——その胸の上には、一羽の大きな鷗《かもめ》がとまっていた。……

——さて、そうなると、あらためて青沼夫婦の「遺産」が、アパートじゅうの物凄《ものすご》い関心のまととなった。

ところが、その鍵《かぎ》をあずかった木室老人がいうのだ。

「いや、あの部屋はあけてはいかん。青沼さんの会社の方にきいたところ、あのひとにはまったく身寄りがないらしいので、北海道の奥さんのおふくろさんの方へ手紙を出してある。あのおふくろさんがおいでなさってから、鍵をわたした方がまちがいないから」

いかにも、むかしのひとらしく、律義な考えだ。

そういってから、四、五日たって、或る夜おれがアパートにかえってみると、入口のところに管理人の関夫人が立っていた。病院へ出かけた木室老人を待っているのだという。

「何の用です？」

と、きくと、彼女は一通のハガキをふりまわした。

「北海道から、木室さんに来たんです。青沼さんの奥さんの遺骨をもってかえってから、おふくろさんはどっと床についてしまって、ここ一ト月くらいは絶対安静だというんです。それでアパートの管理人に立ちあってもらって、品物を処分してその金を送ってもらいたい——といってるんですけどね」

他人あてのハガキを読んで、大いに意気ごんでいるところが、いかにも関夫人らしい。

そこに、木室老人が、ヒョロヒョロとかえってきた。関夫人がそのハガキをつきつけると、老人はかなしげにくびをふって、ケロリとしていった。

「実は、その鍵をいまとられてしもうた」

「えっ？」

「そこの工場わきの暗い路《みち》をもどってきたらな、ふいに乞食《こじき》みたいな大男が覆面してあらわれて、財布ごめにもっていってしまったわ」

おれは棒立ちになってしまった。あたまにキーンとなにかつきあげてきたような感じだった。

乞食みたいな大男……はてな、それは、おれがいつか——いや、このアパートにきたはじめての晩、おなじところで見た奴じゃなかったか？

そう思い出したのは、部屋にもどってからのことだ。しかし、そのほかにまだ何かあたまに腫物《はれもの》みたいにかたまったものがある。霧のようにけむったものがある。……その正体が、どうしてもわからないのだ。

（あれは何だったかしらん？　あれは……）

しかし、おれ以外のアパートの連中は、むろん木室老人のいうことを信用しなかった。合鍵なんてしゃれたものはないから、それをつくるにしても一週間くらいかかるとのことで、関夫人は、きこえよがしにいっていた。

「いくら死んだ人に鍵をあずかったからって、まるでじぶんのものみたいに……品物をひとり占めになんか、絶対させやしないから！」

それなのに、なんと木室老人は、実に妙なことをはじめたのである。鍵をとられてから二日めに、彼はどこからかリヤカーをひいてもどってきたのだ。リヤカーには、風呂敷《ふろしき》づつみが山のようにのっていた。それをはこびあげるとき、ちらっとみたら、それは洋服やカメラや電気ガマやミキサーやトースターなどらしかった。妙に長いものは、電気掃除器だったにちがいない。

木室老人は、いったいどうしたのだろう？

娘さんが入院して、金もないはずだし、だいいち、それらのものはいつか爺さんが笑ったものではないか。いや、青沼夫妻が熱烈に月賦で買ったものとソックリではないか？

「木室さん、ど、どうしたんです？」

と、あっけにとられてきくおれに、

「なに、お前さんの知ったことではない」

と、爺さんは気むずかしい顔でいって、それらの品物をじぶんの部屋にはこびこみ、ドアをバタンとしめてしまった。

五

学校が大きらいだったほどであって、なんというおれのあたまの悪さか？

おれが突然ねどこからとびあがったのは、その真夜中のことだった。木室老人のふしぎな行動について考えあぐね、くたびれてついウトウトしかかったとき、はっとおれのあたまにひらめいたことがある。

おれはスタンドをつけようとしたが、電気はつかなかった。停電らしい。が、闇の中に、おれは腕ぐみをして坐《すわ》ったまま、ひかりみたいなものをハッキリと見ていた。胸が、ドキンドキンと鳴っていた。

そのとき、どこかでかすかに何かきしむ音がきこえた。それから、ひどくはばかりつつ、何かが廊下をうごいてゆく気配を感じた。耳をすませたおれには、それが十四号室から八号室へあるいてゆく音だとあきらかにわかった。

おれは部屋をぬけ出して、八号室のまえにしのびよった。ドアに耳をあてると、中からたしかに物音がきこえる。

おれはいきなりドアをひきあけた。鍵のかかっているはずのドアは、パッとひらいた！

闇のむこうで、あわててだれかが立ちあがったようだ。おそろしい沈黙が凍りついて、しばらくして、スルスルと何やらすべる音がきこえ、バサリとおちた。いまうごいたもののために、布きれか何かがすべっておちたらしい。それを合図に、

「だれだ？」

と、おし殺したような声がきこえた。

「おれです。……座光寺さん」

向うはまただまりこんだが、やがて怒った声で、

「きみ、何しにきたんだ」

「あなたこそ、何しにこの部屋へきたんです」

「きみに答える必要はない、かえりたまえ」

「あなた……木室さんから鍵をとった強盗は、あなたですね？」

おれは、さっき、やっとその強盗——おれがこのアパートへきたときに逢《あ》った乞食が、あの上野駅ちかくの十字路でみたルンペンとおなじ人間だったことに気がついたのだ。あれはやっぱり座光寺さんだったのだ！

しかし、それでいよいよこの男の正体がわからなくなったことも事実だった。

「まだききたいことがある。……あなた、ほんとうに青森へいったんですか？」

「な、なぜそんなことをきくんだ？」

「あなたが北海道へ発《た》ったあくる日の夕方、おれは上野駅ちかくで、あなたによく似た酔っぱらいのルンペンを見たんだ」

座光寺さんはまただまって、それから小さな声でいった。

「そうか。……実は、ゆかなかった」

おれはあきれてしまった。それでまあ、よくも青森のホテルに泊まったなんて、あんな話ができるものだ。

「新聞を読んで、青森のさわぎを想像して、あんなことをいったが……こいつは空出張といってな、役人のよくやる手だ。しかし、役人とちがって、ゆかなかったのにはわけがある。実は、おれはな、まえからあの……木室って爺《じじ》いをタダモノじゃないとにらんでいたんだ。あいつはこの部屋の鍵をあずかってるが、ここの財宝を横領するおそれはなかろうか、こいつはちょいとうかつに東京をはなれるわけにはゆかんぞ、と——」

息づかいが、シドロモドロにみだれているようだった。

「いったい、あなたはどういう人なんです？」

「おれか。おれは……私立探偵だ」

「えっ、探偵？」

「そうさ。だから、あんな服装をすることもあるんだ。わかったか」

——すると、そのとき、どこかでクックッと笑う声がきこえた。破れ障子の風にはためくように、きみのわるい笑い声だ。それは壁ぎわのベッドの下からきこえてくる。ふたりはとびあがった。

「だ、だれだっ」

「わしじゃよ」

と、木室老人の声がきこえた。

「こりゃおかしい。探偵だとは、恐れ入った。コソ泥め」

「コ、コソ泥？」

「おまえさんの商売は、ズーッとむかしから泥棒じゃないか。リューとした洋服で出ていって、泥棒をやり、またリューとした洋服にもどって、かえってくる。……今夜は、さてどっちの姿をしとる？　まあ、電燈をつけろ」

フラフラと手さぐりにスイッチをひねったおれは、あわてて、

「電燈は、停電ですが……木室さん。あなたは――」

と、あえいだ。

「どこから入ってきたんです？」

「このベッドの下の壁に、きょう穴をあけたのさ。となりのわしの部屋からな。……しかし、わしをタダモノではないとは、さすがにジャの道はヘビで、よく見ぬいたなあ。……フフ、フフ」

「ジャの道は、ヘビ？」

「じゃから、わしは後輩のやることをいままで眼をつむって、知らん顔してやったのさ」

おちつきはらった、やさしい声だ。おれは、おれがこの爺さんに強盗をしかけた夜のことを思い出して、ゾッとした。

「もっとも、いまはただの人形づくりだがな。……大正時代、東京じゅうをふるえあがらせた霞小僧《かすみこぞう》とはおれのことだ」

パッと電燈がついた。

ベッドの向うで、木室老人はニヤリと笑っていた。いつもとおなじ好々爺《こうこうや》の顔だが、な

ぜか物凄《ものすご》い妖気《ようき》みたいなものが全身をつつんでいた。イヨウ！　大先輩！　といいたいような姿だった。

立ちすくんだまま、しかし座光寺は奇妙な顔で、キョロキョロまわりを見まわした。木室老人は、歯のぬけた口で笑った。

「おとといの夜、てめえの盗み出したものが、みんなあるのでおどろいてやがる。ははは、おれがもとにもどしておいてやったのよ。おめえが売りはらった電気ガマ、洋服、ミキサー、電気掃除器、みんなおれがゆくさきをつきとめて、失敬してきて、この穴からかえしておいた。てめえ、調子にのって、今夜はもちっと目方のかかるものをはこび出そうと、また入ってきやがったんだろ？　これらの品物をそろえたおひとのあの苦労をかんがえてみろ。人情がなさすぎるぞ。……おれは死んだ奥さんのおふくろに、金にかえては送られねえ。この品物を送ってやるつもりだ。ただそのためには、月賦の残りを払わなけりゃならん。そのためには、せッせと人形をつくらなけりゃならん。そのためには、ちっと日数がかかる。……」

爺さんのいいかたが、例の説教調になった。

「てめえ、志賀のお嬢さんから金をもらって、みんな飲んじまいやがったんだろ？　そこへたまたま船が沈んで、その死人の中に青沼さんがいたものだから、こいつはしめたと、ノコノコ手ぶらでかえってきやがった。そこまでは、まあいいが、こんどは死人の品物を狙うとは、あきれた野郎だ。このごろの泥棒は人情がなくって、知慧《ちえ》もなくって、メチャメチャだ。わしは、歎《なげ》かわしいぞ。だいたい、むかしの泥棒は……」

「まけた、爺さん。……」

と、座光寺はヘナヘナとくずおれて、電気ガマに尻《しり》もちをついて、感電したみたいにまたとびあがった。

顔をしかめながら、へんな笑顔をつくって、

「しかし、爺さんのむかしが大泥棒だったというなら、話は簡単だ。――どうだ、ここで手をうって、三人、山分けとゆかねえか。なあ、先輩。……」

そのとき、おれはうしろに何か異様な気配をかんじた。何かがうごいたわけではない。音がしたわけでもない。……それなのに、何かをかんじたのだ。ふりむいて、おれは、

「………」

かっと眼をむいたきり、声も出なかった。ギャッという声が出たのは、座光寺ののどからだ。

そこの三面鏡の一面だけに、青沼さんの蒼白《あおじろ》い顔が浮かんで、じっとこちらを見ていた！

それは一秒足らずなのに、その逆立った髪、かなしげな眼、ポカンとあけた黒い口まで、ハッキリみえた。と、その顔は向うをむき、遠ざかり、何十人という人影が、浜辺の風の中に立って、荒れ狂う海をみている風景になった。

それは、部屋の一方にうつっているテレビの反射だったのだ。

おれはとび立っていって、ツマミをひねった。声が出はじめた。

「……悲劇の翌朝、津軽の海の浜辺に立って、もはやかえらぬ人々を呼んでいる遺族たち。――これもまた、今年さまざまの事件のうち、私たちの胸に忘られぬ想い出をのこす一つでありましょう。……」

そのアナウンサーの声をかきけすように、座光寺はもういちど尻もちをついて、泣くような声をはりあげた。

「ゆるしてくれ！　ゆるしてくれ！　ここの品物はもう盗《と》らねえから！」

それは「今年の回顧」と題するテレビのニュース番組だった。

あとになってわかったことだ。……あのテレビは、あのときはじめてうつり出したのではない。青沼さんが旅に出てから、ずーっとうつりつづけだったのだ。それが、覆いのために外からかくされて、声も出さなかったから、それまで気づかれなかったのだ。

OFF-ON VOLUME のツマミはかるくうごく。これがまわると電源が入り、映像がうつる。そこをさらにちょっとまわすと音が大きく出はじめるが、青沼さんが出かけるとき停電していたので、彼はうっかり、テレビは切ってあるものと思って覆いをかけたのだ。その覆いがツマミにふれて、また、映像だけがうつるところまでうごかしたにちがいない。

……

無人の部屋で闇黒《あんこく》の中で、主人公二人は死んでいるのに、その死人の執念の炎のように、音もなく、何日も何日もひとりでうつっていたテレビ。――

が、おれがギョッとしたのは、その恐ろしさの第一波が去ったあとだった。はてな、青沼さんは、死んでいるはずではないか。もはやかえらぬ人々を呼んでいる風景の中にいるはずはない。そのかえらぬ海底の船から、苫小牧の沖へながれていったはずではないか？

あれは、やっぱり幽霊なのだ！

けさ、木室老人が妙な顔で入ってきて、ボソボソという。

「おかしいぞ。あのテレビはたしかに切ってあるのに、昨夜、八号室で男と女のたのしそうな笑い声がケラケラきこえたが――」そういう木室の爺《じい》さんそのものが化物じみた顔だった。

おれはにげ出す。こんなお化けアパートには、もういられない。

だが、――この黒いノートのオキマリらしいから、次の間借人にあいさつだけはのこしておく。お前さんの幸福なる生活を祈る。チキショウ、さようなら！

第四の間借人

殺人保険のすすめ

一

新しき住人、ようこそ。

私は第六の間借人である。私は恐ろしき「運命の物語」を御紹介したい。「運命」などという言葉はあんまりクラシックで、いまではベートーヴェンの音楽くらいしか愛好する人もあるまいが、それなら「偶然」といってもよろしい。運命とはすなわち偶然の集積だからだ。

「偶然」とは、軽い言葉だ。人は、「偶然、銀座のビヤホールで課長と逢《あ》った」とか「そこを出たら、偶然、課長がバナナの皮にすべってころんだ」という具合につかう。「偶然失恋した」とか「偶然頓死《とんし》した」とかいう風にはつかわない。

しかし、人間は偶然に戦争さえするのだ。ヒットラーが生れなかったら、第二次世界大戦は起らなかったかもしれない。そしてヒットラーの両親のベッドに蚤《のみ》が一匹いたら、母親の姿勢がかわり、父親の何億という精虫のうちの別の一匹が卵管内をおよいでいって、ヒットラーは生れなかったかもしれない。そしてその蚤は……私は冗談をいっているようだが、ほんとうに厳粛にいっているのだ。私の結婚も偶然であった。私はもし上京しなかったら、妻となるあの女に逢わなかったにちがいない。しかも、あのとき上京しなかったら、あの女のいた会社に就職できなかったにちがいない。そして、あのとき上京したのは、田舎の町でふと汽車を見たからである。その町へいったのは、村の路《みち》をあるいて、サーカスの広告紙が足にからまったからである。サーカスの広告紙が足にからまったのは、風が。……

こんなことは、実はわかりきった話かもしれない。お伽噺《とぎばなし》などにも、針一本ひろったために大変な幸福を得たとか、釘《くぎ》一本車からぬけていたために種々の難儀に出会うとかいった話がよくあったようだ。しかし、大昔からすべての人がかんじているこの思想を、あらためて私に、恐ろしいほどの新鮮さでよみがえらせたのは、このアパートの十四号室の住人座光寺君の新商売の宣伝をきいたのが原因だ。

その座光寺君の話さえきかなければ……座光寺君に逢わなければ……このアパートに私が住むことにならなければ……私はあんな目にあうこともなく、またこんな文字をつらねることもなかったわけだ。

そして、考えてみると、私がこの十二号室の第六の間借人になったのも実に偶然だった。私は住むところをさがしていたが、別にこんな汚ないアパートの一室を借りる気はなかった。

十日ばかりまえ、このアパートの外をとおりかかったら、窓から薬罐《やかん》がとんできた。よく晴れた春の午後で、それはハッキリ見えたのだが、私は一方の眼が義眼で他方が近眼だから、目測をあやまって、薬罐が眼鏡にぶつかり、レンズの破片がまぶたをきって出血した。薬罐をなげたのは、階下の五号室の日下部夫人である。むろんこの砲弾の目標は窓ぎわにあたまをかかえていた日下部氏だが、ひどい夫婦もあったもので、私の災難をみても知らない顔であったが、そのとき二階の十一号室の窓から志賀嬢が見ていて、あわてでかけ出してきてくれたのが、私がこのアパートに悪縁をむすぶようになったもとなのだ。

しかし、志賀さんは、実に親切なお嬢さんだった。かけ出してきてすぐにアパートにつれこんだ。

「お気をおつけになって……、この階段はあちこち腐って、ほんとにあぶないんですのよ。ずっとまえ、ここから落ちて亡くなった方さえあったんですから」

「はい、ありがとう」

そして彼女は、私をじぶんの部屋につれこんで、まぶたの傷の手当をしてくれた。私はこんなひとのいるアパートなら住んでもいいと思った。きいてみると、偶然、となりのこの十二号室が空室だという。――

こういうわけでこの人間荘に住むことになって、その結果、けさ、座光寺君の珍説をきくことになったわけである。座光寺君は、廊下で志賀さんをつかまえて、こんなことを話していた。

「どうも毎日すみませんね」

「いいえどういたしまして」

「毎日、新聞を借りながら申しわけありませんが、どうもこのごろの新聞は面白くないですね」

「ほほ、あたしがつくっている新聞じゃあないから、どうにもしようがないわ。——でも、どうして？」

「人殺しがないもの」

「あら、それなら結構じゃあありませんか。あたしなんか、どうして新聞はこう人殺しや火事や汚職の記事ばかりで紙面をうずめるのが、好きなのか、もの申したいくらいだわ。まるでこの世が犯罪にうずまってるみたい。——世の中がこんなにザワザワトゲトゲしているのは、きっと新聞の責任もあってよ」

「美談ばかりうずめたら、だれもたいくつして、新聞は買わんでしょう」

座光寺君という十四号室の男は、実にえたいのしれない人物だった。何をしているのか、わからない。——

この黒いノートを読んではじめて知ったのだが、第一の間借人にその「洗練された洋服」を讃《たた》えられたこの男の正体は、第四の間借人の曝露《ばくろ》するところによると、なんと泥棒だったらしい。

それが、このごろ泥棒できない事情ができて、「目下、失業中」というわけだ。第六の間借人たる私のみたところでは、その洋服は垢《あか》に洗練されて、彼が以前に夜の商売中に変装していたらしい姿を、まっぴるまからさらしものにしている。新聞さえも志賀嬢に借りて読むしまつだから、窮境は察するにあまりある。

「しかし、全然人殺しがないこともない。四つ五つはのってますな。面白くない日でこうだから、ぼくの殺人保険は、きっと成り立つ商売だと思うがなあ」

「またあの話？　ばかばかしい、あなたずいぶんその話をしつこくおっしゃるけれど、すこしは本気なの？」

「本気も本気。……人間貧乏すりゃ、何でもやりますさ、命売りますってかいた紙を胸にブラ下げてあるく男さえあるんだもの、それにくらべりゃ、殺人保険はだいぶ高等な知慧《ちえ》ですよ」

私は扉《ドア》をあけて、廊下に出てみた。

「おはようございます」

と、志賀さんは笑いながらお辞儀をした。

「やあお早う。ところで、座光寺君、いまおかしな言葉をふと耳にしたが――」

「へへ、殺人保険ですか」

「そうそう、人に殺されたときのための保険ですか？」

「それならふつうの生命保険ですよ。ぼくのいうのは、人を殺したときの保険なんです」

二

ラクハクせる泥棒、座光寺君は、妙に真剣な表情で言い出した。

「ごらんなさい、ここに四つほど人殺しの記事がのっているでしょう。第一は、酒場で酔っぱらって喧嘩《けんか》をはじめ、ビール瓶で相手をなぐり殺した男。第二は、ええと、これだ、返事のしかたがわるいと叔父《おじ》に叱られてかっとなって絞め殺した青年。第三は、女の子をひき殺したタクシーの運転手。第四は、突然気がちがって出刃庖丁《ぼうちょう》で母親を刺し殺した出戻りの娘……」

「それがどうしたんです、毎日、ありふれた事件じゃあありませんか」

「そうでしょう、この世の人殺しの大半は、まあこんなものです。五年かかって人を殺すなんて思慮メンミツな奴は、探偵小説の中にしか出てきやしませんよ。実際あり得る人殺しの九分九厘までは、計画的より、突発的にやるもんです。つまり、朝起きてみたら殺人者になっていた。……」

「朝起きてみたら、殺人者になっていた。——」

「ね、いい文句でしょう、ぼくはもし殺人保険という商売がうまくゆくようなら、キャッチフレーズにつかおうと思ってるんです」

「恐ろしいキャッチフレーズだな。……」

「人はいつ人を殺すかもわからない。——でもいいです。べつに恐ろしくはないですよ。物騒な時代で、人はいつ死ぬかわからないと、よくいわれるじゃありませんか。この場合、死ぬとはむろん自然死の意味じゃあなく、ということはつまりだれかに殺されるということで、殺される以上、殺すものがあるはずで、だから人はいつ人を殺すかわからない——ということになるんです」

泥棒にも三分の理というが、三分の理どころか三段論法、いや四、五段の論法を座光寺君は駆使した。よほど練りに練り、しゃべりにしゃべりぬいた話術にちがいない。

「その証拠に、土肥さん、あなたがこのアパートに入るとき、偶然、日下部さんの奥さんに薬罐をなげつけられたそうですね。薬罐だったからまだいいようなものの、あれが水爆だったらどうします？」

私はふき出した。

「笑いごとじゃありませんよ、そんなら煮え湯でもよろしい。それでも結構死ぬかもしれない」

「なるほど」

「ところが日下部夫人は、その直前までまさかじぶんが人殺しになろうとは夢にもかんがえていなかったにちがいないんです。少くとも旦那《だんな》に対しては殺意があったかもしれんが、あなたにはなかった。それで人殺しの罪で牢屋《ろうや》にゆくのは、大いに不平にちがいない。もっともぼく個人としては、あのおかみさんが牢屋にゆくことは、アパートの浄化のためにも賛成ですが……」

「まあ、ひどいことを！」

と、志賀嬢がにらんだ。

「いや、商売大事です。そうさせないのがぼくの商売なんだから」

「まるで、日下部さんの奥さんが、実際にこの土肥さんを殺したみたい……」

「いや、わかりませんぜ、あのおかみさんのドーモーさからみてもいままで四人や五人、人殺ししたかもしれない。……いまの旦那は六人めという話じゃあありませんか。……とにかく女って奴は恐ろしい魔物だから」

「おいおい、座光寺君、その殺人保険ってえと――」

「つまり、偶然ですな、偶然の人殺しで刑務所にゆくのはかなわんというために、アリバイの証人になってやる商売なんです」

「そんなに簡単にアリバイの証人になれるものじゃなかろう。ほかに目撃者がいるかもしれんし……」

「その場合はしかたがないですな、生命保険だって、いつもきれいにまるまるもらえるとはかぎってないんだから。……しかしこの世は偶然だらけですから、偶然目撃者のいない偶然の人殺しが、そりゃ想像以上にありますぜ、きっと……」

「それで、被保険者は、君に何をかけるんです？」

「やっぱり掛金ですな。ふだんから、ぼくに金を払っていただく。……」

と、座光寺君は舌なめずりした。

虫がいいというより、私はばかばかしくなったが、当人はひどくまじめな顔をしているので、私は笑いをとめて思わずのぞきこんだ。

「しかし、そんなことで誰も掛金を出す奴はいないよ。死ぬことは人間いつか確実に死ぬんだから、生命保険の存在意義はあるけれど、すべての人がかならずしも人を殺すとはかぎらない。ましてや将来、偶然に犯すかもしれない過失致死のために――」

「そうでしょうか？　あなたはいままでの人生で、あいつをイッチョウやっつけてやりたいと考えたことはありませんか？」

彼の声が陰にこもったので、私は思わず、ゾッとした。

「そうだな、そういわれれば、人間、一生にだれもそんな気を抱くときがあるかもしれない。……しかし、それなら偶然じゃなく、完全な殺人でしょう」

「実はそのお手伝いをしてもいいと思ってるんです」

と、座光寺君のいうことはいよいよ凄《すご》い。

「おっしゃるように、人間、必要のないところに金は払いませんからな」

「というと、君が代って人を殺してくれるというわけか」

「ブルル、とんでもない。殺人鬼じゃああるまいし。……その殺人が警察にくさいと感づかれたとき、犯人の身代りに立つんです」

「そんなにうまくゆくものか」

「ゆきますよ、あらかじめよく打合わせておけば。……よくヤクザの喧嘩などのとき、子分が犯人にしたてられて自首することがあるじゃあありませんか」

「しかし、その身代りになっちまったんじゃあ、もう商売はできないじゃあないか」

「なあに、ぼくは地下に潜行しますよ。金さえあれば、ぼくは十年でも十五年でも、時効になるまでもぐってみせます」

「地下にもぐったら、やっぱりあと商売にならんよ」

「地下にもぐって商売するんです。もともと殺人保険株式会社と看板をブラ下げてできる商売じゃあないし。……つかまったって、ほんとの犯人じゃないから、そのうちウヤムヤにしてみせる自信があります」

「ウヤムヤになっちまったら、身代りの意味はないでしょう」

「むろんね、はじめからそれだけ練る殺人計画だから、ちょっとやそっとでばれないように仕組むんです。しかしいつばれるか……いつばれるかと、そのあいだの殺人者の心配といったらたいへんなものです。このとき万一の際の身代りがいてくれるとあれば、どんなに心づよいか。……経験者でないとわかりません」

「経験者？」

座光寺君はちょっと狼狽《ろうばい》した。私はじっとその顔を見つめた。

「それにね、被保険者にとって、その万一の際、君がはたしてほんとうに身代りに立ってくれるかどうかわからないじゃありませんか」

「立ちますよ、立ちますよ」

と、彼はムキになっていった。

「げんにぼくは実際にやったんです。いまはじめて白状しますが、実際にこの保険に申しこんだ人があったんです」

「えっ、さ、殺人保険に？」

と、思わずかすかなさけび声をたてる志賀嬢に、

「しいっ」

と、座光寺君は声をひそめ、やや蒼《あお》い顔で、

「土肥さんは、土肥さんのまえにその十二号室に入っていたひとだから知らないでしょうが、玉虫という御夫婦があったんです。そのひとにたのまれて……やったんです」

「まあ、あの玉虫さんたちが！」

と、志賀嬢はまたさけんだ。

「いったい誰を？」

「奥さんが、旦那さんを」

三

――この人間荘アパート十二号室の押入の奥のひびから出た黒いノート――この部屋に

代々すんだ間借人たちの記録を読む人、つまりあなたは、これを発見されるくらいだからきっと注意ぶかい人だろうと思う。

だから、この記録が、第四の間借人から、私、すなわち第六の間借人へとんでいることに気がつかれただろうと思う。

実は、このあいだむろん第五の間借人があったのである。私はそれによって、彼らがどんな夫婦であったか、どうして座光寺某のばかげた「殺人保険」などに入るようになったかを、あらためて私の筆で御紹介しようと思う。

玉虫廉介が、香苗《かなえ》と結婚したのは、賭《かけ》による。

香苗は会社の事務員をしているくせに、ひどく驕慢《きょうまん》な女で、それは彼女がたいして美貌《びぼう》でもないくせに、ふしぎな肉感があって、どんな男でも彼女と話をしていると、何だか花粉にむせかえるような気分になって、眼をそらすので、大いに自信をもったせいらしい。なかでも、玉虫廉介と同僚の伴真五郎が、フラフラになった。そしてふたりとも、彼女への贈物を競争のあまり、借金だらけになってしまった。

或《あ》る晩、会社が火事になった。ふたりとも近くに下宿していたのでかけつけると、何千人かの弥次馬《やじうま》の中で、バッタリ香苗に逢《あ》った。そして彼女が息をはずませてささやいたのだ。

「守衛の巌さんが、さっき大きな包みをもち出して、あそこの倉庫にはこんだわよ」

「大きな包み？」

廉介と伴は顔を見合わせた。ふたりは明日が月給日であることを思い出したのだ。守衛の巌さんが持ち出したのがそれであることは明白だった。

夕方から吹き出した風の向きが変って、もえさかる炎の色がどよめき渦まく群衆を獣じみて照らし出した。

「おい……倉庫がやけるぜ！」

「いってみよう」

廉介と伴は、もういちど眼を見交わした。おたがいに、眼が、あぶらをぬったようにひかっていた。ふたりはこのときほどおたがいが親友だと熱烈に感じたことはなかった。

ふたりは倉庫にかけつけた。そこは風下で、もう眼もあけられないような熱風が吹きつけていた。消防隊はもう一つ手前の建物にかかっていて、あたりは颱風《たいふう》の眼みたいに人影がなかった。

倉庫の入口に巌さんは立って、何かさけんでいた。にげるににげられず、いるにいたたまれない立場の中に、彼は逆上しきっていた。その入口に大きな包みがおいてあるのをみて、廉介と伴は猛然とかけよった。

「あっ、泥棒――っ」

煙でよくみえなかったのか、のぼせていたせいか、巌さんの絶叫がやぶれた。廉介のからだがぶつかった刹那《せつな》である。

鞭《むち》にたたかれたように廉介ははねあがって、そののどくびに両手をかけた。ドサリとたおれてなお宙をかきむしる守衛の足を、伴がつかんで、倉庫の中にひきずりこんだ。そのあいだに廉介が包みをかかえてにげ出した。

すべては時のはずみ、もののはずみというよりほかはない。少くとも、火事と群衆の渦巻がかもし出した異常心理にちがいなかった。十分前まで、ふたりはこんな大犯罪を犯そうとは夢にも思わなかったのである。

火事は終り、守衛の巌さんは焼死体となって発見された。

巌さんが倉庫の入口まで札束をはこんだのを見ていたものは香苗しかなかったとみえて、それは完全に焼失したものと認められた。

札束はふたり——いや、香苗も入れて、三人のあいだにのこった。

廉介と伴は、わがことなれりとほくそ笑むより、それをながめて蒼くなった。熱病からさめたような思いだった。しかし、巌さんのことがある以上、それはとどけ出たくても、できなかった。

「これだけあると、結婚できるわね」

と、ポツリと香苗がつぶやいて、はじめてふたりの男の顔に血色がさした。

誰が誰と結婚できるといったのかわからない。——ただ、彼女が三分の一の金をもって他の第三者と結婚することはその金の性質上ゆるされなかった。

といって、三人が三分の一ずつわけて、廉介か伴のどちらかが、香苗と結婚する。——

すると彼は恋する女を得たうえに、結局三分の二の金を得ることになるのである。そんなことは、益々以《もっ》てゆるされない。

「それじゃあ、結婚した組が全部の三分の一、しない奴が三分の二としたらどうだろう？」

「すると、あたしのねらちは、この三分の一ということになるの？」

男たちは沈黙した。ややあって、一人が、

「いったい君はどちらと結婚したいの？」

「あんた方はどっち？」

と、香苗はききかえした。

「どっちって？」

「金か、あたしか――」

こういい出したが、じぶんのこの問いを、一瞬まえまで彼女は考えていなかったにちがいない。しかし、この着想を口にした彼女は、急に奇妙にかがやく眼でふたりの男を見くらべた。

男たちはまた沈黙した。

「ぼくは君がほしい」

「ぼくもだ」

思えば、三人とも若かった。香苗は笑った。この女が一生のうちにみせた最も美しい笑顔であったろう。

「とにかく、これは重大というより、恐ろしいことだよ。誰かに不平ができると、三人とも身の破滅になる。……よくあることだ」

と、伴がふるえながらいった。そのとき香苗が妙なことをいい出した。

「あたしはね、どっちも好きなの、どっちかをえらぶと、きっとあとで後悔しそうなの。あら、ごめんね。……でも、ほんとうにいっぺんには決められないのよ。ね、麻雀《マージャン》で決めない？」

「麻雀？」

三人とも、そのころ麻雀狂だった。

「麻雀をやってね、もしあたしが三人のうちで一等なら、そのときはかくごしてあたしが決める。あなた方のどちらかが勝ったら、勝った方が選択の優先権をもつとするの。三人の意志をからみ合わせて、あとは神様に火花をちらしてもらうのね」

「麻雀は、四人要るぜ」

「だから、麻雀屋で、全然知らない人をひとりさがして、仲間に入ってもらいましょうよ」

そして、恋と黄金を賭《か》けた麻雀が行われたのだ。麻雀屋でさがしたもう一人の男A氏は、お盆のようにまんまるい顔をしたひどく陽気な男だった。

東南西北《トンナンシーペー》は、伴、A氏、廉介、香苗の順だった。

このA氏は前宣伝はさかんだったが、やり出してみると驚くべき未熟者で、すぐに廉介に満貫ちかくをふりこんだ。しめたと思っていると、こんどは香苗が伴に同じくらいをふりこんだ。それっきり彼女はヤケになったようにメチャメチャにふりはじめ、廉介と伴だけが、死物狂いになってたたかった。気のせいか、彼女は伴の欲しい牌《パイ》ばかり出すようだった。

勝負の最終回、しかし廉介は伴よりもわずかばかり勝っていることを知った。しかしその回にかぎり、危険な紅中《ホンチュン》が一枚あってふることができずテンパイできなかった。もし伴があがれば、それで勝敗は逆転することはあきらかで、しかも伴が容易ならぬテンパイをしていることは、その異様な眼つきから看取された。

廉介は歯をくいしばった。紅中《ホンチュン》さえ通ればテンパイできるのだ！

彼はついにそれをふり出すことを決意した。

伴がツモって、すぐにそれを捨てた。次にA氏がツモった。

「あがった」

と、A氏がとんきょうな声をあげて、うれしそうに笑いながらじぶんの牌《パイ》をひらいた。最低点にちかいあがりであった。

伴が顔をゆがめてじぶんの牌《パイ》をたおした。彼は紅中《ホンチュン》をただ一枚、頭待ちにしていた。小三元で、満貫の手であった。

「あたし、いまそれを出してあげようと思ってたのに！」

と、香苗はつまんでいた紅中《ホンチュン》をみせた。廉介とおなじである。

「お、おれもだった！」

と、廉介は背に冷汗をおぼえながらも、ゲラゲラ笑った。勝負あったのである。A氏のおかげで、彼は勝ったのだ。

麻雀屋を出てから、三人は公園にいった。

「しかたがない。香苗さんは君にわたす。ぼくは……満州にでもゆくよ」

と、伴はうつろになったような、またサバサバしたような笑顔でいった。

「そうだ。……ぼくたちは別れた方がよかろう。一生涯ね」

と、廉介はいった。

こうして彼は妻を得たのである。

四

それは戦争前の話であった。それから十何年かがすぎた。

玉虫廉介と香苗夫婦は四十歳ちかくになって、おちぶれはてたからだを、このボロアパート人間荘の十二号室になげこんだ。

廉介と香苗は、ふたりが結ばれた因縁も忘れていた。同時に若さも夢も失っていた。だんだん貧乏になりながら、いよいよ旺盛《おうせい》になってくる香苗の性欲を、廉介はもてあました。

いつもからだがうつろで、後頭部に鈍痛があり、吐気をおぼえた。何もかもうまくゆかないのは、すべてこの肉欲のかたまりみたいな女にあるとさえ思うようになった。……しかも、彼は彼だけの意志で妻と別れるわけにはゆかなかった。そのときだけ、遠い恐ろしいあの犯罪の追憶が、心の底から澱《おり》みたいにゆらめきのぼった。

そして――この悪縁につながった夫婦のあいだに、ようやく運命の斧《おの》がふりおろされたのである。

或《あ》る夏の日曜日、廉介は、いまつとめている会社の役目で、大阪へゆくことになった。それは、相当多額の現金を至急とどける役目だった。ふと彼は、この金をもってどこかへにげてゆきたい欲望にとらえられた。しかし四十という年齢が、すぐに彼を苦笑させた。

ところが、アパートを出て駅にゆくと、そこに彼の同僚がひとり、人待ち顔に立っていた。むろん待っているのは彼ではない、男か女か、子供かもしれない。ただその男は会社の外で社のだれかに逢《あ》うと、きっと金を貸してくれというへんなクセを持つ男だった。廉介はためらった。実にバカバカしい話である。彼は大金をもっているが、じぶんの金ではない、またかりにじぶんの金であっても拒否すればなんでもないことである。それなのに彼は――あいつ早くゆかないかな――と遠くでグズグズと見まもっているうちに、気がついてみると、たとえいま電車にのっても東京駅で一時間ばかり待たなくてはならないという始末になっていたのだ。それで彼は一応アパートにひきかえした。

まさに針一本から大変なことになるとはこのことだ。

アパートに入ろうとして、ふと背後の往来を通りかかっただれかが、「あ！」とかすかなさけびをあげるのをきいて、彼はふりかえった。

そこに四十年輩の、色のくろい、しかしいかにも貧乏たらしい背広の男が立って、眼をまるくしてこっちを見ていた。

はじめ彼は、それがだれだかわからなかった。

「……玉虫君じゃあないか？」

しゃがれた声で呼びかけられて、廉介は相手の姿をみていたが、急に顔色がかわった。

「君か！」

「うん」

といって、相手はちかづいてきた。伴真五郎であった。のばしてきた手を廉介はにぎったが、力がなかった。

「どうした？」

「いや、満州からひきあげてきて、さんざんな目さ。いまこのとおり保険の外交をやってるしまつだ」

「御家族は？」

「あれっきり、ひとりだよ」

伴はニヤニヤ笑った。煙草のやにで黄色くなった歯は、以前とは別人みたいにいやしい感じがあり、しかも土くさい生命力にあふれて、廉介は不吉な予感がした。

「ほかに身寄りはなし、たよりになるのは君たちだけだから、ずいぶんさがしまわったぜ。むかしのあの会社はつぶれちまって君はいないしさ。それが十何年もたってから、こんなに簡単に逢えるなんて！　ほほう、こんなところに住んでたんだね……」

この男が、むかしのあのことを、いきなり廉介に想い出させようとしていることはあきらかであった。不吉な予感の程度から、彼の心は吐き気をともなう不快感に変った。

それにしても、いまアパートにもどってきたことは、なんたる失敗であったか。ちょいとしたメフィストフェレスを避けようとしたあまりに、彼はとんでもないサタンにぶつかってしまったのだ！

「ところで、これ、いる？」

サタンはサタンの表情をむき出しにして、小指を出してみせた。

廉介のあたまに遠い声がよみがえった。

「……そうだ。……ぼくたちは別れた方がよかろう。一生涯ね。……」

が、それは弱々しく、そのかわり遠い声が、これはあらあらしく耳の奥に鳴りひびいた。

「……破滅というより、恐ろしいことだよ。だれかに不平ができると、三人とも身の破滅となる。……」

廉介は、ともかく伴をつれて十二号室にあがった。香苗をみて、伴の最初に発した挨拶《あいさつ》は、

「よっ、香苗ちゃん、スゲエスゲエ、ヤルセないほど、女盛りになったねえ！」

という言葉であった。

それからまもなく、この敗残の旧友は、むかしの約束もどこ吹く風と、恥しらずにちょいちょいこの人間荘を訪れるようになり、夫婦のあいだからいつも千円二千円の金がせびられていた。そして夫婦のあいだの寝物語に「あいつ」という言葉が鬱陶《うっとう》しいひびきをもってくりかえされるようになった。

――それでなくてさえ、近年稀《まれ》な暑い夏であったのに、ふしぎなことがある。

予想もしなかった苦労がふえたのに、玉虫夫妻がむしろ健康的になったことだ。廉介はひどく色が黒くなり、食欲旺盛になり、香苗の方はいよいよ色白に、ますますタップリ豊満になってきたことだ。若い日、恋を争った三角の一頂点があらわれて、それがこの中年の夫婦のホルモン剤となったのであろうか。

とはいうものの、夫婦の会話は、しだいに深刻になってきた。

「あいつ……保険をやっているといったけな。保険といえば、香苗、おまえ、あの座光寺君の殺人保険の話をきいたことがあるかい？」

ふっとこんなことをいい出したのは廉介であった。

「あるわ。あの……人を殺したとき、身代りになってくれるとかいう。――」

「ありゃ、ほんとに出来ることだろうか？」

「あなた……何をかんがえてるの？」

香苗は恐怖にみちた眼をむけた。狭い部屋いっぱいになった青い蚊帳《かや》の、つぎはぎだらけの天井をじっと見ていた廉介は、急に首をこちらにむけて、香苗の厚ぼったくふくれあがった唇を吸った。

それから、ひくい声でいった。

「おれたちは……死ぬまであいつにつきまとわれるのか？」

こうしてふたりは、熱心に、座光寺の殺人保険のことについて語りあった。

この胡乱《うろん》くさい保険の話は、語れば語るほど、ふしぎに迫真力が出てきた。しかし、彼らにとって、要するにいちばんの不安は、果して座光寺が信用できるかどうか、ほんとうにアリバイの証人になったり、万一の際犯人の身代りになってくれるかどうかということだった。

そしてついに廉介は、実に奇想天外な実験案をもち出したのである。

「どうだ、おまえひとつ、おれを殺してみないかね？」

「えっ、な、なにをいうの？」

「ははは、まさかほんとうに殺されちゃあたまらない。嘘に殺すのだよ、偽殺人だよ。……そしておれは殺されたものとして、半月か一ト月この世から消滅してみる。むろん、座光寺の保険に入ってからの話だよ。そしてそのあと、警察におまえがうたがわれてるとかなんとか、座光寺にいってみろ、そのときあいつがどんな態度に出るか。……」

「嘘に殺すって？」

「だから、このアパートか何かで、屍体《したい》となってころがってるわけにゃゆかん。屍体がみえなくなる方法でなけりゃあこまる。……というと、まあ崖《がけ》か何かから、海か河へでもおちるまねをするのだな」

「あなた、そんなまねして大丈夫？　あなた泳げないじゃあないの？」

「はははは、そこを夫婦共謀してうまくやるのさ。敵を欺かんと欲すれば、先《ま》ず味方を欺かなくちゃあならん。――で、その結果――もし、座光寺が信用できるようならば、だな。……」

青い蚊帳の上を這《は》っていた蜘蛛《くも》が、ふいにじっとうごかなくなった。

五

「ええ、奥さんに、旦那《だんな》を殺したいんだが、殺人保険に入ってききめがあるだろうかってきかれたんです」

と、座光寺君は重々しくいった。

「動機は？　ときくと、いいひとができたからさって、ニヤリとしたその笑い顔が、いやすごいこと――まったく女は化物ですな。なに、当殺人保険株式会社といたしましては、保険金さえ払いこんでいただきゃあ、動機の問題は問わないのをたてまえとしているんです、ぼくは、ようがす、とひき受けたのみならず――」

座光寺君は志賀嬢の顔をじっと見つめながらつづけた。

「智慧《ちえ》さえ貸してやりましたよ。奥さんのいうには、旦那の屍骸《しがい》がでると足がつくから、出来れば崖から海へつきおとしたいっていいますから、そりゃいい思いつきだってほめてやりましてね、それをもっと専門的に指導発展させてやったんです。つまり、ぼくと玉虫氏と汽車で北海道へ旅行しましてね。……」

「ああ、そういえば、あのときあなたは玉虫さんといっしょに留守しましたわね」

と、志賀さんはかすかな声をあげた。もう笑いの翳《かげ》はなく真《ま》っ蒼《さお》な顔色であった。

「あとで奥さんがそっと飛行機でとんでいったんです。ぼくは彼氏を石狩《いしかり》湾に面する或《あ》る断崖《だんがい》につれ出して、用があるような顔をしてひとりちかくの料亭にひきかえした。そして断崖の上で待っていた彼氏は、さきにそこについて岩かげにかくれていた奥さんにつきとばされて、海へおちてゆきましたよ。あの旦那は金槌《かなづち》だそうで……ぼくは、それをこちらの料亭の二階でビールをのみながら、ハッキリ見てたんです。しかし一応嫌疑がかかるとすれば、玉虫氏と同伴して北海道へいったぼくにかかってくる。奥さんはすぐに札幌にひきかえし、千歳《ちとせ》からまた飛行機で東京にもどってくる。……」

「もどってこないじゃあないの」

と、志賀さんがいった。

「もし、あなたのいうことがほんとうなら、奥さんはどうしたの？」

「さあ、それが……」

と、座光寺君は急に心ぼそげにくびすじをかいて、

「そのはずなんですが、いったいどうしたんだか。……」

「なんだかピンからキリまでおかしな話だな。まあ、君の話がほんとうだとする。しかしそんな打明話をペラペラしゃべるようじゃ、保険に入った甲斐《かい》がないじゃないか」

と私は、急に夢からさめたように笑い出した。

「いや、それにはわけがあるんです。あの奥さんは保険金をまだ半分しか払ってないんです。あと半分は、それがうまくいって東京にかえってからとか何とかいって……ひょっとしたら、あのまま行方をくらましたのは、それを払いたくないからじゃないかと、このごろムカムカしてきましてね、向うが破約したなら、こっちも秘密厳守の義務はないと。——」

と、座光寺君はいよいよムキになって、

「それに、あなた方があんまりぼくのいうことを信用なさらんから、つい」

と、声をひそめて、

「どうか、だまっていて下さいね。ぼくは殺人はしない。しかしあくまでも殺人者の味方だから、どうぞ御用のときは、座光寺殺人保険をお忘れなく。——」

「ええ、用のあるときはきっと思い出しますわ」

と、志賀嬢は子供をあやすように笑っていった。

座光寺君が、肩をそびやかして十四号室に入ったあと、私は苦笑した。

「少しイカレてますな」

「ほんとに」

と、志賀嬢も笑顔でうなずいたが、

「でも殺人保険の話は正気ですわ」

「えっ、すると、あの話は――」

「あのひとの知ってるかぎりではほんとうだと思います。むろんあんな保険はアテにはなりません。インチキです。あんなにあとで他人にしゃべるくらいですもの。……ほんとにじぶんが身代りにならなくてはならないようになったら、一目散ににげ去ってしまうでしょう。しかし、あの人の殺人保険の話の目的はほかにあるのです。つまり、それはああやってしゃべることが目的なのです」

「よくわからないな」

「あのひとは、あたしたちをおどしてるつもりなんです」

「なぜ？」

「殺人者よ、おれもお前の仲間だぜ、安心して白状するがいいって――」

彼女の声はささやくようにひくかったが、私は蒼白《そうはく》になった。

「土肥さん。お話があります。きいて下さいます？」

ふたりは、私の十二号室に入った。

六

「土肥さん。……あなたは、玉虫さんを御存じですね？」

と、志賀嬢はしずかにいった。ながいあいだたってから私はこたえた。

「はい。……」

「玉虫さんは、まだ生きていらっしゃいますね？」

私は志賀嬢の眼をあおいだ。それは満月のように私の片眼を射た。

「はい。……」

「土肥さん、玉虫さんのことをきかせて下さい」

と、志賀嬢はやさしい声でいった。四十男のこの私が、しだいに慈母にあまえる赤ん坊か、催眠術にでもかけられたようになったのは不思議である。

私はしゃべり出した。

「あの男は、じぶんのどこか狂ってしまった人生をたてなおしたかったのです。すべてを清算して出なおしたかったのです。過去の大犯罪からにじみ出る粘液を拭《ふ》きおとしたかったのです。それは、伴が出てきたから、急にそんな気持になったのではありません。女房もその汚ならしい粘液だったのです。ずっとまえからそう考えていたんです。しかし、伴が出てこなければ、彼もそのスッキリしない不徹底な人生をそのままつづけていったかもしれませんが、伴が出てきたことによって、むしろそれを機会に、すべてから脱出しようと考えました。そこに殺人保険のことを口ばしるあの頓狂者《とんきょうもの》がまかり出ました。彼はそれを逆用してやろうと思いました。彼はそう思いたってから、夏のあいだ、ずっとプールにかよって、いままでできなかった泳ぎをおぼえました。そして女房にじぶんを海におとさせる芝居をさせて、その手ちがいでほんとに海で溺《おぼ》れ死んだように見せかけようと思いました。……」

私はふいに志賀さんの眼を見あげ、小さな声でいった。

「いや……ほんとうをいうと、チョッピリこんな考えがあったかもしれません。死人はすべての嫌疑の外にある。何をしようと、だれもとらえる者はありません。たとえ、過去の罪を知る者を、この世から消したところで。——」

志賀嬢はかすかに身ぶるいした。

「でも、そのときのつもりは、ただ女房から永遠に別れる、すべての過去から断ちきってしまいたいという欲望だけだったと思います」

「…………」

「北海道の断崖に彼が立っていると、約束どおり女房が岩かげから出てきました。遠くの料亭で、座光寺が見ています。そして女房は彼を海につきおとしました。その刹那《せつな》——彼は女房の眼に——恐ろしい本物の殺意をみとめたのです！」

「…………」

「女房も彼とおなじことを考えていたのでしょうか？　いや、そうではない。女房は伴とむすびついたのです。そのことがハッキリわかったとき、彼のからだは海におちていました。その崖《がけ》が二間ばかりの高さだったことが倖《しあわ》せでした。いちどふかくしずみ、大波に断崖の真下のくぼみにおしつけられて、彼は息をつきながら、にげたいはずの女房に物凄《ものすご》い怒りをかんじました。女房はしばらく崖の上から海をのぞきこんでいましたが、そこから彼の姿はみえません。彼女がさけび声ひとつたてないので、彼は、女房が偽殺人ではなくほんとの夫殺しを考えていたことがいよいよハッキリしました。が、あんまり夫の姿が波に浮かんでこないので少し心配になってきたのでしょう。彼女は、崖をまわり、岩をつたって海ぎわまでのぞきに下りてきました。その足を彼は海の中の岩かげからふいに手を出してムンズとつかみ、波の中にひきずりこんだのです。……ああその水中の抱擁——あなた、泳げるのね？　とさけんだ彼女の最後の息吹《いぶき》——彼はこのとき、十何年ぶりかで彼女に愛をかんじ、ちょっと後悔したといいます……」

「…………」

「まもなく座光寺がやってきて、へんな顔をしてキョロキョロしていましたが、岩かげにひそんでいる彼と死体を発見できなかったようで、やがてかえってゆきました。彼はそのあとを追うようにして東京にもどってきました。そして、海におちたとき傷ついた右眼を義眼にし、近眼鏡をかけ、義歯をはめ、隆鼻術をほどこし、髪のかたちをかえたのです。玉虫廉介はこれでこの世から完全に消えました。ただそのとき、この死人はむかしの約束をやぶって彼を恐喝し、彼の女房をうばった伴真五郎を片づけました。しかし、世の何びとも死人をとらえることはできません。そして彼はまったく別の人間として新しい人生にふみ出してゆこうと思ったのです。……」

「………」

「ただ、そのうれしさに浮かれて、いたずらッ気が起り、このアパートのちかくを徘徊《はいかい》して、知りあいの日下部夫妻が彼をみてもむかしの彼とは思いつかないようなので、いよいよ面白がって、またこの部屋を借りたのが、やはりまちがいのもとでした」

「………」

「じぶん自身鏡をみてもわからないほどうまく変ったつもりなのに、どうしてあの座光寺が見ぬいたのかわかりませんが、志賀さん、あなたはいつ彼が私であると知ったのですか？」

志賀嬢は微笑した。

「最初あなたがここにおいでになったときからですわ」

「えっ、あのときから？　ど、どうして？」

「あの日――あなたは明るい外光の中から、急に暗いこのアパートに入っておいでになりました。そのうえ、あなたの眼鏡はくだけ、しかも一方の眼は義眼でした。このアパートの階段はあんなに腐ってて、よほど気をつけないと危いところがあるのです。それなのにあなたは、最初からその危いところをさけて、心得た顔で階段をお上りになりました。そこで――あ、このひとは、このアパートにはじめて来たひとじゃない！と思いついて、そしてあらためてしげしげとあなたの片眼をのぞきこんで、はじめて玉虫さんがあなたとわかったのですわ、土肥さん」

「そ、それで……あなたは、いままでどうしてそれを知らない顔をしていたのです？」

「それほどまでにして顔を変えるには、よほどふかい事情があろうと思ったからなんです。……そうまでして、どうにか新しい人生にのり出してゆこうとなさったのに、可哀そうな玉虫さん！」

志賀さんは胸に十字をきって、じっと私の顔を見つめた。

「あたしは、あなたがこのままどこへ旅に出られようととめる気にはなりません。何もかも忘れ、座光寺さんのことなども忘れておしまいなさいといいたいんです。でも……あなたがこれからどうなさろうと……すべては神さまの御裁きにまかせます……」

――いま、ここにこうしてかいていて、私の頬からはなお涙がながれる。

志賀嬢のいった意味はよくわかる。これ以上罪をかさねないで、自首して出よといっているのだ。

しかし――このまま逃げてゆくか、自首するか、いずれにせよ私はあのチョコザイな座光寺に思い知らせてやらなくては気がすまぬ。彼が逆立ちしても手伝うことのできない人殺しをやらなければおさまらない。即ちあいつ自身をやっつけてやるという仕事を。

そう思うと、それではなんのためにこれほど苦心惨憺《さんたん》して顔を変えてしまったのか、この姿で、また新しい殺人の人生をはじめるのか、おれはやっぱりその呪われた運命からのがれることはできないのか！　と、しらずしらず涙をながさずにはいられないのだ。

五番目の間借人は私である。しかしその記録は、私の胸の中にだけあった。

不幸な六番目の間借人となって、はじめて私は、この黒い殺人のノートを発見したのであった。

さわれ、この恐ろしき壁の中のノートよ、ねがわくば、もはや一行たりとも人殺しの告白を記録するなかれ。

そして、次の間借人よ、ねがわくば君が平安にして幸福なる生活を送られんことを！

さようなら。

第六の間借人

淫らな死神

一

——日がしだいに暮れてきた。

私は窓ぎわのトランクに腰を下ろしたまま、氷結したようにうごかなかった。

私はこの人間荘アパート十二号室に入って、この部屋の代々の住人の記録した黒いノートを読みおえた。第一の間借人から、第六の間借人まで……それは哀れな人間獣たちの殺人の記録といってよかった。

第一の間借人たる学生は、隣室の女性を崇拝した。ひとりの醜い盲人がむかしの恋人をさがしていた。その恋人が隣室の女性だと学生はかんちがいした。そこで彼女を不幸にしたくないと願うあまりに彼は盲人を殺してしまった。それは「錯覚」による殺人であった。

第二の間借人たる詐欺漢は、その隣室の女性のきよらかさに反撥《はんぱつ》した。そしてひとりの天邪鬼を利用して、その男に殺人を行わせ、彼女に一ト泡吹かせようとして、結果的には彼が人殺しをしてしまった。それは「出来心」による殺人であった。

第三の間借人たる可憐《かれん》なサラリーガールは、消え失せた妻を恋う男を同情するあまりに、その隣室の女性とはかって、その妻を突如として眼前に出現させたために、彼を発狂させてしまった。殺人ではなかったにしろ、これは「善意」による犯罪であった。

第四の間借人たる職工は、彼自身は何もしなかったといってよかったが、みすみす自殺行に旅立った男を、それをふせぐべく、その女性から旅費までもらいながら、みんな飲んでしまって依頼をはたさなかったために、ついにその男を死なせてしまった或《あ》る泥棒氏の話をかいた。これは「怠慢」による犯罪であった。

第五の間借人たるサラリーマンは、曾《かつ》て火事という異常環境で突発的に殺人を犯し、のちにその罪から永遠にのがれるために、じぶんをかりに世の中から消滅させてしまおうともがいて、かえってその妻を殺してしまった。妻が、彼のいつわりの消滅計画に乗じて、ほんとに彼を消滅させようとしたのに反撃したのだから、これは一種の「正当防衛」による殺人であった。

そして第六の間借人は……その殺人をかぎつけた男、座光寺某を殺してきえた。

一ト月ばかりまえにおこったその事件のことを、私はこのアパートに入るまえ、管理人の関夫人からきいた。座光寺某は、或る日狂犬にかまれ、その結果恐水病にかかって、犬のように吠《ほ》えまわりながら狂い死んだという。――

「その犬がね、十二号室に住んでいた土肥というひとのひろってきた犬なんですよ。まあ、こんなアパートの二階に住みながら、犬をひろってくるきもちがわからないわ。いったい、あたし犬や猫を飼うひとはきらいなの、そりゃあ本人は可愛いでしょうけどね、他人にはかみつく、ワンワン吠えて安眠のじゃまはする。猫なんか飼われたら隣近所、魚の番人をしていなけりゃならない、じぶんのたのしみのために、そんなに公衆にめいわくをかけていいものでしょうか。日本じゅうの犬猫が食べる量だってたいへんでしょ？　日本は食糧輸入国だっていうのに！　あたし日本が食糧の自給が出来るまで、犬猫を飼うことを禁じるように新聞に投書してやろうと思ってるの」

と、関夫人は、私がその狂犬を飼っていた当人のごとく、にくにくしげにいった。

「しかもその土肥さんったら、引っ越しのあとにその犬を部屋にのこしていっちゃったの。そしたら、その座光寺さんが夜中に十二号室に入っていってね、犬にかまれちゃったのよ、犬ばかりじゃなく、品物もすこし置いてったから、泥棒にしのびこんだのじゃないかしら？　天罰テキメン、たちまちワングリかまれちゃって、狂犬病にかかっちまったんだけど、土肥さんもその犬が狂犬だったことを知らないで、手なんかかませていたとしたら、どこかでおなじように狂い死んだかもしれないわ。……あなた、どうか犬猫など飼わないでちょうだいね！」

「はい、承知しました」

しかし私は、この黒いノートで、土肥氏がその犬を狂犬にしたてて——少くとも狂犬と知ってひろってきたことを知ったのである。

一番めの話を読んでも、私はことさら不審を抱かなかった。二番めの話を読んでも妙には思わなかった。三番めも……いいや、私は漠然たる恐怖、殺人そのものの恐怖というより、その背後にながれる異様なものの恐怖をおぼえていたが、それが何か、具体的につかまえることはできなかった。

しかし、「第六の間借人」の記録を読んで、私は膠直《こうちょく》してしまったのである。へんだ。……どこかが、へんだ。……

よく考えてみよう。

第五の間借人たる玉虫氏は、北海道で妻君を殺し、まったくちがった顔の土肥氏となってこのアパートにもどってきた。アパートの住人たちはそのことを誰も気がつかなかったが、ただ十一号室の志賀悠子さんだけが知った。

座光寺という男が、「殺人保険」というたわけた新商売の宣伝をした。殺人を欲する人のために、そのアリバイをつくり、身代りとなってやるというアイデアである。

のみならず、彼はそれが単なる思いつきでない証拠として、その実例をあげた。玉虫夫人が玉虫氏を殺そうという願いを抱いていることをきいて、彼が玉虫氏と北海道に同行し、そのあとから夫人がひそかに飛行機で北海道に飛んで玉虫氏を殺したというのである。そして、もしこのことが問題になったら、じぶんが玉虫氏殺害の容疑者として責任を負うというのである。

彼はそんなことを正気でいったのだろうか。そうではない、と志賀嬢はいう。

「あのひとは、あたしたちをおどしてるつもりなんです。殺人者よ、おれもお前たちの仲間だぜ。安心して白状するがいいって。——」

殺人者をして、殺人を告白させる一つの有効な手段はなんであるか。それはこちらもまた殺人者である、おなじ同類である、と相手に親近感をもたせることである。つまり座光寺は土肥氏が北海道で細君を殺してきた玉虫氏であることを見ぬいて、それとなく脅迫しているのだというのである。そのための「殺人保険」談義だというのである。

しかし——その玉虫氏は、さいしょ座光寺の「殺人保険」の話をきいたことから細君殺しの事件にまですすんだのではなかったか！

話の前後が、逆だ。なるほど玉虫氏は十何年かまえに一つの殺人を犯した。しかし、そのことを座光寺は知っているはずはない。知っているなら、その事件だけで脅迫すればよい。玉虫氏が細君の殺意の手からまぬがれたのは偶然といっていいのだから、もし玉虫氏がほんとうに死んでしまったら、脅迫の対象はなくなってしまうではないか。

座光寺は、この夏、玉虫氏が何もしないうちに、殺人保険の話をはじめたのだ。それは、やはり彼のとっぴなあたま、苦しマギレの生活から生み出された珍商売のアイデアにすぎなかったのだ。そのとき脅迫の意は、まったくなかったのだ。

そしてこんども——おなじことではなかったのか。彼は土肥氏が玉虫氏とは全然知らなかったのではないか！

それでは彼はなぜ「北海道の殺人」の話を、ベラベラしゃべったのか。

「殺人保険」の宣伝にしろ、彼のあたまがいかに愚かしいにしろ、何かの下心がなくては口外できないはずの事件である。下心は何か。彼は何をいおうとしたのか？

「北海道へ飛行機でとぶ殺人！」

私は、愕然《がくぜん》として立ちあがった。私のあたまに、第四の間借人のかいた、津軽海峡を苫小牧にながれ去る青沼氏の屍骸《しがい》のまぼろしがかすめすぎたのである。舞台はおなじ北海道であった。

二

はじめて、ここで私は第四の間借人の記録が異様な変貌《へんぼう》をとげるのを感じた。

第四の間借人はそれを「怪談」だといった。

八号室の青沼さんは、北海道にある亡妻の墓にゆくべく旅立って、津軽海峡で連絡船阿寒丸の遭難事件にあって溺死《できし》した。誰しもがそう思って疑わなかった。

ところが――「悲劇の翌朝、津軽の海の浜辺に立って、もはやかえらぬ遺族たち――」とアナウンスされたテレビニュースの中に、その青沼さんの顔がうつっていたというのだ！

このテレビニュースを、青沼さんの知人はだれも見なかったにちがいない。そして、偶然それを見た座光寺、木室老人、第四の間借人は、それを幽霊だと思った。

それも当然だ。青沼さんが阿寒丸にのったというのは、その乗船名簿からあきらかであり、さらに彼の屍体《したい》が苫小牧の沖に漂流していたことは、それ以上にあきらかなのだから。

――私も第四話を読んだとき、このふしぎな事実を、単にふしぎと思うだけで、そこから一歩も出ようとはしなかった。

しかし、もはやかえらぬ遭難者の沈んだ海を、その遭難者が浜辺で見物しているということはあり得ない。

青沼さんは、阿寒丸で遭難しなかったのだ！　彼は少くとも、その翌朝までは生きていたのである。

それでは、船客名簿に彼の名がのっていたのは、どういうわけであろう？　その名簿にのりながら、実際は船にのらなかったということがあり得るのか。

その可能性は、第四の間借人の記録の中にある。

すなわち、「いちど船にのったが、なかなか出港しないので、イヤ気がさして、タラップを下ろしてもらって下船した」幸運な一群の人々があったという事実が。――その連中の中に、青沼さんがまじっていたのではないか。その人々はあとで名乗り出て、死亡者の仲間からとり消された。しかし名乗り出なければ、むろんとり消されないにきまっている。

が、そのときまで生きていた青沼さんが、三日めに溺死体となって、灰色に濁った北の海の、うすぐらい、わびしい潮けむりの底をながれていったのは？

彼は、そのあとで殺されたのだ！

どうやって？

私は、ここで、玉虫夫人が玉虫氏を北海道の小樽《おたる》ちかくの断崖《だんがい》からつきおとした方法を思い出した。場所はちがうであろう。が、青森か、おそらくは函館《はこだて》のちかくで、おなじような手段でやられたのではあるまいか。

座光寺は、テレビニュースから、のちに青沼さんの死の怪奇さを感づいた。彼が玉虫夫人をそそのかした殺人法の話というのは、それから想像していった思いつきではなかろうか？

だが、誰に？　なんのために？

私は恐怖の突風に背を吹かれたように、部屋をとび出した。

だれかに助けてもらいたかった。だれかにきいてもらいたかった。

夕ぐれの廊下は森閑として、人影もなかった。

となりの十一号室の志賀嬢はまだかえっていない。一つおいて、九号室の木室老夫妻は、ひっそりと人形を作っているのであろうか。八号室の青沼夫妻はすでにこの世にない。そういえば、向い側の十三号室の山名氏、十四号室の座光寺君、十五号室の椎名さんのあとにはいまどんな人が住んでいるのだろう。十六号室の仁木さんは依然として天邪鬼をたのしんでいるのだろうか。

しかし、私はこのときなぜか十号室の脇坂さんのことを思った。

このひとは、この黒いノートに一度も登場していない。ただ第一話に、「ここには、本だけあって、女ッ気はない――」という説明があるばかりだ。これだけ哀しい、恐ろしい、涙と笑いと血にいろどられた人間荘の歴史の中に、ただの一度も顔を出さない男。――本だけを相手にしている人。

それは私に「哲人」という言葉を思い出させた。私を助けてくれるのはこの人だ、と私は直感した。

この黒いノートを、手記者以外の人間にみせることは、極めて危険であった。破滅的事態をひきおこすおそれは充分あった。……けれど、なぜか、その相手が脇坂さんにかぎり安全であるような気がした。

私は、十号室の扉をあけた。そのとたんに、

「わっ」

と私はさけんだ。

頭上で、ピカリと何かひかったと思うと、そこから滝のような水が、ザアッと部屋じゅうにとびちったからである。——その下に、ベッドをおいて、脇坂さんは、あおむけに、ながながと寝そべっていた。むろん、顔から胸、腹まで水だらけになったが、はね起きるまでもなく、彼はニヤニヤ笑った。

「やあ。……ひさしぶりですね」

と、脇坂さんはしずかにいった。やせた青黒い顔と、白髪まじりの頭に、水滴が冷たくひかっていた。

私は、アングリと口をあけて、天井を見あげた。そして、そこに一つのフラスコが吊《つ》るされて、そこから一本の紐《ひも》が扉《ドア》とつながっていることを発見した。つまり、誰かが扉をあ

けると、フラスコがかたむいて、中の水が注ぎおとされるメカニズムになっていたのである。

「な、なんのまねです。これは？」

「いま、とりかえたばかりなんですよ、それと」

と、脇坂さんは、手にしていた書物で、一方の書棚の上にあるフラスコをさしながら、

ユックリと起きあがった。

「へえ？」

「あのフラスコに入っているのは、濃硝酸なんです」

私は口もきけなかった。

「あ、あぶないことを——こっちが、人殺しになっちまうじゃあありませんか」

「なあに、自殺の遺書はかいてあるんです。はてな、どこにいったかな。さがせば、そこらに埃《ほこり》まみれになってるでしょう」

そこら——部屋は、書物で充満していた。壁もたたみも、まったくみえないほどの書物の山、書物の沼であった。

「ぼくみたいなもののところには、まず誰も訪ねてきやしませんがね、万一だれかがあけると、——ぼくはいっぺんにあの世にいっちまう。ただ、いつも硝酸のフラスコを吊るしておくと、臭くてしようがないので、ときどき下ろしてああいう具合に栓をしておいて、代りにいまのように水をいれたフラスコを天井に吊るしておくんです。が、それをくりか

えしてると、――とくに、ひるねからさめたときなど、ふっと、いま吊るしてあるのは水か硝酸かわからなくなることがある。実際に、硝酸のフラスコを吊るしているときに、誰かがドアをあけると？――そう思いながら、その下でエロ雑誌など読んでいるのは、なんともいえないスリルですな」

「スリルどころか、死んじまうじゃあないですか」

「ぼくは、もう死んでいるんです。……たいくつで」

脇坂さんは、私の顔をじっとみて、

「あなた、だいぶ年がよりましたね」

「ええ、さまざまの世間をまわってきましたから」

「世間はおもしろかったですか？」

「おもしろいことも、辛《つら》いこともありました」

「そうですか」

なんだか、へんである。脇坂さんはまじめな顔をしていた。が、急にアクビをしていった。

「ぼくはね、おそらくあなたと大して年はちがわないんですよ。それなのに、この部屋にじっとしてるだけで……活字の世間をさまよっているだけで、こんなに白髪だらけになっちまいました」

「なにか……むずかしい勉強をしていらっしゃったんですか」

「いや、あなたとおなじ……要するに肉欲と食欲の世界をさまよっていただけです」

「ここで？」

「活字だけのね。笑っちゃいけない。人生は一行のボオドレールにも若《し》かない。——むろんこいつも、そこの本にあった言葉だが」

私はともかく、黒いノートをさし出した。

「それじゃあ、ひとつ、これを読んで下さい」

三

——黒いノートを読みおえた脇坂さんは、顔をあげた。無感動な眼であった。

「これが、このアパートに起ったほんとうの事件だから、ぼくはつまらんね。登場人物をみんな知ってるから、空想の余地がないもの。幻影の恋妻——といったところで、あのうすばかの女の顔を思うと——」

私は彼が、山名氏を殺した夜学生のことについて、一種感動の声をあげるかと思ったが、それについて、彼は何も言わなかった。それで私は言った。

「いや、空想の余地があるんです。たとえば、第三話に、椎名さんが、横領した公金をかくして、このアパートに潜伏してるのを知って警官がふみこんできたわけを、だれがそんな密告したのだろう、とありますね。あなたは誰だと思いますか？」

「なるほど。――密告といえば、第一話で、高力氏の部屋のドアに『今夜十時ごろ、白鳥ホテルにて、十二号室の男と三号室の女が密通している』と密告した奴もいるね。投書狂の関夫人じゃあないですか？」

私は沈黙した。この哲人のところに相談にきたことを少し失望もしたし、またそうであってくれたらという願望に両手をねじり合わせたいようであった。

「それなら、第二話で、伊豆山の碧洋荘で、一階の窓から、わずか四、五尺の地下におちた殺人鬼津田が、どうしてあたまをくだかれていたのでしょう？」

「そばにころがっていた、赤ん坊のあたまくらいの石にぶつかって――」

「その石は、はじめからそこにあったのでしょうか？　そこの地面は、みんなこまかい砂利ばかりだったというのに」

「というと？」

「津田が窓からとび出したとたん、上からその石がおちてきて――」

「上からというと、天からですか？」

私は、このばかげた声には耳もかさず、うわごとのように、

「上から――上から――」

と、つぶやいた。心臓が鐘みたいにつき出した。私は白鳥ホテルの裏側の闇の中で、刈部夫人がコンクリートのかたまりであたまをくだかれた事件に想到したのである。

「脇坂さん、あなたは白鳥ホテルを知ってますか？」

「このちかくの淫売宿《いんばい》だろ？　名はきいてるが、ぼくは興味はないですね」

「その裏側に窓が——あれはトイレットにあたるのかな——小さな窓が一つあいてるのを知ってますか？」

「知らんですな、そんなもの」

「刈部夫人のたおれたのは……いまから思うと、その窓の下だったんです！」

「……というと、刈部夫人のあたまを割ったものは、高力さんじゃあない、だれかが、上からコンクリートのかたまりをおとしたのだというのですか？」

「……ああ、わかった、あの夜のことが！」

「何がわかったんです、だれがそんなことをやったというんです？」

私は書物の上にドサリと腰をおろして、髪の毛に手をつっこんだ。

「座光寺が殺されたわけがわかった。あいつが、殺人者よ、おれもお前たちの仲間だぜ、安心して白状するがいいとおどした相手は、土肥氏ではなかったのだ。座光寺は、別の或《あ》る殺人を——青沼さんの死の秘密を感づいて、そのために殺されたのだ。……」

脇坂さんは、ふしぎそうに私の顔を見つめていた。

「それじゃあ、青沼さんはなぜ殺されたのだろう？　それは、彼が山名さんを殺したのが夜学生だということを口ばしったからだ。なぜなら、山名さんは過失死として処理され、その犯人が夜学生だなどと誰も知らないはずだから。……彼は、このアパートに起った殺人の背後にあるものを感づいてはいなかったのだが——そのために彼は、この世から消されてしまった。……」

　脇坂さんは、またアクビをした。ぼくはひとりでつづけた。

「青沼さんは、そんなことを誰からきいたのだろう？　それは奥さんからだ。奥さんは、この黒いノートを読んで、ここにかいてあることだけは知っていたのだ。だから、奥さんは、青沼さんのみならず、ほかのだれかにもしゃべったかもしれない。そのために、ひょっとしたら、彼女が月賦屋の二階からおちたのも……」

　私は、ふるえあがった。

「ほんとうは、彼女は何も知りはしなかった。それまでの、刈部夫人の事件、津田の事件について、その真相を知らないからこそ、ほかのだれかにしゃべったのだ。だが、津田はなぜ殺されたのだろう？　刈部夫人はなぜ被害を受けたのだろう？　わからない。……ぼくにはわからない。……」

「あなた、何をそんなにコーフンしてるんです？」

「脇坂さん、あなたはこれを読んで、昂奮《こうふん》しないのですか？」

「……ぼくは、現実に起ったことには、何もコーフンを感じない」

　と、この木の根ッこみたいにひからびた哲人はいった。こんどは、私がキョトンと彼の顔をみた。

「どういうんです、あなたは？」

「ぼくは、活字か写真じゃないと、なんの興味も起りません。小説や映画で泣いたりこわがったりするけれど、現実には何も泣くほどのことはないし、こわがるほどのこともない。活字か写真にうつし出された女性には性欲をかんじるけれど、現実の女性をみても全然食欲をおぼえないんです。食欲といえば、ぼくは、名物、珍味、うまいものの案内記が好きでね、ここに何十冊も買ってあるが、実際にそのものをくっていちども感服したことがない。旅行もしかり、どこにいったって、少くとも日本に関するかぎり、おなじような山があり、畑があり、どこかで見たような人間が、おなじようなことをしゃべったり、おなじようなことをしてうごいたりしている。その失望があるから、ここにこうしてじっとしている方がマシだと思うようになったんです。女もいまいったように、おなじことでね、現実に性交して、魂が重力圏外に飛んだり、水爆的爆発状態になんかなったことがない。エロ小説を読んだ方が、よっぽどコーフンしますよ。……」

「あなたは、例外ですよ。特別ですよ。……」

「と、じぶんで思って、こうしてひきこもってる次第ですがね。しかし、案外ぼくとおなじような人間は世の中に多いんじゃないか？　とにかく飯をくいながら読む、便所でも読む、電車でも読む。……だんだん活字の世界だけで満足し、活字の世界じゃないと満足しない連中がふえてゆくんじゃないでしょうか？」

「まさか？」

「まさかって、たとえばあなただって、映画や芝居をみて、ジンワリと涙をうかべることはあるでしょう。しかし、隣人のぼくが下顎骨脱臼《かがくこつだつきゆう》とか腸ネンテンでも起して七転八倒しても、あなた、同情してくれますか？」

「脇坂さん、これは冗談をいってる場合じゃない。……このアパートの中の人々が何人も殺された事件なんですよ！　それにあなたは、関心がないのですか？」

「ない。……電車にのる、銀座をあるく、映画館に入る、どこにいっても、夜、昼、ウジャウジャと人間がいる。あの連中が、このぼくの一生になんの関係があるのか？　このアパートの住人だって、それと何にも変りませんよ。……誰が死のうと、誰が殺されようと――」

〝誰が殺そうと〟――それが問題なのだ、と私は思った。しかし私はもはやこの男に何を話す気にもなれず、また立ちあがる気力も失せて、そこにボンヤリと坐《すわ》っていた。すると脇坂さんは、急にへんに眼をひからせてしゃべり出した。

「だいたい、人間ってものは、内心だれもが人間を殺したがっているんですよ。……」

四

「何を妙な顔してるんです？　ほら、このノートの中で、座光寺君もいってるじゃあありませんか。美談ばかりでうずめたら、だれもがたいくつして、新聞は買わんでしょう、人殺しの記事がないと、新聞はおもしろくない、とね。真実です。殺人保険業者なるがゆえの発言ではなく、誰もがたしかに人殺しの記事をおもしろがる。――」

「おもしろがる？　こわがるんじゃありませんか？」

「不快な恐怖じゃないですよ。その記事について語り合うとき、人々は快感にちかい生き生きした眼をしていますよ。なぜだろう？」

「それは――」

「いろいろと理屈はつけられるでしょう、スリルとか、刺戟《しげき》とか……しかし、どれもが、同語反復で、根本的な説明にはなりません。それより、人間ってえものは、だれもが人間を殺したがっているのだ、だから人が人を殺す話を、じぶんのこの欲望の代償として、瀉《しゃ》泄《せつ》の快味をおぼえるのだ、といった方がすべてを解きます」

「へえ、なぜ人間は人間を殺したがっているんです？」

「それは、たとえば、あなた、ぼく、誰でもよろしい、ひとりの人間がここに存在するまでに、父、祖父、徳川時代から戦国時代、ずうっとさかのぼって原始時代、いやそれ以前から、ほとんど無数といっていい祖先がつながっているでしょう。彼らが生きてきたからこそ、われわれがここにいるわけです。が、彼らが生きるために、食欲と性欲を満足させるために、どれだけ猛烈な争闘をしてきたか、人間の最大の敵が野獣ではなく人間だということになってから、もう何万年か何十万年かになるでしょう、その結果、どんなに多くの敵や仲間を殺してきたか、その数は実に彪大《ぼうだい》なものだとは思いませんか？　その期間は無限にながく、その争闘は必死のものでしたから、その行為に対する欲望、快感は、われわれ子孫の血のなかにつたえられている。いわば殺人染色体ともいうべきものが、われわれの精虫や卵子にコビリついている。それが殺人の話に歓喜の声をあげるのだとは思いませんか？」

　私はだまっていた。胸におぼえがあるから、抗議はできなかった。

「小さな殺人ばかりじゃない、戦争というものがそうなんです。戦争という言葉、行為に人間がかんじる壮快さは、誰もがもつ殺人染色体のせいなんです。だから、人間が人間を殺すなんて……特別のものじゃない、それほどコーフンしなくたっていいんです」

　彼は妙にやさしい眼で私を見た。

「しかし、なんですな、この世の中は、いくら大学がふえてみんな利口になっても、養老保険が出来ても、錯覚による殺人があれば、怠慢による殺人もある。出来心なんて妙なものによる犯罪もあれば、善意による犯罪すらある。そのうえ、誰もが、殺人染色体という本能悪といおうか遺伝悪といおうか、恐ろしい、ものを持っている。探偵小説では、殺人鬼というものを登場させることをきらいますがね、実際に、この世の中には殺人鬼というものが相当数存在するんです。たとえば、津田君のような……先天的な、本人もどうすることもできない怪物がいるんです。これらの犯罪には、教育も刑罰も、なんのききめもない。地上天国なんて、永遠に夢ですな。……だから、あなた、ここにじっとしていらっしゃい。ぼくのように、活字の中の女を愛し、活字の中の珍味を味わいなさい。活字は殺すことができず、殺される心配もありません。その方が、安全で、賢明です。……」

「あなたは……恋をしたことはないのですか？　現実の女性に」

と、私はかすれた声でいった。脇坂さんはじっと私を見つめた。空気が風船からもれるように、小さな声でいった。

「実は、あります」

「へえ、そ、それは、どんな――」

「あなたの恋したのと、おなじ女性。――」

「えっ」

私はピョコンと立ちあがった。脇坂さんは、弱々しい、恥ずかしげな微笑をうかべて、

「彼女は……この世のものではありません。あんな女性にマトモに恋すれば、あなたのような悲劇が起るのは当然です。あなたは、天罰をうけたのです。ぼくはここで、彼女の衣ずれの音、小さな歌声、やさしい呼吸をきき、そのきよらかな眼と唇と手足を想像しつつ……ここでエロ小説を読むのです。それなら、生命に別状はない。……」

そして、この愚かしさの至境に到達した哲人は、溜息《ためいき》をついていうのだった。

「ほんとうをいうと、ぼくがこの部屋にとじこもってすべて満足しているのは、活字じゃあなく、隣室に彼女がいるせいかもしれません」

私はうなだれて、扉《ドア》をあけて、外に出た。

五

廊下に出て、三歩あるいて、私は顔をあげた。私の背にゾーッと名状しがたい感動と戦《せん》慄《りつ》がはしった。

十一号室の扉に手をかけていた志賀悠子さんがふりむいた。大きく見ひらかれたその眼にも、異様な衝動がかがやき出すのがみえた。

「……かえっていらっしたのね」

と、彼女は、おさえた声でいった。

「何年になりますかしら？　あれから。……」

「ええ、ぼくの部屋にも、何代か、いろんな人が移り住んだらしいですね。……」

「あなた、ずいぶんお老けになったわね」

「四号室の津田君が殺され、十五号室の椎名さんが警察にひかれ、八号室の青沼夫妻が殺され、十四号室の座光寺君が殺された。……」

志賀さんは、じっとぼくの顔をみた。ふたりの問答がくいちがっていることに気がついたのである。志賀さんは、その後のぼくの運命をきこうとし、ぼくは執拗《しつよう》にその後の人間荘の春秋についてきこうとしていた。

「あなた。――」

と、彼女はやさしくいった。

「だしぬけに、妙なことをおっしゃるわね。津田さんも、青沼さん御夫婦も殺されたんじゃありませんよ。座光寺さんも、犬に……」

「座光寺君を犬に殺させたのは、ぼくの前住者土肥さんだったのです」

「まあ、土肥さんが、なぜ？」

「土肥さんが、奥さんを殺したことを座光寺君に知られたと思って——その実、座光寺君はそんなことは知らず、知っていたのは青沼さんが殺されたということだけだったのです。青沼さんを殺した奴が、座光寺君の私立探偵ぶりに恐怖して、たくみに土肥さんに座光寺君を消滅させたのです」

「青沼さんが殺された？　誰に、なぜ？」

「なぜというおたずねだけにこたえましょう。青沼さんが奥さんに、津田君や山名君の死の秘密をきいたと思われたから。……そのために、青沼夫人も殺されたのではないかと思われるふしがあります」

「津田さんの死の秘密？」

「津田君は、碧洋荘の窓からおちて、下の石にあたまをぶっつけたのではなく、窓からとびおりたとき、二階からなげおとされた石にあたまを割られたのでした。あのとき、津田君が窓からとび出すことは、犯人は事前に知っていました。……仁木君からきいて」

志賀さんは、聖女の仮面のように無表情に、美しく私を凝視していた。やがて、言った。

「碧洋荘の二階にいたのはあたしです」

「そうです。そしてあなたは、青沼君が津軽海峡で殺されたとき、このアパートを留守にしていらっした」

恐ろしい沈黙の数分が、アパートの廊下にすぎた。

「あなたは、なぜ津田が殺されたか御存じですか？」

「それがわかりません。……ただ彼は殺人鬼毛利松吉の血をうけた人間であり、……あなたは、聖女でした」

「あたしも、毛利の娘です」

私は電撃されたようであった。

「津田は、あたしの義理の兄弟でした」

と、志賀嬢は、かわいた声でいった。

「もっとも、母はちがいます。母は……貴族でした。あたしを生むまえから未亡人でした。毛利松吉に犯されたのです。けれど……あたしが少女になってからも、毛利とつき合っていました。あたしは、いくども気高い母が毛利の血なまぐさい腕のなかで、よろこびにもだえ狂う姿を見ました。その毛利が死刑になったという記事をみて、あたしは刑務所をたずね、あらためてその罪の履歴をしらべてもらって、そして、四号室の津田が彼の子供であることを知ったのです。津田はあたしの兄弟でした。けれど、あたしは彼を殺さずにはいられませんでした！」

私は、声もなかった。

「それは……あたしの血をのろい、血をにくみ、それをかくそうとするための殺人だったのでしょうか？　それ以後の殺人も、殺人の罪をけすための殺人だったでしょうか？　いいえ、そうじゃない、今にして思えば、みんなあたしの血のした業なのです。あたしは殺人鬼の娘、悪の化身だったのです。そうでなければ、あの可哀そうな椎名さんを密告するなどということができたわけはありません。……もっとも、あの関さんの娘さんが、ほんとうに椎名さんの奥さんだったことはあたしも知りませんでした。あれは、ただ悪意にみちたいたずらのつもりであったのです。……」

志賀さんの顔がしだいしだいに変ってきた。眼が妖《あや》しいひかりをたたえ、頰が酔ったようにぼうっと染まり、唇がぬれてひかってきた。私は彼女の話はもとより、その変貌《へんぼう》ぶりに妖怪《ようかい》をみるような恐怖にうたれた。

「あなた……あなたは、どうして山名さんを殺したの？」

と彼女はかがやく眼で私を見た。私はながいあいだだまっていた。やがて押し殺されたような声でいった。

「ぼくはあなたが好きでした。山名さんのさがしているひとがあなたとすれば……あなたがきっと不幸になるような気がしたのです」

こんどは志賀さんがだまりこんだ。それから、のどをあげてけたたましく笑い出した。このひととして、いままできいたこともない女獣のような笑い声であった。

「あなたは、あたしの職業を何だと思います？」

「……幼稚園の保母でしょう？」

「いいえ、淫売婦《いんばいふ》です！」

「…………」

「仕事場は、あの白鳥ホテルでした。あたしは、あなたと刈部さんの奥さんのあいびきを、そこで見ました。刈部さんの奥さんはそのために……」

彼女は急にだまって、深沈たる眼の中にぼくを吸いよせた。

「あたしも、あなたが好きだったのですわ。……」

この刹那《せつな》、ぼくは何もかも忘れて、あやうく彼女の足もとにひざまずくところだった。ぼくは、ここを出てから、さまざまな苦しい人生をわたってきた。そして、疲れはてて、ふたたび彼女という聖なる灯をしたってかえってきたのだ。けれど、けれど、けれど、ああ！

エピローグ

「あたしは死神です」

志賀さんはちかよってきた。そして、ぼくのくびに腕をまきつけ、接吻《せっぷん》した。そしてしずかにぼくの口の中へ舌をさしいれた。おお、なんたるなまめかしい吐息の芳香であったろう。……そのまま、彼女はささやいた。

「あなた……あなたは、いまおっしゃったようなこと、だれにおききになりまして？」

「…………」

「脇坂さんでしょ？」

「…………」

「あのひとが黴《かび》くさい本のなかで考えたことね？　そして、それをあなたに教えてくれたのね？」

ちがう、ちがう、あいつは世の中でこれ以上はない愚物だ、廃人だ！　とぼくはさけぼうとしたが声は出なかった。

唇ははなれ、彼女はあるき出し、十号室の扉《ドア》に手をかけた。

ぼくの頭髪は逆立った。

「やめて下さい！　あの男は……殺すにもあたらない！」

しかし、彼女は扉《ドア》をひらいた。

そのとたん、中で身の毛もよだつ悲鳴がきこえた。扉《ドア》をひらいたまま立ちすくんだ志賀さんの表情から私はそこで何事が起ったかを知った。

あれだ！　あの廃物野郎は、私が出たあと、また濃硝酸のフラスコを天井に吊《つ》るして、ベッドに寝っころがっていたにちがいないのだ！

が、こちらにもの問いたげにふりむいた志賀さんを見た瞬間、私はさけばざるを得なかった。

「その男は……死にたがっていたんです！　あなたの罪じゃない」

「そう、それでは、あたしが生かしてあげましょう」

「――え？」

「あなたは、あたしのところへもどってきましたね。なんのために？」

「――あなたに救ってもらおうと思って」

「それじゃあ、あたしが人を救うこともできる女だということを見て下さい」

そして志賀さんは十号室に入って、扉《ドア》をしめた。中で鍵《かぎ》をかける音がきこえた。

それから十号室で何が行われたか。どんな光景が展開されたか、私は知らなかった。――が、その中から数分して、異様な男と女の声がきこえはじめた。骨髄からしぼり出されるような男のあえぎ、そして、あの刈部夫人の声など虫の羽音のように思い出させる兇暴《きょうぼう》きわまる女のうめき声だった。

また数分すぎた。

扉《ドア》がひらいて、脇坂さんが出てきた。いや、それは――頭髪はくずれおち、眉《まゆ》も鼻も口も真っ赤にくずれた化物だった。

そいつがぼくを、そこだけ白くひかる眼でじっとながめ、ケタケタと笑った。

「君！……この世は生きるに値するね！」

そういうと、彼は歓喜と陶酔にみちた足どりで、大股《おおまた》に階段の方へあるいていった。ぼくは茫然《ぼうぜん》として、閉じられた十号室の扉《ドア》をながめやった。が、その扉《ドア》がふたたびひらかれようとするのをみると、あわててとびついた。

扉《ドア》はうごく。死物狂いにおさえつける。この淫《みだ》らな死神を、ふたたび出現させたら私はどうなるか。恐怖と恋しさにもだえる私を、人間荘の闇がつつみ、しだいに私の力は萎《な》えてきた。扉《ドア》はジリジリと、しずかにひらいてくる。……

棺の中の悦楽

千五百万円

一

生まれてはじめて出た華やかな宴《うたげ》が、恋する女とほかの男との結婚披露宴だったとは皮肉な話だが、他人がそれをきいてもべつに皮肉とは感じなかったかもしれない。脇坂篤《わきさかあつし》はどうみても、ロマンスの主人公の風采《ふうさい》ではなかった。

もっとも、色こそ浅黒く、唇はあついが、眼は大きく、からだはがっちりとして、よくみれば男性的ともいえるのだが、年はまだ三十をすこし出たばかりというのに、身なりが貧しいというよりじじむさく、それに、何より彼から男性的な魅力をうばっているのは、そのきもちまでが、じじむさいことだった。

花婿が有名な化粧品会社の御曹子なので、何百人かの客も、気のせいか普通以上に洗練された感じのひとが多いだけに、彼の姿はいっそううすよごれてみえ、いくつかの眼がちらと不審そうに見まもった以外は、完全に影のように黙殺された。

出席するまえから、彼はじぶんがそこに出るのが場ちがいだとは承知していた。彼が出たのは、招待者が花嫁の稲葉匠子《いなばしょうこ》だったからだ。印刷の招待状に、『先生、匠子の花嫁姿を是非みて下さいませ』と美しいペンの文字でかきそえてあったからだ。それをみるためだけに、彼はそこにやってきた。

正面の舞台の芸人の余興もみず、いれかわりたちかわりするテーブル・スピーチもきかず、さらにまえにならべられた銀器の肉やポタージュなどもほとんど口にせず、篤は遠い花嫁姿を見つめつづけた。まっしろなヴェールをかぶった匠子は、美しいというより神々しかった。

やがて花嫁と花婿は、おたがいに手をもちそえて、豪華なウェディング・ケーキを切った。そのときに、はじめて篤は、夢からさめたように花婿の顔をみたくらいだった。タキシードがぴったりと長身に吸いついた、美しい貴公子だった。

色直しのあと、新しい夫婦は、会場いっぱいの拍手におくられて、新婚旅行の飛行機に間にあうように出ていった。篤のすぐうしろをふたりは通ったが、むろん匠子は、ちらとも彼の方をみなかった。

花婿と花嫁を失った会場には、まだ余興の音楽やグラスのふれあう音がひびいていたが、雰囲気はあきらかに気がぬけた感じだった。

それだけに、しばらくは意識してだれも席をたつ者のないなかで、篤はひとり、ふいと立ちあがった。

まるでそんな華やかな場所から出てきた人間ではないかのように、彼は虚脱した姿でT

会館を出ていった。

すべては終った、そんな感じだった。

初夏の銀座は、織るような人の波だった。けぶるような青い柳の下に、女たちの鮮やかな色彩がきらめきながれていた。それらすべてが眼に入らないかのように茫然《ぼうぜん》とあるいて、しかも篤は、無意識的に人ごみをさけて、築地《つきじ》から勝鬨橋《かちどきばし》の方へ、あてどもなくあるいていった。

まもなく彼は、晴海《はるみ》の埋め立て地の草の中にすわっていた。前方の海には、無数の船がうかんでいる。ふりかえれば、遠くちかく東京中心街のビルの白い林がみえる。こんなところにこんな荒れはてた草原があろうとは、想像もつかない風景だった。

それは篤の網膜にうつってはいたが、彼の視覚中枢にやきつけられているのは、ただヴェールをかぶった神々しい稲葉匠子の姿だけだった。

——おれがこれほど愛していたとは、あのひとは知るまいな。

にがい笑いが、彼の頬をかすめた。それを知らないからこそ、匠子はじぶんの結婚の披露宴に彼をよんだのにちがいないし、また彼女がそれを知らないことを知っておればこそ、彼は披露宴に出席したのだ。

匠子は彼を〝先生〟とよんだ。

もう七、八年もまえ——彼女が中学時代に、彼は大学生のアルバイトとして、匠子の家庭教師をやっただけの縁だった。

それだけのことだ。ただ、それだけのことだ。……

篤は胸の中でつぶやいた。当時から、彼は匠子ばかりではなく、その両親からもひどく信頼された。

匠子が女子大に入り、彼がいまの小さな広告会社につとめるようになってからも、誕生日に招かれたり、家庭的な相談をうけたりした。それだけのことだ。ただ、それだけ。……

「いや、それだけではない」

篤は声に出してうめいた。あかあかとかたむいてきた五月の太陽の下を、白い海鳥が海面をかすめていた。

「おれは、あの娘のために人を殺したのだ」

二

四年前の秋のことだった。大学を出て広告会社につとめた脇坂篤は、手紙で匠子の父によばれた。いってみると、匠子はクラスメートと伊豆《いず》の方へ旅行に出かけて留守だった。ちょうどその春、彼女は女子大に入っていたのである。

両親は蒼《あお》い顔で篤に相談をした。話をきいて篤も顔色をかえた。

きのうの夜、稲葉家をひとりの若者がたずねてきた。彼はこの二、三年前から東京の或《あ》る工場につとめていて、急に郷里に所用ができて帰郷しなければならなくなったのだが、旅費が不足してこまっている。ついては何とかそれを貸してもらいたいといった。それがまったく見も知らぬ青年なので、非常識な厚かましさにふたりはあっけにとられたが、その郷里の名をきき、彼の名をきくにおよんで、はっと心臓もおしつぶされる思いにうたれた。

それは東北の或る村だった。そして戦争中、稲葉一家が疎開していた村だった。

敗戦直前の或る夕方、小学校五年の匠子が泣きじゃくりながら家にかえってきた。はじめは村の子供にいじめられでもしてかえってきたのだろうと迎えた両親は、匠子がおびただしい出血をしている個所を知って狂気のようになった。すぐに医者にはしったが、出血がとまっても、匠子は数日間、高熱にうなされつづけていた。そのあいだに可憐《かれん》な少女のうわごとのあいだから、にくむべき犯人の名がわかった。

村の子にくらべてひときわ可愛い匠子を納屋につれこんでいたずらをしたのは、二十歳ばかりの村の青年だった。

犯人はわかったが、稲葉氏はどうすることもできなかった。医者も暗然として、匠子のためにこの事件は、永遠に黙殺しておく方が賢明だろうと、意見をのべた。

終戦で、それからまもなく東京へひきあげることができたのは、この事件のためにもしあわせだった。

それから八年の歳月のあいだに、両親はときどき夢魔のように思い出すことがあっても、たがいに口にしなかった。

匠子の記憶がまったく失われてしまったとは思われないが、彼女はすくすくと明るく清潔な美少女に成長してきたし、両親は、あれはやがて永久に埋もれてしまう小さな古傷だと思いかけていた。

その古傷をつけた犯人が、突如として恥しらずに登場してきたというのである。どこで稲葉家の住所をさがしてきたものか、旅費云々《うんぬん》というのも、その要求した金が決して旅費とは思われない額であったので、脅迫の意志はあきらかだった。

「こちらも頭がくらくらするほど腹をたててね。金はやらぬ。警察に訴えるぞ、といってやった。するとそいつは、耳がないような顔をして、とにかく上野駅前の旅館にとまっているから、金か警官か、どちらでも好きな方をよこせ、といいすててかえっていったんだ」

稲葉氏はふるえながらいった。夫人は涙をこぼした。

「いいえ、決して警察などに訴えてはなりません。この秘密を世間に知らせたくないというより、匠子に思い出させたくないのです。ですから」

「金をやることにした」

と、稲葉氏はうめいた。そして、

「金をやることはたやすいが、あの男の様子をみては、このことが一度だけですもうとは思われない。あまり軽々しく金をやって、かえっていい金蔓《かねづる》をみつけたという気にならせて、こまるたびにやってこられてはたまらないし、ついにはこちらの苦心も水の泡となるおそれもある。そこで君のことを頭にうかべた。だいたい、あの男と同年輩だし、ふだんから実に信頼できるひとだと思っている。君、おねがいだ。これから上野の宿へいっておいて金をわたし、二度とこの件についていいがかりをつけてこないように何とか説得してきてはくれまいか。とんだ依頼で迷惑だろうが、匠子のために、何分、おねがいする」

そういって、稲葉夫妻は、拝まんばかりに哀願するのだった。

篤はうなずいた。匠子の秘密をきいた衝撃も大きかったが、たしかに義憤にもえた。いや、その衝撃が、怒りに異常な油をそそいだ。

金などビタ一文もやる必要はない、と力説したが、穏便に解決するのが目的なのだからと説かれ、ともかく約束の金をあずかって、彼は上野へ出かけていった。

上野駅前の安宿でごろごろしていたその青年にはすぐ逢《あ》った。逢って話しているうち、篤はいくどか嘔吐《おうと》をおぼえた。そのひたいのせまい頬骨の張った若者は、田舎者らしい歯ぎしりしたいほどの無恥に、数年間の都会生活の狡猾《こうかつ》さが加わって、手のつけられない悪質な人間であることがすぐにわかった。金はうけとったが、将来の保証に関しては、まるでじぶんが神様から全能の特権をあたえられたかのように、ひらべったい鼻さきで、ニタニタとせせら笑うばかりだった。

一応、田舎にかえるというのはほんとうだったらしく、その若者は夜行にのった。深夜、その篤は彼に知られないようにおなじ汽車にのりこみ、入口ちかい席に坐《すわ》った。

青年は便所に立った。

篤はそのあとを追った。

篤はデッキに出た。その若者が便所から出てきたとき、ガラス戸を外からたたいた。若者はぎょっとしたが、すぐに鈍重な笑いを鼻さきにうかべて、デッキに出てきた。デッキのドアはあらかじめあけてあった。轟音《ごうおん》と夜風が凄《すさま》じい渦をまくなかで、みじかい問答と格闘ののち、篤はその悪党を外へつきおとした。面をうつ闇黒《あんこく》の風のなかに、篤は夜光虫のような匠子の笑顔の幻をみていた。

その青年の死をつげた翌日の夕刊を、篤は東京の町角で読んだ。

暮れかけてきた風がふきみだす髪を、じっとかかえこんで脇坂篤は草原のなかに坐っていた。

——おれは、あのひとのために人を殺したのだ。

もういちどつぶやいた。しかも、彼女はそれを知らない。

稲葉夫妻はそのことを知っていたろうか。篤は東京へひきかえした夜、稲葉家へいって、

「話はつきました。あの男は二度とお嬢さんに御迷惑をかけないとちかいました」

と報告しただけだった。

匠子はまだ伊豆からかえってはいなかった。しかし、そのとき彼をみた稲葉夫妻の眼には、あきらかに無限の感謝と恐怖がうかんでいた。

知っていたのだ。

その稲葉氏は一昨年交通事故で亡くなり、夫人も去年病死した。匠子だけはついに、彼女に襲いかかろうとしていた黒い翳《かげ》に気がつかずにすんだらしい。

そのことは、絶対に彼女にいってはならないことだった。篤自身のためばかりでなく、匠子のためにも。――そしてまた彼は、いままで一度として、それを匠子に告白して彼女に恩を売るきもちはなかった。

潜在意識はしらず、彼は彼女と結婚する気もなかったのだ。

きょうの披露宴も、ただ純粋な祝福のきもちだけでいったのだ。彼は匠子を、じぶんにつりあわないとかんがえていた。あんないたましい過去の秘密を知ったのに、彼は彼女を、理性的のみならず、感覚的にも、まだ一点のしみもない純白の女人とみる心をどうしても消すことができなかった。

彼が匠子のために殺人を犯した当時には、彼女はまだ女子大に入ったばかりの青い桃のようなころで、はっきりと彼女を恋している意識はなかった。恋はそれ以後のことだった。しかし、彼は強いてそれを抑圧し、ふりすててきた。しかし――。

匠子がよその男の花嫁となったいま、彼ははじめて、もえあがる炎のようなものを感じた。胸は黒いけぶりに満ちた。

――あのひとは、男としていちどもおれを見たことはなかった。

ところが彼は、三十二という年まで、いちどもほかの女に恋愛感情をもったことはなかったのだ。

会社でも友人のあいだでも、彼は一種の軽蔑《けいべつ》をこめた固物《かたぶつ》としてとおっていた。彼はそれに平気だった。胸にじっと匠子の幻を抱きしめていたからだった。その哀れさが、いまさら胸をさそりみたいにかんだ。

「すべては終った」

彼はたちあがった。海で銅鑼《どら》が鳴っていた。船のマストに赤や青の灯がともりはじめていた。ふりかえると、大市街も蜃気楼《しんきろう》のような灯のなかに浮かんでいるのだった。

三

脇坂篤は酔っていた。いや、酔おうとしていた。

酒はそんなに強い方ではなかった。というより、好きではなかったから、泥酔するほど飲んだことがないといった方が正確だろう。それなのに、バーを二軒まわっても、三軒まわっても、あたまは氷のように冷たくなってくるばかりだった。それでも彼は、むりに泥酔した気分になろうとした。

酒は好きでないのみならず、ふだんから彼はそんな場所もあまり好きでなかった。女が芸もなくそばに坐っているだけで、金をとられるのがばかばかしかったし、女が無意味にはしゃげば、不自然を感じておちつけなかった。要するに彼は、こういう場所でたのしむ方法を知らなかったのだ。その罰は、いまきた。

ながいあいだの呪縛《じゆばく》がとけたように、彼の魂は女をほしがった。いや、ほんとうをいうと匠子の呪縛はまだとけず、足にまつわるみれんの鎖を完全にふりちぎるために、彼の肉体はほかの女にからみつこうともがいていたのかもしれなかった。

それなのに、どうしても女が寄ってこないのだ。

むろん、バーのマダムはカウンターのむこうで如才ない愛嬌《あいきよう》笑いをみせる。ボックスに坐れば、女はそばによりそってくる。

しかし、軽口はおろか、そういう女たちとなんの話題もない彼とのあいだには、すぐに、とりつきようもないしらじらしさ、或《ある》いは、気もめいるような重っ苦しさがたちこめて、マダムも女給も、栗鼠《りす》みたいな眼をほかの客にむけてしまうのだった。

何軒目かの、やはり海底のようなバーだった。さすがに彼は、あたまが冷たい炎にゆれている感じがした。女たちも海底の人魚みたいにゆらめいてみえた。彼は眼をぎょっとひらいて、ひとりの女給の顔をみつめた。

「君、何て名だい？」

「眸《ひとみ》」

と、若い女給はこたえて、無意味に笑った。その笑い顔が匠子にそっくりだった。左の頬に、ぽっくりとえくぼができるのまで、そのままなのだ。篤は息がつまるような気がした。

「君……今夜、僕とつきあってくれないか？」

昨はふいにまじめな表情になった。愛くるしいのに変わりはなかったが、笑いがきえると、匠子とは似ても似つかぬ顔だった。

「つきあうって？」

篤は歯のあいだから、きしり出すように、いった。

「ぼくと寝るんだ」

昨はたちあがった。

「ここのお店では、そんなことしませんの」

といった。そして、いそぎ足で向うへ去った。まるで女給に振られたものでないかのように——振った昨が遠くからふりかえって、妙な顔をしたほど、彼はがっくり首をたれた。

篤は悄然《しょうぜん》とそのバーを出た。また何軒か寄った。何人かの女に、その顔をみず、おなじ言葉を、必死の表情でくりかえした。

だれも相手になってくれなかった。

「あたし、恋人があるのよ」

と、いった女がある。

「こわいわ、このひと」

と、肩をすくめた女がある。

「なんだか、あなた、可笑《おか》しいわよ」

と、げらげら笑った女がある。

彼は、じぶんの姿も立場も漫画的であることを感じていた。しかし、それより何より漫画的なのは、人殺しまでするほど恋した女が、じぶんが恋していることをゆめにも知らないでほかの男と結婚してしまい、あとにとりのこされたじぶんの人生の構図だった。自嘲《じちょう》するより、彼は憤激してきた。

いままで彼は、ひとりだってほかの女に惚《ほ》れたことはなかった。同時に、ひとりも彼に惚れてくれた女もいなかった。三十二になるまで彼は、女から恋される技術を何ひとつ学ばず、女の心をゆりうごかす男の体臭を、石ころみたいに失ったかのようだった。どうしておれはこんなことになっちまったんだ？

酔いと怒りと自棄が、みえをわすれさせ、今夜こそいままでのばかげた戒律をやぶって、断じてほかの女と寝るという観念を膠着《こうちゃく》させた。銀座から新橋へ、しだいにネオンもきえはじめた深夜の町を、彼は泳ぐようにさまよいつづけた。

「き、君、何て名だい？」

「笹代《ささよ》と申します」

たしかにそれは、未亡人サロンと名づけられる種類の店だったらしい。篤はまじまじと、眼のまえの白い鼻をながめていた。ほんとうに未亡人かどうかはしらないが、肉づきのいい三十前後の女だった。その鼻が――ちょいとうわむきになった愛くるしい鼻だけが、匠子の鼻にそっくりなのだ。

「君……今夜、僕とつきあってくれないか?」

笹代はふいにまじめな表情になった。ボックスにならんですわっていたふたりは、まるでそのままキスでもしそうに顔をちかづけあった。笹代はささやいた。

「あのね……あなた、お金あるの?」

篤はきょとんとした。女はまじめな表情のままくりかえした。

「ないんでしょ?」

それは彼をとがめるというより、女房のような——彼は細君をもったことはないが——心配そうな声だった。ようやく本格的に泥酔しようとしていた篤はぞっとした。足もとから這《は》うそ寒いものが這いあがり、そして生来の小心と、じじむささがよみがえり、全身にひろがった。

彼はごそごそと財布をとり出した。ちょうどサラリーをもらったばかりの日だったのに、それはもう半分以上もきえていた。

「ここの払い、いくら?」

彼は意気沮喪《いきそそう》した声でいった。女は立っていって、すぐにもどってきてその額をいった。それからまた女房のような声でいった。

「ね、今夜はもうおかえんなさい。ここもうカンバンだわ」

篤はしばらくぼんやりと宙をみていたが、やがて女の顔をみた。

「金はあるんだ」

「だって」

「下宿にかえれば、トランクにあるんだ」

「いくら？」

「千五百万円」

女は彼の顔を見た。急にけたたましく笑い出した。篤はぼんやりと宙をみたきりだった。

「いやだわ、このひと、まじめな顔をして」

そして彼女は、店の払いだけとりあげて、やわらかに安セビロの腕をつかまえて、彼を店からおくり出した。

篤は終始無言だった。彼はいまじぶんの吐いた言葉に戦慄《せんりつ》していた。――彼は、ほんとうに下宿の押入のトランクに、千五百万円もっていたのである。

四

四年前、脇坂篤が人を殺したみじかい旅からかえった翌々日の夜だった。

彼の下宿に訪ねてきた男があった。彼はトランクをぶらさげてきた。名刺をみると『農林省経済局農業保険課事務官　速水《はやみ》和彦《かずひこ》』とある。見知らぬ名だし、逢《あ》ってそののっぺりとした色白の顔をみてもおぼえがなかった。

彼は愛嬌のいい笑顔でいった。

「突然、うかがいまして恐縮ですが……あなたはこれに思いあたられることがおありでしょうね」

ポケットから出された新聞をみて、脇坂篤は土気色になった。それは東北線の汽車からふりおとされて死んだ男のことを、報道したきのうの夕刊だった。

「私はね、おなじ汽車のとなりの箱にのっていたのです。そして、あなたのなすったことをみていたのです」

と、速水はいった。

「それで、私はあなたがその汽車からおりて東京にひきかえし、このおうちに入られるまで尾行してきたのです」

篤はがばと立ちあがろうとした。速水は手をふった。

「いや、私はあなたを殺人犯人としてつかまえにきたのじゃあありません。私は農林省の下ッぱ役人ですが、警官ではありません。私はきょう一日かかって、あなたのおつとめ先や、あなたがどんな方かという御評判を、それとなく調べました。それはなぜかというと――」

速水はねちねちといった。

「私はあなたに、おねがいしたいことがあるからです。もう一年もまえから、私は、私とまったく関係がなくて、しかも私の信頼できる人をみつけるのに案じぬいていました。私の調べたところによると、あなたはまじめで、質素で、生活的にまったく他人からうしろ指をさされる恐れのない方でした。私の要求していた人に、これ以上はかんがえられないほど理想的な方です。そんなあなたが、どうしてあんな人殺しをなすったか……」

「あれは……天人ともにゆるすことのできない悪党で……ぼくは、やむを得ず、正義のために……」

篤はひたいからあぶら汗をしたたらせてうめいた。速水はうす笑いした。

「そうでしょう。それにちがいないでしょう。しかしね、それは私にとってどうでもいいことなんです。いずれにせよ、お見受けしたところ、べつに自首なさる様子はみえない。それで結構、それでいいのです。私は訴えるどころか、是非あなたに生きのびていただかなければ、こちらがこまるのですから」

「き、君は僕に何を要求したいんだ」

速水はだまって、トランクをあけた。篤は眼をむいた。それは実におびただしい札束のかたまりだった。

「十五個あります」

と、速水はひくい声でいった。

「五千円が二百枚、つまり百万円ずつ、十五個――あわせて、千五百万円」

「こ、これは、いったいどういう性質の、か、かね……」

「公金です。それがここにあるというのは、つまり私の横領した金、ということになりますね」

速水和彦は篤を見すえた。柳の葉みたいに、ほそくひかる眼だった。

「これをあなたにあずかっていただきたいんです」

封印切り

一

「この千五百万円を、あなたにあずかってもらいたいんだ」

と、速水はくりかえしていった。脇坂篤ののどが、こくこくとうごいた。それが何かをさけび出そうとするらしいとみると、彼はくびをふった。

「まさか、あなたはこのことを、恐れながら、訴えて出ることはないでしょうね。そんな心配は金輪際ないと見込んだからこそ、私はやってきたんだが。——あなたが私の公金横領を訴えるなら、私もあなたの殺人罪を訴える。燕《つばめ》返しですな」

と笑った。

「どちらもトクをしない。両損です」

「しかし、どうしてこれほどの大金を——」

「私が横領したのはね、総額七千八百万円なのです。しかし、そのからくりを、いまあなたがきいたところで、何にもならないことです。私が殺人の動機をほじくりたてないかわり、あなたも面倒なことはきかないで下さい。いずれ、新聞に出ますよ」

「それゃ、こんなことが永遠にばれないなんてことはあり得ないことですからな。いまのところ私は、こうのんきに歩きまわってるが――最近、ちょっと何やらくさくなってきた六感があります。べつにあわてもしませんがね。最初から覚悟していたことなんだから」

白い顔は、平然として無表情にもどった。

「私は、あなたの犯罪をだまっていてあげる。そのかわり、この金を保管していただく。どちらも安全、持ちつ持たれつです。この取り引きはどうですか」

「新聞に――」

「いつまで?」

と、篤はかすれた声でいった。

「さあ、それがいつまでかわからない。私の考えでは私の公金横領はあと半年もたたないうちに発覚すると思います。それから裁判があって、判決があって――まさか十年以上の刑をうけることはありますまい。私が法律を勉強したところでは、せいぜい七年くらいの刑だとみているのです。ですから、私が出所するときまでですね」

速水和彦は指をおりながら、つぶやくようにいった。

「もっとも、出所早々、すぐに受け取るというわけにはいきますまい。それから一年か、二年、ほとぼりをさます必要があるかもしれない。それでも私は三十五歳くらいまでに千五百万円の金を手に入れることになるわけだ。ふつうにゆけば、とうてい実現不可能なことなんですがね。それだけの金を手に入れるのに、七年や八年の刑はこれゃ、しかたのないことだと覚悟しています。むろん発覚当座は、さんざんやっつけられるでしょうがね。しかし、人間はいつまでも他人のことをおぼえていられるものじゃないし、それに私のあとからも、横領官吏は続々と出るのはきまってるのですからな、そのうち私のことなど忘れてくれますよ。そのためにも七、八年、刑務所ににげこんでいられることは、私にとってむしろありがたいことなんです。要するに、この犯罪は充分ペイすると計算しているのですよ」

この遠大の計をたてた白面の横領官吏は、夢みるようにいうのだった。

「出所後の連絡方法、保管していただいたものを受けとる場所、日時などは、もういちど検討して、いずれ指示しましょう。今夜はただあなたが引き受けて下さるかどうかをききくためにきただけです。もちろん引き受けて下さるでしょうね？」

柳の葉のようなほそい眼が、また篤の顔にくいこんだ。

「こううちあけた以上、あなたが拒否された場合はむろんのこと、たとえ引き受けて下さったあとでも、密告なさったり、私の指定した事項に違反なさったときは、あなたの人生の完全な破滅と思って下さい。私の依頼に従って下さるかぎり、あなたは絶対に安全です。あなたを裏切れば、こんどは私の破滅となるのだから、これほどたしかな保証はない。――おねがいしますよ」

笑いながら、速水はまたトランクのふたをしめて、篤の方へおしやった。そしていった。

「あ、それからもうひとつ――脇坂さん、つまみ食いは、絶対にいけませんよ」

一世を聳動《しょうどう》した農林省下級事務官の公金横領事件が発覚したのは、それから二ヵ月のちだった。

彼は経済局農業保険課団体事務費係で、全国の農業共済組合へ、国庫交付金を割りあて送金する仕事をしていた。総額二十四億にのぼるこの交付金のうち、彼は各県への交付金をすこし削って、その分を某県の共済組合へ水増しして送り、あとでその水増し分だけとりかえして、着服していたのである。いうまでもなく、その某県の共済組合の経理課長と同腹だった。むろん、それには必要書類が省内のさまざまの課や班をとおり、一部は大臣の検印まで要るのだが、ぜんぶが盲判であることを見ぬいての犯罪だった。

下から上まで、やる方ももらう方も、この巨額の金が国民の税金であることを意識していない、杜撰《ずさん》で横着な心がまえでいることが、相当期間にわたるこの横領を発覚からふせいでいたのである。

例によって新聞はさわぎ、国民は怒り、例によって役人同志の責任のなすりあいがあり、そして例によって犯罪者たちは、世間に申しわけないと殊勝らしいことをいった。

〝申しわけない〟にも何にも、彼は実に、七千八百万円の金をごまかしていたのだ。当然その金をどうしたか、ということが追及された。そして人々は、この二十五歳の下級官吏の横領中の生活に眼をむいた。

彼は地味な洋服をきて、まじめな顔とおとなしい足どりで毎日役所へ出ていたが、役所からかえると、それまでの仮面をかなぐりすてた。新築した家から自家用車にのり、他人名義でつくった化粧品会社、菓子製造会社、食品会社、割烹《かっぽう》料理店、運送店などをかけずりまわった。連夜、神楽坂《かぐらざか》や大森で芸者相手の豪遊をする一方、三人の愛人をもっていた。年齢に比較して、むちゃくちゃとしかいいようのないこの行状に、人々は腹をたてるより唖然《あぜん》としてきた。

『速水をあやつった陰の手——公金七千八百万円はこう吸われた』

そんな記事が新聞に出るようになった。この大金をもった青年を利用して、右にあげた会社に関係した男たちや、色じかけの女たちが、いかに甘い汁を吸ったかということがわかってきたのだ。それによると速水は、世間ずれのした悪党どもによってたかって金をまきあげられ、さらにその穴埋めに狂奔した愚かな犠牲者のようだった。

『横領金の回収は不能か。——あきれた乱脈ぶり』

そんな記事が出た。彼の経営していた会社の内情はみんな火の車で、うすうす彼の資金の出所を知った男や女が、なかばゆすりのようにしぼりあげ、捜査当局も、はたしてどの程度の金額が回収できるか疑問視しており、せいぜい自宅などの不動産が、農林省などの損害賠償の訴訟でとりもどせるのではないかとみられている、というのだった。

速水およびその一味は起訴され、いくどかの公判ののち、翌年に判決があった。速水は懲役七年の刑だった。

すべては彼の計画通りだった。刑量は勿論《もちろん》のこと、横領金の乱脈ぶりそのものが計算のとおりだった。彼を利用して、甘い汁をすったつもりの連中が、その実、彼に利用されていたのだ。手のつけられないほどのむちゃくちゃな七千八百万円の浪費のしたたりは、係官のきびしい追及の指のあいだからこぼれおちて、どこへともなく雲散霧消していたのである。ただ、速水が掘って、彼だけが知っている暗渠《あんきよ》をながれて……。

それが、脇坂篤の下宿のトランクにねむっている千五百万円だった。

二

いうまでもなく脇坂篤は、この事件の経過を、他人に数倍する関心で見てきた。夜半いくたびかうなされ、日中でも軽い脳貧血におそわれるほどおびえた。速水和彦という白面の小役人の計画の凄《すさま》じさと、その計画がやぶれて、じぶんに当局の手がさしのばされてくるのではないかという恐怖だった。しかし、事件はそのまま終熄《しゆうそく》した。ただふたり以外はだれも知らない千五百万円の金だけが、七年後の陽《ひ》の目を待ってねむりつづけていた。

むろん、その金は、篤の誘惑の対象にはならなかった。とんでもないことだ。もしそのトランクをあけたなら中からたちのぼる瘴気《しようき》はたちどころに彼をうちたおすだろう。速水が不敵に指摘したように、ただ彼を破滅させるだけではない。あの殺人が暴露されるということは、恋する匠子の一生をもうちくだくことだった。

いまからかんがえると、速水は巨額の公金を横領し、めちゃめちゃに浪費するとみせかけてその一部を巧妙に隠匿するという計画にとりかかった当初から、その金をかくす場所、保管してくれる人間をかんがえあぐねていたに相違ない。どこかに埋めておくということも、それが彼のよく知っている場所でも、知らない場所でも、べつべつの意味で不安がある。人為的、自然的な異変によって、万が一途中で掘り出されたり、或《ある》いはあとで掘り出すことが不可能となったりしたら、彼の七年間の懲役の辛抱はまったく無に帰するという悲喜劇となり果てるからだ。彼が脇坂篤の殺人を目撃したのは偶然にちがいないが、その思案の泥濘《でいねい》におちてきた殺人者は、彼にとって〝あれだ〟と小躍りするような天来の着想をあたえてくれたものといえる。そうだ、この殺人者を縛る縄に千五百万円の札束をくくりつけてやろう。

しかも、事実は、速水のかんがえた以上に、脇坂篤は自由を失った。篤はその縄に匠子の幸福という重荷をすでにひきずっていたからだ。

篤はそのトランクを忘れようとした。そして、完全に忘れることは不可能だったとはいえ、古い毒薬のように、いつしか彼の記憶からうすれかかろうとしていた。

こうして四年たった。

稲葉匠子の結婚した日の夜、泥酔して下宿にかえってきた篤は、押入れからトランクをひきずり出した。トランクはかすかにこわばって、うす青いかびに覆われていた。

それをたたみにおいてその前に坐《すわ》り、彼は腕をくんで笑った。酔ったあたまでかんがえればかんがえるほど、可笑《おか》しくてたまらなくなった。自分という人間が。

じぶんはいままで何をした？　家庭教師などのバイトをしてやっと大学を卒業して三流の広告会社で安月給をもらい、三十二になるいまも、貧乏たらしい下宿生活だ。そのあいだ恋愛ひとつせず――いや、こっちから思いつめていた女はひとりあったがその女は何も気がつかないで、ほかの男と浮き浮きと結婚してしまった。その女のためにおれは人殺しまでしたのに――。

「ここに、とにかく千五百万円あるんだ」

彼はトランクをながめた。この黒ずんだ四角な物体に対する恐怖が、憑《つ》きものがおちたようにきえているのがふしぎだった。

これから、じぶんは何をする？　このままの日を重ねてゆけば、あと三年たつと、この金をあずけた人物が刑務所から出てくる。そしてあのうす笑いをうかべた白い顔で、それをもってゆくだろう。じぶんはあっけらかんと見おくって、そしてまた灰色の、貧乏たらしい、じじむさい生活をつづけてゆく。――死ぬ日まで。悲劇ではない完全な喜劇だ。そのあいだには、何もなかった。空白であった。

「ここに千五百万円ある」

と彼はくりかえした。依然として、彼は笑いつづけていた。

篤はその千五百万円をじぶんがつかう気持ちになっていた。最後に寄った未亡人サロンで、突然このことを思い出してから、酒とともにじりじりと血管のなかにしみこんできた考えだった。

「もう、おれの喜劇はうちあげだ」

あいつが出てくる。七年間、暗い刑務所で、おそらく夢のあいだも見つづけていたであろう千五百万円は、煙と化してきえている。あののっぺりした白面の悪党がどんな顔をするか。——喜劇を演じるのは、こんどはあいつの番だ。

篤の笑いは、声となってのどのおくからとび出した。彼ははじめてじぶんが人間になったような気持ちになった。

彼はそのトランクに手をかけた。そのとき、ふいに背後から冷たいものが這《は》いあがった。

「——何をするの？」

彼はぎょっとした。それは稲葉匠子の声だった。彼はふりかえった。もちろん部屋にだれの姿もなかった。幻聴だった。しかしこんどは、はっきりと彼の耳のおくで、匠子のかなしそうな声がきこえた。——あたしの一生をめちゃめちゃにしてしまうの？

脇坂篤のトランクにかけた手はそのままうごかなくなってしまった。

三

やっぱり、酔っていたのだ。彼はいつまでもトランクをにらみつづけ、いつのまに眠ったのか知らなかった。眼がさめてみて、はじめてじぶんが蒲団《ふとん》の中にいることに気がついたくらいである。

だから、眠っていたという意識はなかった。一晩じゅう、おなじことを思いつめ、堂々めぐりをしていたような感じで、彼はつかれはてていた。

時計をみると、十一時になっていた。よごれた窓ガラスの外は雨だった。日曜でもないのに、こんなことははじめてだ。だいたい、あれほど酔ったこともはじめてのことだった。そして、彼はじぶんが会社にゆく気がなくなっているのを意識して、ちょっとおどろいた。

彼はもう正気だった。しかし、酔っていたときに脳髄に渦をまいていたあの考え、——千五百万円をつかうという決心は、かすかな戦慄《せんりつ》をともないながら、確固不動の根をあたまのしんにくいこませていた。

「三年後、おれが死んでしまえばいいのだ」

彼はひとりごとをいった。これは、実に軽快な着想だった。なぜ、いままでこのことに気がつかなかったろうと思う。学者や芸術家が、解決やアイデアを模索して苦しみぬいたあげく、突然ぱっと霊感にうたれることがあるというが、おそらくこれとおなじことだろう。そうだ、三年後、千五百万円をつかいきってしまったとき、この世にさよならをすれば、事はかんたんにかたづいてしまうじゃないか。速水は、じぶんの殺人の動機をきかなかった。したがって、匠子の秘密など何も知らないわけだ。三年後、彼が出所してきてからっぽのトランクとじぶんの死体だけを発見したときの顔を想像すると、微笑がこみあげずにはいられない。

三年間に、千五百万をつかいきる！

それをつかう結果としての生活よりも、このつかいきるという行為そのものに、彼は、からだが空に浮かぶような興奮をおぼえた。眼がさめたときの疲れがけしとんで——いや、生まれて以来三十二年間、地べたにくくりつけていた縄がきれて、ほんとうに肉体がかるくなったような感じだった。予想というより確定的な、うだつのあがらないみじめなじぶんの一生にくらべて、千五百万円のぎっしりつまった三年間は、なんという重さ、すばらしさだろう。

待てよ、と彼はかんがえた。おれはこの千五百万円を何につかうのか？

事業をやる、そんなことをしたって、三年後にはご破算だ。美術品を買う、そんな素養はいままでだってないから、いまさら芸術鑑賞のために努力をするなどばかげている。飲む、打つ——どっちにも興味はない。買う。——

「女だ」

と、彼はつぶやいた。

彼の胸に、ふっと匠子の顔がうかんだ。彼のまわりに輪をえがいていた彼女の幻の肢体が、いままで彼をほかの女から断ちきっていた。その匠子は、彼に一顧をもあたえないでとび去った。ほかの女たちを愛することは彼の心にしッぺがえしに似た快感をそそった。

それまで、彼の心の深層に沈澱《ちんでん》していた美しい女の肉体、やさしい女の感情への渇《かつ》えが、いちどにもえあがってのどまで灼《や》いた。女だ、女だ。女の肉体を千五百万円の大皿にのせ、ソースをかけ、香辛料をふり、ナイフでひっくりかえし、フォークでつきさし、心ゆくまで舌なめずりして食べてやる。あと、残された三年間に、じぶんに悦楽をあたえてくれる可能性のあるものは、たしかに女以外にはなかった。棺《ひつぎ》につつまれたような三年間――それは棺の中の悦楽にちがいなかった。その異常な設定が、この場合、かえって彼の心を別人のようにわきたたせた。

しかし、おれの皿にのってくれる女があるか？

篤は、昨夜、酔って哀願するじぶんを冷やかにはねつけた女たちを思い出し、ちょっと動揺をかんじた。

「いやならいやでいい。千五百万円もってる男がいやだというなら、おれは追わない」と、彼は厚い下唇をつき出した。彼はじぶんが、ほんとうに別人のように傲然《ごうぜん》とした精神の所有者に一変していることを意識した。

「三年間しかないのだ。めんどうな女、悩ませる女は、こっちからねがい下げだ。それより、千五百万円の皿にのるにふさわしい女が、いったいこの世にいるものだろうか？」いない、と、ややあって、女性に対する貧しい知識と経験しかない彼のあたまは結論した。

いや、たとえそんな女があったとしてもその女のために千五百万円を一挙になげ出すのは、これまたねがい下げだ。そんなきちがいじみたことは、じぶんにとうていほんとうの悦楽をあたえない。帝国ホテルでは一泊ベッド料五万円の部屋があるというが、そんなベッドに一夜横たわったところで、じぶんは決して安眠できないだろう。

脇坂篤は、ふけだらけの枕にあたまをつけたまま、思案しつづけた。彼はじぶんがやっぱりじじむさい三十男の心情からはなれられないことを意識しなかった。それより、彼はあの恐るべき計算家速水和彦のことを思いうかべていた。この千五百万円は、計算して堅実につかまなければならない。三年間をむだなく愉《たの》しみぬかなきゃばかだ。

彼は千五百万円を三年で割った。一年五百万円である。すると一ヵ月約四十万円である。若《も》し生活費以外の彼個人のポケットマネーとして十万円ほどさしひけば、月に三十万円である。

それでたくさんだ！　と、三万円くらいのサラリーしかもらっていない篤はかんがえた。その程度が、大いに浪費を愉しみながら、しかも彼の精神の均衡をたもつぎりぎりの、必要にして且《かつ》充分な金額の空想の限度だった。

しかし、それにしても、果たしてそれだけの金をつかって三年間ともに愉しむに足る女がいるかと彼はうたがった。いや、たとえいたとしても、その女と三年間暮す気はなかった。

「まず、半年がいいところだな。女ひとり半年間つきあえば充分だ」

ふつうの結婚ではない。質とともに量をも満足させなければならない。半年間にひとりとすると、三年間に六人だ。まず、この目算でよかろう。

彼は、その女と最初にかわす契約を空想した。

「一、同棲《どうせい》期間は六ヵ月とする。一方がいやになれば、遠慮なくさよならをする。そして双方好きであっても、六ヵ月たてば絶対に別れるものとする。そして、決してあとを追わない。

二、生活費として月に三十万円ずつ支給する。この範囲内なら、どんな使い方をしても文句はいわない。

もし女の方で、これをきりつめて、じぶんの貯《たくわ》えにすることをのぞむなら、それは自由である。ただし、その節倹が不快感をよびおこす程度のものであったら、右の第一条に抵触することは、承知しておいてもらいたい。

三、子供は生まない。ただし、生まないための人為的な工夫は、じぶんは一切拒否する。妊娠したら、右の生活費を利用して、女自身が処理するがよい」

そして彼は、その女たちに対するじぶんの態度をも空想した。おれは努力するのはいやだ。女に好かれようとあくせく気をつかうことはよそう。おれはそんなことをしているひまはないのだ。めんどうくさければ、お払い箱だ。

女に渇きながら、脇坂篤は、どこか女を憎悪しているようだった。

そして、ここまでかんがえたとき、彼の心には、しらずしらず、左の白い頬にぽっくり彫られたひとつのえくぼを思い出していた。そして、つんとして言った言葉がよみがえった。「――ここのお店では、そんなことしませんの」

昨夜のバーのひとつで逢《あ》った、たしか眸という娘だった。

しかし、それを思い出しても彼は意気沮喪《いきそそう》しなかった。彼はまったく別人のような心のたかぶりをおぼえた。

篤はむくりと起きあがった。押入れのまえに、例のトランクはおかれたままになっていた。

彼はいちど深呼吸をしたのち、止め金をはずし、いっきにそのふたをひらいた。

一番目の花嫁

一

四、五日たった或《あ》る夜、彼はまたあのバーへいって、眸を呼んだ。ハイボールをのみながら、彼女がひとりだということや、小さなアパートに住んでいることなどきいた。

もっとも、この返事が、どこまでほんとかわからない。彼女は、篤のことをおぼえていて、きみわるそうな表情をちらちらみせた。ほかに女のいないときを見すまして、篤はテーブルの上にオルゴールをおいた。

それは、宝石をはめこんだ豪華な手匣風《てばこふう》のオルゴールだった。

「これ、きみにやろう」

眸はびっくりしたように彼をみた。

「どうして、こんなものをあたしに下さるの?」

「君が好きだからさ」

「だって——」

「実はね、君はぼくの恋人に似てるんだ」

「あたしが？　へえ、それじゃ、その方にプレゼントなさったら？」

「そいつは、お嫁にいっちまった。……こないだ、来た日のことだよ」

篤は淡々といったが、それはほんとうのことだから、相手の心をうつものがあった。

「ああ、だから、あの晩、ひどく酔ってたのね」

眸は、あの夜のこの男の姿を思い出して笑った。あのときはきみわるさを伴った可笑《おか》しさだったが、そうきいたいまの笑いはちょっと同情をふくんでいる。

「その笑い顔だ。きみがそのひとに似てるのは、その笑い顔とえくぼなんだよ」

「あら、それだけ？」

「そう」

と、返事はむしろそっけなかった。眸はようやくこのじじむさい男に興味を感じたようだった。

「で、どうしてこのオルゴールをあたしに下さるの？　その女のひとにくいでしょ。だったら、そのひとに似てるあたしもにくいんじゃない？」

篤はだまって、オルゴールのふたをあけた。『枯葉』の曲が美しく鳴りはじめて、あっちこっちから顔がふりむかれたとき、篤はふたをとじた。曲は消えたが、眸は眼を見はった。

彼女はその小匣に入れられた五千円札をみたのだ。しかも、それは四枚や五枚ではない感じだった。

「にくいよ」

と、篤は微笑した。

「復讐《ふくしゅう》してやりたいんだよ。……あいつに似たきみのからだでね」

彼の言動はすべて支離滅裂だったが、これは計算された支離滅裂だった。演技しながら、彼はじぶんがいつこれほどの悲劇俳優術を身につけたのだろうとあきれていた。はたして、彼のせりふは、このまえの夜とちがって、女にまっとうな好奇心をいだかせたらしかった。

「おもしろい方ね」

と、彼女はつぶやいた。眼はオルゴールに吸いつけられたままだった。好奇心をもったのは、実はその中身かもしれなかった。彼女はわれにかえって、あわててくびをふった。

「いいえ、おきのどくだわ」

「五万円入ってる」

「おきのどくだわ」

「みんなきみにやるよ」

「おもしろい方ね。……」

彼女はうわのそらだった。無意識のように手をオルゴールにのばしかけて、彼女はふとくびをまげて、カウンターの方をみた。

バーテンがシェーカーをふる手をとめてこちらをみつめていた。

「今夜はだめなの」

と、眸はいった。篤はじろりと女の顔をみて、それからバーテンの方へ眼をうつした。のっぺりした顔のバーテンは、あわてて又シェーカーをふりはじめた。

「あのバーテンは、左の小指のさきがないね。どうしたんだ」

と、篤はきいた。眸は眼をうろたえさせて、問いとはちがう答えをした。

「あなた、あしたまたきて下さいます？　あしたなら、あたし都合がつくの」

このあいだ「ここのお店では、そんなことしませんの」と、つんとしていった様子とはだいぶちがっていた。五万円の威力だ。

「いや、あしたとか、あさってのことをいってるのじゃない」

と、篤はいった。

「すこし、君と、長期契約をしたいがどうだろう」

「長期契約？」

「まず、六ヵ月くらい、君といっしょに暮したいんだ。予算はだいたい、月に三十万円。それをどう使おうと君の勝手だ」

「三十万円」

眸は息をのんだ。大きくみひらかれた眼が、異様に美しくかがやいた。篤はビジネスライクな声でいった。

「むろん、それまでに、一方がいやになったら、みれんなくさよならしよう」

「そんな……でも、なぜ六ヵ月とおっしゃるの？」

「六カ月後、ぼくは或る事情があって、フランスにゆくんだ。もう日本にかえってくるかどうかはわからない。それで、親からの遺産はきれいにつかっちまおうと思ってね」

「パリ？　いいわねえ！」

「いや、マルセーユだ」

眸はあいまいな顔で、ぼんやりと篤をながめていたが、篤がたちあがって、

「ところで、きみ、ウィか、ノンか。ノンでも、そのオルゴールはプレゼントするから、安心して返事したまえ」

というのをきくと、狼狽《ろうばい》して、もういちどバーテンの方をちらと見やり、そして、

「ウイ！」

と、いった。にっと笑った顔が、稲葉匠子にそっくりだった。

あやうく篤はそれまでの計算された冷静さを忘れるところだった。

二

「あら、あなた……はじめてなのね？」

抱擁の第一夜、ベッドのなかで、眸は黒い眼を大きくみひらいて笑った。

篤と眸は、あれから十日目に同棲《どうせい》したのである。むろん、篤のもとの安下宿ではない。ただ、その下宿の主人の老夫婦はたいへん堅い信用のできる好人物だったから、部屋と道

具はあのままにしておいてもらって、間代だけ支払い、当分故郷へかえるといって出てきたのだ。新しく借りたのは、青山の或る高級アパートだった。六帖に八帖《じょう》、台所、バスつきで、月に三万五千円だった。そこに篤はダブルベッドや家具のセットやテレビや電気冷蔵庫など買いこんで眸をむかえた。月に三十万円の生活という予算以外に、半年のあいだに、べつに六、七十万円のポケットマネーを用意してあったからそんなことは平ちゃらだった。

「すごい！」

はじめてここに入ったとき、眸は身もだえしてさけんだ。眼が酔ったようにうっとりとして、

「花輪のおじいちゃんだって、こんなことまではしてくれなかったわ。……」

と、つぶやいてから、はっと気がついていきなり篤に抱きついて、猛烈なキスをした。はじめて知る美しい女の唇の触覚と味覚だった。それは罐詰《かんづめ》の白桃の味がした。彼はからだじゅうがふるえだすのを必死におさえて、唇をはなすといった。

「花輪のおじいちゃんてだれ？」

「あたしを育ててくれたひとなの」

と、眸はこたえた。うそついてるな、と篤は思った。しかし、そんなことはどうでもよかった。ただ六カ月だけ愉《たの》しんで、あとは捨て去る肉体だ。

そんな考えがあったから、「あなた、はじめてなのね？」と笑われても、篤は平気だっ

た。これが恥ずかしがりながら買った女なら、そういわれては劣等感にちぢんでしまっていたろう。しかし、彼に恥じらいはなかった。まるで新入生のようにひたむきな意気込みとまじめな感動だけがあった。

「ああ、女のひとは君がはじめてだよ。いままで、恋人に操をたてていたからね」

と、彼はぐったりとベッドに身を伏せたまま、素直な息を吐き出した。

彼はほんとうに天にかけ昇ったような感じがしていた。女のからだとは、こんなにも白く、こんなにも柔らかく、こんなにもなめらかで、こんなにも魅力的なものなのか。

眸は、どこかあどけない円顔をしていたが、彼女の息の匂いは濃い香料のようにふくいくとしていた。肌は白くねっとりとしてあたたかみをおびたビロードをなでるような快よさだった。これほど美しい娘が、どうしてありふれたバーにいて、かんたんにじぶんの手中に入ったものだろうかと思うと、心から感動せざるを得ない。

彼はまた手をのばして、眸のくびれた胴を抱きしめた。眸はすこしもいやがるようすはみせないで、彼の思うがままになでさする手に全身をまかせて、くっくっと笑った。軽蔑《けいべつ》をふくんだ笑いではない。この男が、恋人の肉体をしらず、じぶんが最初の女だということを知ったことは、彼女にとってわるいきもちではなかった。はじめて、男への愛情をちょっぴりと感じた。

「初夜ね。初夜だわね。……」

そういうと、彼女はひとりで息がはずんだ。

曾《かつ》てないような妖《あや》しいときめきに、彼女は両頬をぽっと薔薇色《ばらいろ》にそめ、ぴったりと乳房をおしつけた。このひとにもっとサービスしてやろうという女給的な意識もたしかにあって、彼女は眼をとざし、露にぬれたような唇をなかばひらき、必要以上になやましい昂奮《こうふん》の姿態をみせた。この娘がわずか十日ばかりまえ、「そんなこと、ここの店ではしませんの」と、すましていったのを思い出すと、篤はいよいよ感動した。むろん、あんな言葉がでたらめだとは、そのときから想像していたし、だから札束で頬っぺたをたたきにいったのだが、そうかといって、べつにこの娘をわるいやつだとは思わない。どの女給だって、一度はあれくらいのことはいうだろう。ただ、あんなことをつんとしていって、十日のうちにはけろりとして、こんななやましい姿態をさらけ出すというものに、かぎりない神秘さと興味をもたずにはいられないのだった。

しかし、この眸という娘は、見かけ以上にドライだった。金のつかいっぷりも、はでだった。むろん、バーなどはやめて、翌日から、篤とあちこち出あるいた。ロードショウ、カブキ、少女歌劇、競馬、ナイター、ボーリング、ダンスホール、それからあそこのフランス料理、ここの中国料理、あそぶにも食べるにも果てしのない海のような東京だが、それを享楽するのに、あきれるほど彼女は貪欲《どんよく》だった。もっとも、それは篤も同様だ。ふたりは、二カ月ばかり、子供みたいに夢中であそんであるいた。

毎晩、ふたりでベッドの上で、明日のプログラムを語りあった。

「たのしいわ。こうして明日のことをおしゃべりしているのは、明日の愉しみより愉しいわ。……」

　彼女はうっとりとつぶやいて、

「あたし、こんなにたのしい目にあわしてくれたあなたに、どうしてあげたらいいかわからないくらいだわ」

　と、身もだえして、しがみついてくるのだった。

　篤の愛撫《あいぶ》は、急速に上達してきた。あらゆる技術の練磨とおなじく、この上達の何よりの原因は、羞恥《しゅうち》もなく、てらいもなくこの女の肉体の泉の底の底までかきまわしのみつくさずにはおかないという壮烈なばかりの意欲であり、執念だった。恋を恋する女というものがある。彼は性愛そのものを欲情している男のようだった。

　さて、そんなにあそんでも、月に三十万円はかからなかった。金は、月はじめに三十万円ずつ眸にわたしてまかせっきりなので、篤はよく計算してみたことはないが、眸は五万円程度は貯蓄しているのではないかと思われるふしがあった。むろん、それくらいのことは当然だと、篤はみとめる。

　ところが、三月目ごろから、彼女はあまり遊びにも出ず、御馳走《ごちそう》も欲しがらないようになった。食事などは近所の食堂のラーメンやカレーライスですませて、「ね、いいでしょ?」と篤にいう。「もうあそびつかれちゃった」といい、「あまり、御馳走たべると、ふとっちゃうワ」という。

　ちょっと遊びつかれたのは篤も同感だったし、濃厚な美食にも飽きかげんだったが一方で、金は月に三十万円でも足りなくなった気配を感じて、くびをひねった。しかし、その理由はすぐにわかった。眸は、香水に凝りはじめたのである。

彼女の化粧棚には、いつのまにか、コティだの、ゲランだの、シャネルだの、ウビガンだのいうメーカーのフランス香水が、ところせましとならんでいた。それらの美しい小さな瓶のねだんをきいて、篤は一驚した。思わず、その一滴のねだんを計算したくなったくらいだった。

彼女は、それらをおしげもなく髪にふりかけ、全身にふきつけて、忘我の表情でいることが多くなった。

夏の終りの或《あ》る夕方だった。窓際の籐椅子《とういす》に腰をおろして、ジョニー・ウォーカーのグラスをなめていた篤は、もう涼しげでなまめかしいネグリジェ一枚で、三面鏡のまえに腰かけて香水天国に昇天している眸をながめていたが、

「ねえ、きみ」

と、ふと気がついたようにいった。

「きみは、むかしからそんなに香水に趣味をもっていたのかね」

「香水と宝石のきらいな女ってある？　お金がないから、みんな安物の国産品でがまんしてるんだわ」

「まあ、それアいいが……香水は、つかえばなくなる」

「なんでも、つかえばなくなるものよ」

「むろん、きみにわたした金をどう使おうと、ぼく自身はかまわないがね、金が蒸発してしまうという点で、香水ほどみごとなものはないぜ。宝石のきらいな女はいないときみはいった。その宝石でもいい、キモノでもいい、とにかく、おなじつかうならもうすこしあとにのこるものを買う気はないか」

篤は、そのとき、窓の下のヒマラヤ杉のかげに立って、じっとこちらをながめている男に気がついた。ちらとみて、すぐ知らん顔を眸にもどして、

「金は、いつまでも天からふってくるように思ってるんじゃなかろうね。ぼくはあと三ヵ月たらずで、日本にいなくなっちゃうんだぜ。そのことを承知していてくれさえすれば、ぼくとしては何もいうことはないんだが……」

ほんとうに眸のことを心配していいだしたことだったが、急に篤の調子は冷淡なものになっていた。

「わかってるわ。そうだ、まったく何もいうことはない。だから、あたし香水を買うの」

「だから？」

「たった半年のおつきあいだけど、こんな半年は、あたしの一生にもうないと思うわ、たとえ、なんかのまちがいでうんとお金のあるような身分になったとしても、フランス香水をじゃんじゃんつかえる暮しなんてできやしないと思うの。だから、眸の一生の想い出に、せめていまのうちだけでいいから、やってみようとかんがえたの。あなたはいま、香水は金を蒸発させるようなものだっておっしゃったわね。そのとおり。香水は宝石よりもぜい

たくだわ。女にとってまるでお伽噺《とぎばなし》みたいなぜいたくだわ。そんな、ぜいたくをさせてくれたひとは——たとえ香水は蒸発してしまっても——何より想い出にのこるじゃないの」

「うまいことをいうぜ」

と、篤は苦笑した。ヒマラヤ杉の男は去った。悄然《しょうぜん》としたうしろ姿だった。

「君は、ぼくのかんがえてたほどばかでもないな」

「失礼しちゃうワ」

と、眸も笑って、また香水吹きで髪に吹きつけた。

「ほんとはね、あたし、お金やものをのこしたって、どうせ身につかない性分なの」

「性分もあるだろうが、だれか持ってく奴があるんだろう」

三

眸はおどろいて、三面鏡の中から彼の顔をみた。

「知ってるの？」

「知ってるというほど、知らないが、君のヒモはあの小指のないバーテンだね。このごろ、君がお金をやらないものだから、ときどきこのアパートのまわりをうろうろしてるぜ。げんに、さっきまでこの窓の下にいたよ」

眸はふりかえった。じっと篤の顔をみていたが、

「そうなの」

と、いった。

「あなた、気がつかないふりをしててね。あの男は、もと銀座でもちょいと知られたやくざだから、かかりあいになるといけないわ」

「なに、もういっちゃったよ」

と、篤は窓の外の不知火《しらぬい》のつらなりのような街の灯をながめていった。

「だいたい、君がお金をちっともあの男にやらないのがいけない」

「あなたのそんな態度こそ、いけないいんだわ」

「ぼくの態度?」

眸は、椅子の上に片ひざをたててペディキュアをしながらいった。

「あなたは……あれするとき、すごく情熱的なのに、ふだん、どこかなげやりで淡々としたところあるでしょ? お金をうんと下さるからじゃあなく、そこがあたし、ちょっぴり好きになっちゃったの」

「ふふ、ちょっぴりか」

と、篤はまた苦笑した。

彼は眸が気に入っていた。しかし、そういわれてみれば、なるほどそうかもしれない。

それは彼が、この女と一生をともにする気がなく――正確にいえばそれは不可能で――第一ゲームの相手にすぎないと観念しているところからくる態度のようだった。

「ううん、ちょっぴりじゃない。……あの男にお金をやるの、ばかばかしくなっちゃったんだもの」

　と、眸はくすくす笑った。

「あなたは、何をいっても、何をしても平気な顔をしてるひとだから、いっちゃうわね。あたしね、おととしごろまで、花輪組の親分の世話になってた女なのよ。花輪組って、表面は花輪興行なんて看板だしてるけど、銀座のやくざなの。そして、あのバーテンは、――あのひと、桜井っていうの――そのころバーテンじゃなくって、その乾分《こぶん》だったの。そのうち、ふふ、あたしと仲よくなっちゃったのよ」

　彼女は依然として、だいたんで妖艶《ようえん》なポーズでペディキュアをつづけながら、ひとごとみたいにいった。

「それがわかってねえ、あの仲間から指をツメさせられちゃったの。指をツメるって知ってるでしょ。やくざの世界じゃ、一家に申しわけないことをすると、左の小指をきって親分にわびをいれることあるのよ。おおいやだ、あたしもそれみせられちゃった。切った指を半紙でつつんで、また奉書でつつんで、水引をかけてもってくるの。もっともね、親分はそんなこと知らなかったの。苦笑いして、あたしをあのひとにくれてやれっていったわ。ただ、もう一家にはおいとけないからって、あのひとはかたぎになる約束をしたの」

　眸は篤の顔をみて、にっと笑った。

「おっかない女でしょ？」

「おみそれしました。きみがそれほどのひとだとは知らなかったよ」

「ううん、大したことないの」

といって、彼女は篤を笑わせた。

「でもね、あなたのお話、はじめはあのひとと相談ずくだったのよ。そして、まあ半年くらいならよかろう、月に三十万円もよこすならって、むこうですすめてくれたのよ。それくらいだから、いまさらやきもちなんかやく権利はないわ。ただ——最初のうちは、お金やってたけど、このごろやらないものだから、すこしさわぎ出したの。というのが、あたし、あなたにこのごろ恋愛してきたらしいわ。あたしって、案外、浮気者ねえ」

篤は女がいよいよにくめなくなった。心の底で、こういう女ならあと三ヵ月でわかれるとき、さぞきれいにゆくだろうと思う反面で、この妖艶で可愛い女に、少なからずはなれがたいものをおぼえていた。

眸は三面鏡のまえに立って、ネグリジェのまま、美容体操みたいな運動をはじめながら、ふといった。

「そうだ、香水よりも、あなたの想い出に整形手術してもらおうかしらん」

「整形?」

篤は、この女のたんげいすべからざる心のうごきにめんくらった。

三つの鏡面にうつる女の、ネグリジェをつきやぶりそうな六つの乳房、しなやかにくびれた三つの胴、むっちりとふくらんだ三つの腰、駿馬《しゅんめ》のような十二本の手足は、美しい破片が絶妙の構図をえがく万華鏡のようだった。

「きみが、どこを整形するんだ？」

「あたし、もっともっと美しくなりたいの」

眸はあるいてきて、篤の腰かけている籐椅子の肘《ひじ》にお尻《しり》をのせた。

「実は、もう香水にはそろそろ飽きちゃったわ。お金をかければかけるだけその甲斐《かい》があって、あとにのこって、しかも桜井だろうがだれだろうが、あたしからもってゆけないもの——それはあたし自身だわ。あたし、もっと鼻すじをほそくたかく、バストを大きく、そのほか美しくなる手術ならなんでもやってもらいたいの。ね、いいでしょ」

「それはご自由だが……」

と、篤は顔をあげて、しげしげと眸をながめながらいった。

「そのえくぼがなくなるようなことにはならんだろうね。笑い顔も、いまと変わっちゃいけない」

「いやん」

と、眸はさけんで、彼のくびに腕をまきつけた。

「まだ、むかしの恋人のことをかんがえてるの？」

えくぼが篤の眼のまえで白い渦をまいた。にんまりとしたなまめかしい唇は、フランス香水の吐息をはいて、彼の唇におちてきた。

四

三日にあげず美容院へかようのは最初からだったが、こんどはそれに整形美容院通いが加わった。

美しい女は、化粧してもしなくても、その美しさの種類が変るだけで、どっちにしても美しいし、一方、醜い女はどうやってみても、これまた醜さの種類が変るだけだと篤はかんがえている。ましてや整形美容など無用の沙汰《さた》で、さらにましてや眸のような美しい女を、どう整形するのだろうと篤はふしぎなくらいだったが、それでも眸はなんどか病院にかよった。そして、眸をなんども通わせる美容院の医者の医学的でない技術に彼は感服した。

はっきりわかったのは、まんまるい、真っ白なおしりにただひとつ、ぽつんとあったほくろが、電気分解できえたことだけで、あとは何にも変らない。

鼻がたかくなったともみえないし、眼や唇や、からだのかたちが一ミクロンもかわったとは思われない。――それにもかかわらず、なんだか眸は、たしかに変ったようだった。しいていえば、人工をきわめた美しさに変って、全身の皮膚が最新式の蛍光燈《けいこうとう》みたいにかがやき出した感じだった。おそらく、美容整形をうけたという女の満足と自信のせいだろう。それなら、美容整形のききめもすてたものじゃない、と篤もみとめざるを得なかった。

眸が、じぶんの美しさを大事にすることは、たいへんなものだった。食事、風呂《ふろ》、運動、すべては美容の見地だけから種類も時間もわり出された。過硼酸《かほうさん》ソーダを入れた風呂からあがったときのマッサージなど、一大事業である。

蒸しタオルで充分気孔をひらかせてから、あたためたオリーブ油をぬって、まず胸からあごへ、えりすじから肩へ、あごから耳へ、唇のまわり、鼻の両側、眼のまわり、眉《まゆ》からひたいの生えぎわ、最後にほっぺたを内から外へ、なでつけ、こすりたて、もみあげ、ひっぱり、はてはおまじないのごとく指で螺旋《らせん》をえがく。

それから全身マッサージにとりかかるのだが、これは篤にとって、かならずしも不愉快なものではない。いや、むろん見物しているだけで充分愉《たの》しいのだが、そのうえときどき眸の手がくたびれると、彼が手伝わされるからだ。

まず、手だ。指の数だけ、えくぼのような可愛らしいくぼみのある手の甲を、手くびにむかって螺旋状にマッサージし、十本の指もつけねにむかってマッサージする。そして一本ずつ、ぽんと音をたててひっぱって放す。それからしなやかな両腕をこすりあげ、つぎに肩から、はちきれるように盛りあがった乳房へマッサージする。乳房はとくになんどもつまみあげ、乳くびをかるくひっぱり、さらにそのまわりを円形につるつると摩擦する。このころから、眼をとじた眸の息づかいがかるくはずんでくる。

そのあいだ眸は、あごをつき出すようにする。頸《くび》をマッサージしている彼はそのフランス香水の匂う唇に唇をおしつけたいのをがまんして、ふっくらした腹にとりかかる。両脇からおへその方へ、白い肉をつまみ、はなし、手刀でかるくたたきつづけるのだ。それから、こんどは足だ。手と同様に、足ゆびをもみほぐし、足くびをしめつけ、最後にむっちりとした牝鹿《めじか》のようなふとももを、翳《かげ》ふかい谷にむかって微妙にもみあげてゆくのだった。指のうごかしかたは、速すぎず、遅すぎず、強くなく、弱くなく、調子をとってリズミカルに——そのときは、眸はもう快感のためにうめき声さえあげ、じぶんからはだかのまま篤にしがみついてきて、そして最後のマッサージが仕上がるというだんどりとなる。

それくらいだから、眸はじぶんの美容に悪影響をあたえるような労働は、どんなに必要でも一切やらなかった。雑巾《ぞうきん》がけなど以《もっ》てのほかで、掃除は電気クリーナーでかるくすます。それでもとりきれぬごみに気がつくと、篤がじぶんで拭《ふ》かなくてはならなかった。

ときどき、もしこれが一生の女房ならたいへんだろうと溜息《ためいき》をつきたくなることがある。しかし、自分を美しくすることに白熱的な情熱をそそぎ、恍惚《こうこつ》状態にある女のすがたをみると、女を一生こうしてやることは、男として最高の美徳かもしれないと思うのだった。

いずれにせよ、彼は彼女と一生くらすわけにはゆかないのだ。これほど美しくなった女と、あと二ヵ月くらいでさよならするのにみれんが起きそうだったが、どうせあと三年足らずの生命《いのち》しかないと思うと、これは甘美なひとつの想い出として、そろそろつぎの想い出をつくってくれる女をさがさなくてはならない。

或《あ》る秋の末の日、篤はその女の候補者をひとり見つけた。しずかな午後、彼がソファにうずまって、ステレオのジュピター交響曲をきいていると、眸がふたりの人間をつれてかえってきた。

「偶然、そこであったの。あたしの高校時代のクラスメートで、土屋《つちや》牧子《まきこ》さん、いま女子大へいってらっしゃるの」

と、眸は娘を紹介して、こんどは同伴した大学生を笑ってふりかえった。

「これは牧ちゃんのボーイフレンドなの」

「あら、そうじゃないわ。バイトで知っただけの仲間なのよ」

と、土屋牧子はいった。

大学生は色がくろくて、鼻がひくくて、よくいえば素朴、わるくいえば田舎者みたいな顔をしていた。どこかじぶんに似ているのに篤はかるい嫌悪を感じたが、まず興味がないといってよかった。それよりも彼は、その土屋という女子大生をしげしげと見つめた。

見つめられて、土屋牧子は顔をうすあかくした。白桃みたいなうぶ毛がまるい頬にかすかにひかって、女子大生というより夢見がちな女子高校生のような娘だった。（これも、なかなかかいい）と、篤は心中にうなずいた。土屋牧子は眼をそらして、大学生をみた。大学生は口をあけて、讃嘆《さんたん》の眼で眸に見とれている。眸はとくいそうだった。いまのじぶんの美しさと生活の豪奢《ごうしゃ》さをみせびらかしたくてつれてきたのだろう。

「ね、あなた、ちょうど時間がいいわ。これからフランス料理でもたべにゆかない。――あ、このひとね、牧ちゃん、あと二カ月ほどでフランスへいっちゃうの」

「フランスへ！　何しに」

「何しにゆくんだか、わかんないけどサ」

「わかんないって……結婚してらっしゃるんじゃないの？」

昨はあわてて、眼をくるくるさせた。

五

秋の終りの或る午後、篤はひとり外出先からかえってきた。

昨には、フランスへゆく旅券その他の用件で外務省へいってくるといってけむにまいて出てきたが、その実、二番目の女とくらす家をさがすためだった。二番目の女がまだ確定しているというわけではないが、どんなにひとりの女が好きになっても、最大限六ヵ月で卒業するという方針はつらぬく意志なので、ともかく、新しい巣を用意しておかなくてはならないからだった。それに、昨はたしかに気には入っていたが、実のところ少々飽いてもきた。彼女のからだのすみずみまで、なめずるように愛撫《あいぶ》しつくしたので、どんなに美しい女でも、これはしかたのないことだった。六ヵ月ときめたのは、いいかげんな目分量といってもいいのだが、わるくなかったと思う。それに昨という娘も、妙にドライなところがあるので、わかれるのにはおそらく彼女の方もサッパリしてくれるだろうし、その点も好都合だと思う。

アパートにかえってみると、昨はいなかった。かえりは夕方になるだろうといっておいたから、たいくつがって、どこかへあそびにいったのか、また例によって美容院にでもいったのだろう。

　彼はひとり、ガスに火をつけて、湯をわかして、部屋のとなりのバスに入った。髪を洗おうとするとシャンプーがない。それで、はだかで部屋に出て、シャンプーをさがしているうち、偶然窓から外を見ると、葉のおちつくした街路樹の下を、眸とひとりの男がいっしょにかえってくるのがみえた。あの小指のないバーテンだ。彼は哀願するようにしきりに何やら話しかけ、眸はつんつんとして先にたってあるいている。

　ふいに篤は、いたずらな気を起した。眸とバーテンの関係ははじめから想像はついていたし、また眸のあっさり白状したとおりだが、いったいほんとうのところどうなんだろうと知りたくなったのだ。彼は靴と洋服を浴室にかかえこんだ。部屋のドアは、しめると同時に鍵《かぎ》のかかる式のものなので、これで彼がかえってきたとは、ちょっと知られないはずだった。

　まだすこしぬるい湯にひたっていると、鍵をあけて、ふたりが部屋に入ってきた様子だった。

「おい、すげえ部屋じゃあねえか。いったいあの男、何者だい」

「だから、あたしにもよくわかんないといってるじゃあないの。何をきいても本人は笑ってててまともに返事してくんないし、どうせ六カ月の約束なんだから、どうだっていいとあたし思ったの」

「フランスへゆくんだって？」

「そう、親の財産を整理して、つかいつくしてゆくんだといってたから、お金持ちの息子さんなんでしょ」

「とにかく、こんな暮しをしてちゃ、おれに秋風をたてるのもムリねえな」

バーテンが、ひどく古風な怨言《えんげん》を吐いたので、篤は苦笑した。

「しかし、こんな暮しをしてるのに、あれっきりおれに小遣いをくれないのはどういうわけだ」

「だから、いまあげるわ」

しばらく、声がとぎれた。それから、眸がいった。

「かえってよ」

「なに？」

「お小遣いあげたでしょ。だからもう御用すんだでしょ」

「おい、眸、ヘンなことをいうじゃあねえか」

バーテンはいきりたった。

「はじめに、月三十万で半年お妾《めかけ》にしたいという馬鹿がいる。そのうち少なくとも十万は小遣いにくれるからゆるしてくれといったのはだれだ。おれはゆるしてやった。亭主として、とくに許可してやったんだぞ。それを、ろくにその約束もはたさねえで、大きなつらしてそのいいぐさはなんだ。まだ六ヵ月はたっちゃいねえが、もう許可はとりけす。さあ、こい」

「いやよ、六ヵ月たったって、あたし、もうあなたのところへかえる気はないわ。あたしファッションモデルかコマーシャルガールになるつもりなの。その見込みもついたの。そんなお仕事のマネージャーに、あんたなんか全然ミスキャストだわ」

バーテンはだまりこんだ。おどろいて、息をのんでいる顔が、眼にみえるようだった。それから、へんな笑いがきこえた。

「眸、まったくきれいになったなあ」

「ふふ」

「おい、ひさしぶりに抱かしてくれよ。おれ、たまんねえよ」

「いやよ」

「ここの野郎、まだかえってこねえんだろう。あそこにすてきなベッドがみえるじゃないか。だいいち、おれはおまえの亭主なんだぞ」

「いや」

きわめてドライな声だった。あやうく篤はふき出すところだった。しかし、その次に、眸のただならぬ声がきこえた。

「何すんの、それ何よ」

「硫酸だ。実はな。おまえの出方次第では、こいつをぶっかけてやろうと用意してきたんだ」

眸ののどの鳴る声がきこえた。バーテンはひきつったような声でいった。

「寝ろ」

しばらくまた沈黙があって、眸がふるえ声でいった。

「とにかく、その瓶をしまってよ。……しかたがないわ」

やがて、きぬずれの音がして、ベッドのきしむひびきが盛大にきこえはじめた。男は大声をあげて、さわぎたてた。下司《げす》な、淫《みだ》らな声を吐きつづけた。実にながかった。そして、ついに眸のたまりかねたようなあえぎ声がからみはじめた。

ガスはとめてあるのにぬるい湯が急に熱くなったような感じがした。あの高貴な細工物のようで、しかも妖艶《ようえん》な眸の肢体が、眼華のようにまぶたにゆれた。しかし、篤はうごかなかった。あの男は、硫酸をもっているといった。その恐怖もたしかにあったが、もともと眸はあいつのものだったのを、むりに奪いとってきたにひとしい女でもある。だいいち、あと二ヵ月足らずで――いや、なんなら、これを機会に、あの男にかえしてやったっていいんだ。と彼は歯をくいしばってかんがえた。しかし、こんなことになるとは思わなかった。笑ってやるつもりで、バスにかくれて、湯の中にふくれあがっているじぶんが、かえってひどく漫画的な人間になっていることを感じて、彼は笑いを頬にひきつらせた。

ベッドのうえの大さわぎは終った。眸が吐息をついていうのがきこえた。

「満足したでしょう？　もうかえってね、そろそろあのひとがかえってくるかもしれないわ」

「かえるがね。……」

そういったきり、また妙な沈黙がおちて、へんな笑いとともにバーテンがいった。

「やっぱり、おまえの顔にまじないをしておこう」

「まじない？」

「おれからはなれられねえまじないさ。さっき、おれをすてててファッションモデルか何かになるつもりだとかいってたっけな。おまえはすてきだよ。すばらしい女になりやがったよ。ひょっとしたら、ほんとに出世するかもしれん。が……すてられちまっちゃあ、おれにとって、何にもならねえ。しかし、おまえは、ほんとにおれをほうり出しかねねえ女だ。だから、ファッションモデルやコマーシャルガールなどになれねえように——」

「あっ、またその瓶をとり出して、何すんの」

「心配するな、ぶっかけやしねえ。眼じりか、あごのあたりに、ほんのひとしずく——」

バーテンの声は笑っていたが、ぞっとするような凄味《すごみ》があった。本気なのだ。

「ひさしぶりにおまえのからだを味わって、いっそうみれんができたよ。顔にちょいと傷や痣《あざ》のあるくらいは、おれには何でもねえ。おまえのために小指一本なくしちまったおれを思えば、おまえも何でもねえだろう」

篤は風呂《ふろ》のなかで、こんどはからだじゅうが氷になったような気がした。そのかわり、あたまの中では火の渦がまいたようだった。晔の顔がやけただれる。しかし、とび出すとじぶんがやられるのだ。晔があぶない。しかし、あれはすぐにさよならする女だ。おれはまだやりたいことがうんとある。しかし、あの女は――。

「こら、じっとしてろ、うごくと、一しずくが二しずくになるぜ」

水しぶきをあげて、篤はバスをとび出してドアをあけた。ベッドの上にシュミーズだけの眸をおさえつけて、のしかかるようにして小さな瓶をふりあげているバーテンの姿がみえた。

バーテンはふりむいた。驚愕《きょうがく》に、顔がゆがんだ。

「いやがったのか！」

「ばかなまねはよせ」

篤はすっぱだかだった。バーテンはベッドからとびおり、また硫酸の瓶をふりかざした。

「ちくしょう、おれの女をとりゃがって、てめえにこいつをたたきつけてやろうか」

「女はよせ」

浴室のドアのまえに、篤は仁王立ちになっていた。

「おれでいいなら、おれにやれ」

息づまるような数秒がすぎた。ふたりの顔は、土気色だった。このとき、やはり血の気のひいた顔でこちらをみていた眸が、ベッドにがくんとうつぶせた。脳貧血をおこしたのだ。――バーテンの腕が、力なくおちた。

「きょうはまあ、かんべんしておく。しかし、いつどこでこの瓶がとんでゆくか、これからよく気をつけろよ」

しかし、その声はふるえていた。彼はズボンだけはいて、上衣はかかえたまま、こそこそと部屋を出ていった。あきらかにしっぽをまいた負け犬の姿だった。

篤はコップに水をくんで、ベッドにちかよった。これも手がふるえて、コップの水が眸の顔にこぼれた。

「おい」

彼は、じぶんの思いがけない勇気に驚嘆していた。

むしろ脱力感に沈んだ声で、彼はよんだ。眸は眼をあけた。

「あいつはにげていったよ」

「あなた……だいじょうぶだったの？」

眸はしげしげと篤の顔をながめまわした。それからいった。

「すみません。……ね、六カ月って契約だったけど、おわかれした方がいいかもしれないわ。あいつ、あなたに何をするかわからないわ。あのひと、あたしにのぼせあがってるもんだから――」

篤は、苦笑した。

「うん、しかし、まあいいだろう。僕がフランスにゆくまでは」

「あなたも、あたしがほんとに好きなの？　好きだから、あたしをいのちがけでかばって下さったの？」

篤はしばらくかんがえていたが、じぶんでも意外に思ったほど真実にみちた声でつぶやいた。

「そうだな、それもあったろうが、しかし、何より君のその美しい顔に傷がつくのががまんできなかったんだよ」

美しいえくぼに、と篤はいいたかった。

眸は、じぶんの顔をサイドテーブルの上の鏡にうつした。そして、うっとりとして、ひどくエゴイスチックな言葉を吐いた。

「そうね、男とちがって、顔は女の生命《いのち》ですものね。――」

六

十人あまりの人相のわるい男が、ぞろりとその部屋に入ってきたのは、それから二十日あまりたった或《あ》る夕方だった。ちょうど篤が出かけようとしたら、階段のところで、「眸さんに用がある」という若い男に逢《あ》ったので、いっしょにひきかえしたら、つづいて階段の下にあつまっていた連中が、ぞろぞろと上ってきたのである。

「眸にどんな御用ですか。あなた方はだれです」

篤はきっとなっていった。

「はあ、銀座の花輪興行のもので」

蒼《あお》くなって立ちすくんでいる眸に、ひとりがいった。

「眸さん、社長が、ちょっとききたいことがあるからきてくれとおっしゃるんだがね」

「ゆかないわ」

「ゆく必要はない」

と、篤はいった。花輪興行とは、やくざの一家だといつか眸がいった。おそらくあのバーテンから話をきいて、やってきたものにちがいなかった。

「あんたさんは眸さんの何にあたるんで?」

「眸ときみたちと、それこそ何の関係があるんだ?」

「じつは眸さんはね、うちの社長のそれア可愛がった、その愛人ってえ奴だったんですよ」

と、べつの男がいった。

「それをね、特別のおぼしめしを以《もっ》て、子分、じゃない、社員のひとりにゆずったんです。そんなに深いいんねんがある女だから、社長も眸のことに関しては責任を感じてるんですよ。それが、このごろ眸さんの行状に、いやなうわさがありましてね。眸さん、どうだね?」

「あたし、おじいちゃんに責任なんか感じてもらわなくったっていいわ」

「そうあんたがいっても、社長の方で責任を感じてるんだから、しかたがねえよ」

と、またべつのひとりがにやにやしていったかと思うと、いきなりナイフをとりだして、テーブルにつきたてた。

「眸！　花輪組の親分をなめちゃあいけねえ。首に縄をつけてもひっぱってこいと社長がおっしゃるんだ。これえか！」

「社長はこの女を、いくらで子分にゆずったんです」

と、篤はしずかにきいた。

おそらく、眸という金蔓《かねづる》から切れたと思ったあのバーテンが、むかしの仲間のこいつらに、眸が三十万でどうかした話を告げたものに相違ない。それでこいつらはおどしにきたのだ。花輪興行の社長云々《うんぬん》といっているが、社長が知っているかどうかも疑問だし、たとえ社長が命じたとしても、狙いは金にきまっている、と彼は判断したのだ。

十人の男は、いっせいにじろりと篤に眼を集中した。

「小指一本」

と、ひとりが、いやな声でいった。それは事実らしいが、この場合それをもち出したのは、あきらかにたかりの値をつりあげる脅喝の手段にちがいなかった。

篤はちらと電話をみた。みたのは本能だけだった。彼はじぶんが警察に訴えることは、藪《やぶ》をついて蛇を出す身の上であることを承知していた。

「小指一本がいくら？」

男たちは、またちらりと顔を見あわせた。ひとりがいった。

「社長はね、桜井ってえこの女の亭主に、小指一本でゆずったんです。だから、この女を自由にする男があるなら、やっぱり小指一本をもらって、桜井にかえさなくっちゃあいけねえっておっしゃるんでさ」

「だから、小指がいくらかときいてるんです」

「百万円」

と、ひとりがたたきつけるようにさけんだ。

「なにしろ、人間の生身ですからね」

篤は笑ってうなずいた。

「百万円は安い、しかし、いまはない。二、三日中にだれかきてくれますか？」

「お金をやることはないわ。お金をやればまたたかってくるわ」

と、うしろで眸がいった。このとき眸の顔にさっと刷毛《はけ》青いようなものがながれ、眼に異様なひかりがうかび出た。急に彼女はつかつかとまえにあるいてきた。

「あたしが借りたものなら、あたしが返すわ」

眸は、テーブルのナイフをぬきとった。みんな、おどろいて、どっとさがった。眸は左手をテーブルについて、じっとそれを見つめた。えくぼのようなくぼみを五つならべた白い美しい手を。

「これを、おじいちゃんなり、桜井なり、欲しいひとにかえして。――」

そういうと、この美を生命とする女は、じぶんの小指をまんなかから、ぷつりと切りおとしてしまった。

二番目の花嫁

一

脇坂篤が、六ヵ月前の泥酔の記憶をたどって、銀座の未亡人サロンへ出かけていったのは、冬の或る夜だった。手に美しい包装紙でくるんだ品物をもっていた。

「御指名のひとありますか？」

と、きかれて、杉本笹代、といったが、少々おぼつかなかった。

すぐに笹代がやってきた。彼女の方にも篤の記憶はないらしかった。しかし、そこは商売柄、「ああら、いらっしゃい」と、くるくるまわるミラーボールのきらめきのなかにはなやかな笑顔であいさつした。実をいうと、篤も彼女をみて、以前の酔中の記憶とだいぶ印象がちがっているのに、ひとちがいかと思った。彼は彼女を、もっと世帯じみた女だったように、おぼえていたのである。

「君、杉本さんだったっけ？」

「そうですわ、あら、どうして？」

「君、ぼくをおぼえてるかい」

「いつか、きて下すったお客さまでしょ」

そうはいったが、はっきりした記憶はないようだ。篤は笑った。

「いや、もう半年もまえのことだがね。金がないとみられて、君に追い出されたことがあるよ」

笹代はまじまじと篤を見つめた。やっと思い出したらしい。「ああ！　下宿のトランクに何千万かあるなんておっしゃった！」とさけんだ。

「そうだよ」

「やっぱり、そうでしたの。でも……」

と、彼女はなお、ふしぎそうに篤をみている。あの夜の貧しげな、きちがいじみた男の姿を思い出して、あまりありがたくない客だという警戒心と、いまの存外立派なオーバーなどをきこんでいる服装から、もしかしたらあれはほんとじゃなかったのかしら、という期待のいりまじった表情だった。

「おもしろい方」

と、ともかくいって、「どうぞ」と、篤を隅のボックスに案内した。篤の注文どおり、ビールをとりよせて、まだおちつかない様子であったが、

「いま、あたしのお客さまがあちらにもいらっしゃるの。すぐきますから、どうぞお待ちになってね」

といって、立ちあがった。入れかわりにヘルプの女がふたり、篤の両側に坐《すわ》った。

ひとりは、ふつうの女でべつに魅力を感じなかったが、もうひとりの方に、篤はふっと耳をうばわれた。ありきたりの応答をしているのだが、まるみをおびたやさしい声が、実に稲葉匠子に似ているのだ。

「君、何て名？」

「志津子っていうんです」

「やっぱり、その、なんだ、ほんとに未亡人かね」

「ええ」

口かずの少ない女らしかった。それだけに、その声は、世にまれな宝石のひびきみたいに篤の鼓膜をくすぐった。彼女は、こんなはなやかな場所ではたらくのは不似合にみえた。細面にまつげがながいので眼が大きくみえ、蒼白《あおじろ》い肌は美しかったが、どこか病身でさびしそうな翳《かげ》があった。しかも、それが同情させるより、それ以上にいじめてやりたいような、男にひどい力を起こさせるのだ。

（これも、わるくないな。この女に話をしてみようかしらん）と、篤はふいにかんがえたくらいだった。彼は半年、眸というぜいたくな女と同棲《どうせい》してみて、こんどはひとりの女と、地味なおだやかな、しっとりとした生活をしてみたくなったのである。そして、いつかまたこの未亡人サロンで、妙に世帯じみた印象の余韻を酔ったあたまにのこした杉本笹代という女を、ふっと思い出してやってきたのだ。しかし、いまみた笹代は意外にはなやかで、どこか圧迫的な感じさえする女だった。

志津子とはかばかしい話も交さないうちに、笹代がやってきた。

「今夜は、お金はあるよ」

と、篤は笑った。笹代はそばにむっちりした腰をおろして、彼をおしとばすようにした。

「いや、おからかいになっちゃ」

しかし、彼女もまた冗談のように、

「ほんとに下宿のトランクに、何千万かおありになるの？」

「何千万もないが、実はあれから株で、百万円ほどもうけたよ」

「え、半年ほどのあいだに百万円？」

下宿住まいの男が、何万株もうごかすわけはないので、彼女はとんきょうな声をあげた。眼がきらきらとかがやいた。

「株、あたしもやってるの。ね、どこの会社の株をお買いになった？」

「こんなところにきて、金もうけの話もないだろう」

「そんなことないわ、決して、そんなこと……」

息をはずませてちかよってきた女の顔は、薔薇色《ばらいろ》にもえたようで、これはひどく金銭的に欲望のつよい女らしいな、とかんがえながら篤は、同時にはじめて美しいと思った。

「そうかね。それじゃあ……しかし、君ひとりに教えてやりたいな、君だけにしてくれよ」

笹代は妙な顔をしたが、すぐにひどく無情な口ぶりで、

「志津子さん、園ちゃん、すみませんけどちょっと座をはずしてよ」

といった。志津子と園子が笹代にウィンクして、去ってから、彼女はからだをぐいぐいと篤におしつけた。ゆたかで、熱い肉体だった。

「ね、おしえてちょうだい」

篤はだまってそばに置いてあった品物の紙をといた。宝石をはめこんだオルゴールだった。ふたをあけると、『枯葉』の曲がながれ出した。彼はすぐにふたをとじた。

「まず、これを君にやろう。五万円入ってる」

むろん、篤がそういうまえに、笹代の眼にはオルゴールの中の札束が灼《や》きつけられていた。

「どうして？」

彼女は嗄《しわが》れた声でいって、舌で唇をなめた。

「復讐《ふくしゅう》さ」

「復讐」

篤は、笹代の鼻をみつめた。

どこか強い顔だちなのに、それだけ愛くるしく、ちょいとうわむきになった――匠子そっくりの鼻だった。しかし、篤はいった。

「いつか、君に金がないからって、ふられたろ？　あのとき、よし、いまに金をつくってこの女を買いにきてやるぞと決心したんだ。株でひとやまあてたのも、その執念のせいかもしれんから、君は僕の恩人というわけになる」

笹代はキョトンとしていた。完全に忘れていたある一夜のなんでもない行為が、それほどこの男に大きな影響をあたえたのかと、ちょっとあきれたようだった。ふいにけらけらと笑った。

「あなた……あたしが好きなのね」

そして、ボックスに篤のあたまをおしつけて、キスした。唇で唇をねじつけるようなキスのあとで、彼女は篤の唇をかんだ。

「あたし、好きになっちゃったひとを、ひどくいじめてやりたい癖があるの」

その夜、まだカンバンにもならないのにふたりはマフラーとショールにあごをつつんで、未亡人サロンを出た。あまりに明るすぎるショーウィンドウのまえをとおるとき、篤は注意して顔をそむける。方角は全然ちがうけれど、それでも万一眸にあうことをおそれるからだった。

眸には、あのアパートの部屋をあのままにあたえて、十日ばかりまえにわかれた。羽田空港まで見おくると眸はいったが、フランスへゆくまえにいちど故郷にかえって整理しなければならぬ用件があり、出発する日どりは正確には未定だからといって、彼はひとり飄《ひょう》然《ぜん》とアパートを出たのである。予想していたとおり、淡々たるわかれであった。あの女は、これからいったいどうするのだろう。パトロンだった花輪組の追及もあるだろうし、ひどくエゴイスチックなようにみえて敢然としてじぶんの小指をきりすてた行為にも打たれたし、それにもかかわらず、淡々とした別れっぷりに、篤は眸という女を見なおした思いになり、いたむような未練をおぼえたけれど、これもしかたがなかった。あと、じぶんにのこされた生命《いのち》は、どちらにせよ、二年半しかないのだ、それまでに、もっとべつの女の肉体と心理のひだひだを味わいつくさねば、なんのために破滅を承知で人生のさいころをふったのかわからない。

篤と笹代は、その夜ホテルにとまった。「あたし、好きになっちゃったひとを、ひどくいじめてやりたい癖があるの」と彼女がいったのを、ほんの、餌をもらったうれしさのあまりに犬がかるくかむようなものだろうと思っていた篤は、彼女の癖が本物であることを知らされた。彼女はむちゅうになると、篤ののどやら腕やら、胸やら、ところきらわずかみついてきた。彼は痣《あざ》だらけになってしまった。

しかし、ふしぎなことに、篤はそれに名状しがたい快感をおぼえたのである。それははじめて経験するふしぎな陶酔だった。彼は、笹代がじぶんの期待していたような、地味で、おだやかで、しっとりとした女ではないのみならず、金銭的にもふつう以上に執着をもっている女と知って、少々ためらいをおぼえたが、しかし、この異常で新鮮な魅力に、やはりこの女と当分暮してみようという決心をした。だいいち、匠子そっくりの愛くるしい鼻が、息せわしくあえいでうごいているのをみては篤は、それに抵抗できなかった。

二

笹代は、それでも一軒の小さな家を杉並にもっていて、そのうちの一部屋だけに住み、それ以外は人に貸していたらしいが、全部を貸すことにきめて、篤の新しく借りておいた目黒の大鳥神社にちかい家にひっこしてきた。こんどは、美しいけれど、平凡な、小さな二階家だった。

笹代が金銭的な欲望がつよいらしいと判断して、彼はわざと、例の一ヵ月三十万円の予算や、六ヵ月契約のことは話さなかった。彼女の欲するままに与えていても、三十万以内におさえておけばいいし、それで金がなくなったといえば、六ヵ月待たなくても、彼女の方からにげだしてゆくだろうと見込みをつけたからである。彼女は彼のことを、株でひとやまあてたことと、じぶんへの恋に有頂天になっている男だとみて、できるだけまきあげてやろうと計算しているらしかった。

その小ざかしい計算を、最初のうちは篤も憫笑《びんしょう》していた。彼がまだ一千万円以上たっぷり余裕をもっていようとは、いかな笹代も想像していないことはたしかだからだ。それより彼は、笹代との愛撫《あいぶ》の型態への好奇にのめずりこんだ。

マゾヒズムという性愛の一型態のあることは彼も知っていた。幼いころ、怪我をした小指を友達の少女にかんでもらって、奇妙な幸福をおぼえた記憶がかすかにのこっている。

あれがその萌芽《ほうが》のようなものではなかったかとも思うが、べつにじぶんが、そんないわゆる変態性欲の所有者であろうとは、ゆめにも想像しなかった。

それなのに、笹代の歯が、からだじゅうを痣だらけにしたり、豊満な腕がくびをしめつけたりすると、いままで知らなかった戦慄《せんりつ》的快感がはしるのだった。篤の肉体の恍惚《こうこつ》たるわななきは、敏感に笹代につたわった。そして、じぶんの攻撃によって、男がこれほど陶酔境におちいることを知ると、彼女にも甘美で凶暴な血がもえたつような気がした。

「きもちがいい？　きもちがいい？　それじゃこうしてやる、こうして……」

いつも上位からのしかかってくる女の顔は上気して、美しい女夜叉《やしゃ》のようで、乳房はふたつだけでなく、なだれかかる無数の雪塊のように感じられた。

とはいえ笹代も、むろんその傾向はあったにちがいないが、最初のうちは、病的なサジストではなかったことは、たしかである。しかし、男がよろこんで、あとで小遣いを気前よくくれることを知ると、欲も手伝って、彼女は何でもやった。そして、もともと素質はあったのだから、ふつうの女のように嫌悪や恐怖をおぼえることなく、この奇怪な行為に息をあわせはじめた。

篤は、眸という娘のときも、彼女がからだも魂もはだかにしたとき、バーでみたのとは相当にちがった女であることにびっくりしたが、この笹代にもおなじ思いを抱かされた。こんな性愛術の持主だとはまったく意外だったが、これはこれとして貴重な経験だった。もしじぶんがまともな結婚をする運命にあったら、たとえこの女とめぐりあったとしても、怖気《おじけ》をふるってにげ出したにちがいない。あと二年半の命という切迫感、がつがつした欲望が、女とのこんな夜を徹底的に脂っこく味わいつくそうという欲望と勇気を彼にふきこむのだった。

彼をおどろかせた笹代という女の特性はもうひとつあった。もっとも、それは最初の夜から感じていた彼女の金銭への執着だが、思えば、いちど彼女をなんとなく世帯くさく彼に錯覚させたのは、その体臭だったのだ。

一カ月めは、彼女は七、八万円の金をとりあげた。二カ月めは十四、五万円を請求した。それから篤の顔色をうかがって、彼が平然としているのをみると、三カ月めは二十三万円をまきあげた。

そのくせ、生活はおそろしくきりつめた。食事にしても、朝はパンかミルクに味噌汁《みそしる》にお新香、ひるはサンドウィッチ、外出すればラーメン一杯、夜は一汁一菜で、それも安直な、牛のコマギレ、豚の腎臓《じんぞう》といった程度である。篤はときどき外でひそかに栄養補給をしたが、彼女はうすうす感づいたようで、反省するより、彼を腹だたしそうな眼でながめた。

「君、丈夫だね」

彼女の夜のタフネスぶりを思いうかべながら、彼は感嘆の声を発せずにはいられなかった。皮肉というほどではなかったが、少々可笑《おか》しさも禁じ得なかった。

「あまりふとるといやだもの」

と、笹代はいった。眸もそんなことをいったが、彼女とは最初のうち美食めぐりをしたくらいだったし、それに眸は実際すらりとしていた。ところが笹代は、はじめからラーメン一杯党なのだ。しかも、ふとももなど篤のそれよりふといのではないかと思われるくらい豊満な肉体をしている。

「三十前後からは、粗食した方が長生きするんですってサ」

この学説を、眼前の、眼も唇もぬれてかがやいて、眼からはつやつやと白いひかりを放っているような女体が完全に証明していた。

倹約は食い物ばかりではなかった。小さな浴室に入るとき、きっと篤を誘ったのも、はだかでいちゃつくためよりも、入浴時間を短縮して、ガスを倹約するためだった。からだを洗ってながした石鹸《せっけん》の泡をあつめてパンティを洗濯するくらいは当然の行為だった。新聞はさみこみの広告用紙や、はりかえた障子の紙は、すてられないで塵紙《ちりがみ》に使用された。およそ彼女にとって世の中にただいちどだけ使ってすてる品物はないかのようだった。三、四ヵ月のあいだに、せまい押入れや廊下はガラクタでいっぱいになり、篤に叱られて、しぶしぶ屑屋《くずや》をつかまえても、一人あたり三十分の談判をやって、やっと三人目に交渉が成立したようである。

(これは、変態性欲より、ほんものだ)

と、あきれるのをとおりこして、篤は感嘆した。未亡人の自活という生活の不安から彼女の吝嗇《りんしょく》がはぐくまれたのかと思うと最初はふびんな感じもしたが、自活している未亡人のすべてがこれほど徹底したケチンボではあるまいとかんがえてから、彼女のこの性質は生まれつきのものにちがいないと判断するに至った。

(この倹約と、あの攻撃精神、まるで話にきいたドイツ女みたいだな。少くとも、この女に子供を生ませたら、ドイツ人みたいな子供ができるに相違ない)

彼は、そうかんがえた。かつての、じじむさい、よくいえば質実剛健だったおれならひょっとしたらこんな女を尊敬したかもしれない。いや、尊敬はしても——いくらなんでも、やっぱりにげ出したろう。いまでも彼は、ときどき悲鳴をあげたくなるくらいだった。

彼女は、高価なきものも化粧品も、テレビや電気洗濯機さえ欲しがらなかった。たったひとつ、宝石だけに眼がなかった。

「ね、ヒスイ買っていい？　あたし何年も何年も、いちどヒスイのイヤリングつけてみたいと思っていたのよ。三万円ほどで気に入った品物、こないだ日本橋でみつけたんだけど」

彼女らしくもなく、哀れっぽい眼で篤にいう。

「これ、ダイヤの指環《ゆびわ》、みてよ。ほんものよ、ああ！　あたしはじめてほんもののダイヤの指環を買ったのよ」

息はずませて、きらめく指環のくいこんだ白い指を篤につきつける。

はじめ篤は、これは眸のフランス香水にあたるものかとかんがえた。つぎに、それにしてもこのケタはずれにぜいたくな道楽は、どうも彼女らしくないと推理した。それで或《あ》る日、笹代の留守中に、そのなかのいくつかをそっともち出して、宝石店へいってみた。鑑定してもらうと、みんな高くて二、三千円の偽物ばかりだった。

ふふん、みんな貯めこんでいやがらあ、と彼は苦笑した。もっとも、宝石でも買ったといわなければ、あんなまずいものをくわせて、月に十五万円も二十万円もまきあげる口実がないにちがいない。

篤は、彼女にはいわなかったが、心の中で、例の契約の第二条を思い出した。

『その節倹が不快感をよびおこす程度のものであったら、別れることは承知しておいてもらいたい』

しかし彼は、不快ではなかった！　彼がつかいきってしまおうとしている千数百万円の金からすると、それは可愛らしい犯罪といってよかった。もっとも、女夜叉のごときサジストの一面をもつ女を思うと、べつに可愛らしいとも思わなかったが、このケチンボとあのサジストが、ゆたかな肉体に同居している笹代という女が、かんがえてみると、神秘的でもあり、また、へんに魅力的でもあった。

最初に期待していたような、地味で、おだやかで、しっとりした生活など、どこかへけしとんでしまった。妙なところで、極端に地味ではあったが、おだやかどころではない。ましてしっとりした雰囲気どころか、昼は銭のかけひきで、夜は肉の格闘で彼はヘトヘトになるようだった。しかし、そこに名状しがたい魅力があった。男と女のしずかな暮しにもむろん憧憬はあったが、それはまだはやいとも思う。この奇妙な生活に、まったく後悔はかんじなかった。

三

男は全裸で、うしろ手にくくられて、蒲団《ふとん》の上にころがっていた。からだのあちこちにみみず脹《ば》れがはって、血さえにじんでいた。

晩春にしても、空気のよどんだような夜で、雨戸は一枚だけあけてあった。冬から春への季節、こんな夜にあけたことのない雨戸だが、あまりのむし暑さに、はじめて風を入れたのである。二階だったから、むろん誰もみている者はなかった。

女は、すこし血のついた縄をぶらさげて、うめいている男のまわりをあるきまわった。彼女は長襦袢《ながじゅばん》一枚だった。それが汗のため、からだにはりついて、赤い人魚みたいな曲線をえがいている。まっしろな乳房がひとつ、ころがり出していた。

彼女は、さっきから四度、男を犯した。女の方から、男を犯したのである。無抵抗な男をごろごろところがしたり、まるめた掛蒲団に弓なりにのせたりして、最も不自然な姿勢で……。

「もうゆるしてくれ。おれは死ぬ……」

と、篤はうめいた。さっきから、演技でいくどかくりかえした言葉だが、いまはもう本気だった。

彼のマゾヒズムは、「女に犯される男」という幻想を実現する境地にまで達していた。そういう設定でなければ昂奮《こうふん》しないのだ。甘美で夢魔のような夜だった。このまま、この嗜癖《しへき》が進行してゆけば、殺されなければ昂奮しなくなるだろう。そう思って、彼はぞっとした。これは恐ろしい、しびれるほど魅惑のある世界だったが、しかし、篤はまだのこっている二年間のいのちと千何百万円かの金を心にうかべた。六ヵ月たてば絶対に別れる。その自分自身への誓いの期限はせまっているのだ。彼はちかいうち、まただまってこの家を出てゆくつもりだった。

そう決心すると、この異常な、倒《さか》さまに秘画をみるような男と女の快楽を、どん底までのみつくしてやろうという欲望はいよいよたぎりたった。それで、今度、笹代にじぶんを一回昂奮させるたびに三万円やるといい出したのだった。

まず、その金銭的欲望のために、杉本笹代の顔は紅潮した。この男に必要の環境をつくりあげるのは、いつものとおりだった。彼女は彼をぶちたたきながら、三回昂奮させた。しかし、四度めは、すでにどんな心理的な刺戟《しげき》も麻痺《まひ》して、強烈濃厚な物理的刺戟によらなければならなかった。そのうち、むろん彼女自身昂奮してきて、眼も狂的に血ばしってきていた。

四度目の潮が昇華してゆくとき、篤はもはや千何百万円の金も二年のいのちもいらない。この女のために、今夜ここで殺されてもいいと思うほどの快楽の霧につつまれた。その霧は、彼を重くつつんで、やがてほとんど昏迷《こんめい》におち入らせた。まぶたをとじた暗い視界に、電燈《でんとう》が黄色い向日葵《ひまわり》みたいに灼《や》けつくような感じであった。

もう昂奮しない男のまわりを、笹代はいらいらとあるきまわった。彼女は、あせりと腹立たしさに、あたまの中が、まっかな血であふれているような気がした。

彼女はいきなり、男の顔の上にどすんと馬乗りになった。ぬれた粘土のような肉は篤の顔をおしつけ、その鼻口をつまらせた。彼は、ひきつけるようなうめき声をたてた。

笹代はふりむいた。笑った。

「あなた、これで十五万円ね？」

四

生あたたかい初夏の夜だった。しかし、地上三十メートルの望楼上には、やや風がある。一分間五回くらいの速度で、その上の回廊をぐるぐるまわっている望楼勤務の消防署員にとっては、まあ、いちばんいい季節だった。そのAという署員が、ふと下界の一点に妙なものを見つけた。

しだいに灯の数を減じてゆく住宅街の一劃《いっかく》に、いつまでもぽつんとのこっている黄色い掛軸がある。それは障子を一枚だけあけた或る二階家だった。その画面にちらちらうごく白いもの赤いものがみえる。よく見ようと思っても、立ちどまることはできなかった。しかしA署員は、その光景に、何やら本能の眼が吸いつけられるのを感じた。一分間五回の速度で巡回しながら、彼の網膜には、その異様な光景だけが映っていた。しだいに胸がどきどきしてきた。このあいだに、どこかで火事が起らなかったことが僥倖《ぎょうこう》だったくらい、彼は夢中になっていた。

「御苦労さん」

ふいに声をかけられた。いつのまにか、一時間の勤務時間が終って、交替のBという同僚が上ってきていた。

「何をぼんやりしているんだ」

と、交替のB署員は、そこにつっ立って、下りようともしないA署員にいった。はじめてAはにやにや笑った。

「あれは何という家かな」

「どこが」

「ありゃ、九七三番地あたりだな。はだかの男がさ、あおむけに寝てる上に、長襦袢一枚の女が馬乗りになってるよ」

B署員の足のスピードがはやくなって、その方角へまわっていった。ひとにはいえないが、それは稀《まれ》ではあるが、望楼勤務の消防署員にだけ堂々と見物をゆるされる眼の法楽だった。とくに夏の夜など、しばしば素敵なショーを見物する機会に恵まれて、それで冬の睫毛《まつげ》も凍るようなつらい勤務と相殺できるというものである。B署員は、すぐにこちらにまわってきた。

「女なんてみえないぜ。男だけたおれているが」

「へえ、女はみえなくなったか。いまに出てくるよ」

B署員はまたそちらに歩いていった。静止はゆるされないのだ。

「やっぱり男だけだ」

そんなことが、五、六回くりかえされた。そのうちに、その男のからだに血のようなものがみえるようだとBはいい出した。それから、そばに縄みたいなものが這《は》っていることもわかった。

「へんだな。へんだよ。ありゃ……ひょっとすると――」

A署員はあわてて、もういちどその方角へいっしょにまわっていったが、すぐにBと蒼《あお》い顔を見合わせた。Bがいった。

「念のため、警察へ報告しておいた方がいいだろう」

「そうだな、それじゃ」

A署員は、猿のように望楼をかけおりていった。

笹代は、ちょっとちかくの薬屋までいってかえってきた。篤が、縄でぶたれたあとの傷を痛がって、何でもいいから塗薬を買ってきてくれと哀願したからだ。彼が蒲団の上にぐったりと横たわったままなのは傷のせいではなく、全身的な疲労困憊《こんぱい》のためだったが、そのうごけない篤をうごかして、薬とひきかえに約束の十五万円を受けとると、笹代は階下におりていった。

笹代は、箪笥《たんす》のいちばん下のひき出しをあけて、その中から一つの箱をとり出した。このひきだしにはいつも鍵《かぎ》がかかって、鍵は常住座臥《ざが》彼女がもっている。箱のなかには、ぎっしりと証券類やら貸金の証書やらが入っていた。彼女は未亡人サロンの朋輩《ほうばい》や、以前に住んでいた杉並の近所の人を相手に、ちょっとした高利貸もやっていたのである。

それらをならべ、いま篤からひったくるようにしてもらった十五枚の一万円札をならべると、たたみ一帖《じょう》くらいの面積になった。そのまえに坐《すわ》って、彼女は恍惚《こうこつ》状態におちいった。これは今夜にかぎったわけではない。むろん篤が留守のときだが、ことあるごとにこの全財産を展開してそのまえに坐っていると、彼女はどんな性愛の極致よりもしびれるような陶酔におちいるのだった。今夜は篤がいるけれど、彼は半死の状態で二階にひっくりかえっているし、それにいまもらったばかりの十五万円の精兵を加えた大観兵式をみたいという誘惑に抵抗しかねて、彼女はそのすべてを陳列してみたわけである。

ふっと、何かの気配をおぼえて顔をあげ、笹代は息をひいた。縁側の障子の外に、だれかが立っている。はじめて気がついたのだが、その障子は三十センチほどひらいていた。そこに、黒いサングラスをかけ黒いマスクをつけ、黒っぽい背広をきた男がぬうと立っていた。

笹代は声も出ず、腰がぬけたようにうしろへ這いずりかけた。泥棒だ。むろん、縁側の外は雨戸だから、そちらから入ってきたわけではない。いま、じぶんがちょっと薬屋まで走ったあいだに玄関からしのびこんだのだ。そこへ外出したじぶんが案外はやくかえってきたので、あわてて暗い縁側へにげて、しゃがみこんでいたものにちがいない。

「声を出すな」

いまにもさけび出そうとする笹代の口をみて、男はいった。ひくいささやき声だが、むろん、恐ろしい迫力があった。その手から銃口がこちらをむいていた。

笹代はうごかなかった。男は部屋に入ってきた。

「旦那《だんな》は、病人か？」

と、泥棒は、ちらと二階に眼をやってきいた。何となく、雰囲気でそう感じたようである。

笹代はがくがくとうなずいた。しかし、彼女をそこに釘《くぎ》づけにしたのは、ピストルの恐怖ではなく、この金や証書類をこのままにしてにげることはできないという考えだった。何とかして、じぶんのいのちはむろんのこと、この金もぶじに、この泥棒に出ていってもらわなければならない。

そう決心すると、彼女にはふしぎな力がわいた。泥棒のピストルがかすかにふるえていることさえ眼についた。

「案外、もってやがったな」

と、泥棒が黒眼鏡をたたみにむけたとき、二階から、「笹代、笹代」と篤のよぶ声がした。泥棒はぎょっとしてまた縁側にあとずさったが、銃口だけはむろん笹代にぴたりとむけられたままだった。

二階の声はつづいた。

「すこし、さむいな、雨戸をしめてくれ。──」

泥棒がささやいた。

「いま、ゆくといえ」

「いま──」

と、笹代はしゃっくりのような声をあげた。

泥棒は左手で、たたみの上の札や証券類をかきあつめろという合図をした。笹代は、ガサガサとそれをかきあつめた。はじめその手がぶるぶるとふるえて、うまく重ならなかったが、そのうち、手の動きがしだいにゆっくりとなった。

「何をしている」

「おねがい。一万円だけにして──このお金、いるんです。──夫が、病気なんです」

笹代は必死にいった。そういいながら、彼女は泥棒をぐっと見つめたまま、唇をなめ、しだいに簞笥のまえに這っていった。

「一万円？　だめだ。現金はみなよこせ」

「入院費がいるの。ね、後生だから──ほかのものなら、何でもあげるから」

彼女はありったけの秋波を泥棒におくりながら、簞笥のまえに横たわった。そして、みずから泥棒を誘うポーズと動作をみせた。

黒眼鏡の奥の眼が、その凄《すさま》じいまでの挑発的な姿に吸いつけられたようだった。彼女はちょっとまた二階をみた。その唇が笑いともひきつりともつかぬように動くと、彼はジリジリとまた座敷に入ってきた。

笹代は、じぶんのいのちと金をぶじのままきりぬけるには、肉体をあたえるよりほかに方法はないと思った。それにくらべれば、これくらいのことは——と、べつに歯をくいしばるほどの我慢でもなく、みずから白くつやつやとした二本の雌蕊《めしべ》をひらいていった。

この美しい女の、むき出しの誘惑にかてるほどの意志力の所有者なら、はじめから泥棒などにならなかったろう。しかし、さすがに彼は、いかなる動作のあいだも、ピストルを彼女のこめかみからはなさなかった。病気にしろ何にしろ、亭主はすぐ二階にねているのだ。彼はしかし、むろん、女の哀願をそのまま受け入れるつもりはない。もらうものはもらって、金もあとで全部もらってゆくつもりだった。彼は下半身とピストルに全神経を集中し、女の片手がそのあいだ、それ自身一つの意志をもつ生物のようにうごいていることに気がつかなかった。笹代の手は、重ねられた札と証券類をつかんで、さっきあけたままの箪笥のなかへおとしこんだ。彼女にとって、この上半身こそ必死の格闘だった。

泥棒のからだははなれた。笹代はゆるゆると身をおこし、片手で身づくろいしながら、片手で箪笥のひき出しをもと通りにした。

「金はどこへやった」

泥棒ははじめて気がついて、きょろきょろした。

笹代は簞笥のまえに横ずわりにすわったまま、おくれ毛のねばりついたなまめかしい顔を泥棒にむけた。

「こんなことをして……」

そういいながら、彼女はうしろ手に鍵を鍵穴にさし入れ、かちりとまわした。

「もういいんじゃない？　ね、一万円だけそこにあるわ。それで、がまんしてかえって……」

あの場合でも、その一枚だけとりのけておいたのだから芸が細かいが、彼女にしてみれば、その一万円をとりのけることが、指を一本きられるよりもつらいことだった。

「ふといあまだ……」

泥棒は、ようやく彼女のやってのけたことに気がついたらしい。棒立ちになって彼女をにらみつけていたが、笹代がその鍵をさり気なくかくそうとした手を、とびかかって、つかまえようとした。

「それをわたせ」

「いや」

というと、彼女はその手を口にもってゆき、いっきに鍵をのみこんでしまった。

「もう、このひき出しはあかないわ」

「ちくしょう。……」

と、泥棒はうめいたが、その顔の筋肉のわななきは、あきらかに恐怖の表情だった。

「どうしてやるか、このあま……」

　そのとき、玄関の外から大声でよぶ声がきこえた。

「今晩は！　今晩は！」

　泥棒は狼狽《ろうばい》して、また縁側へにげこんだ。ピストルをむけたまま、必死に手をふる。返事をしろといったのか、だまっていろといったのかわからない。

「今晩は！」

　玄関の方をはげしくたたいている。

「はい、どなたでしょう」

「警察のものです」

　泥棒の黒眼鏡とマスク以外の皮膚が土気色になった。笹代はそれをじっとみつめたまま、

「警察……警察の方が、何か御用ですか」

「ちょっとおうかがいしたいことがあります、お宅に何か変ったことはありませんか？」

　笹代は泥棒にいった。

「その眼鏡とマスクをとって、そこにおすわりなさい。……」

「たすけてくれ。たすけて……」

　と、泥棒はとうとう悲鳴をあげた。笹代はそこまでは知らなかったが、彼のピストルは玩具《おもちゃ》だった。

「たすけてあげるわ。お客様の顔をするのよ。――いいえ、べつに何も変ったことはあり

ってきた。

笹代は立って、玄関の戸をあけにいった。ふたりの警官が外に立っていたが、すぐに入ってきた。

「何も異状がないと――おかしいなあ」

「どうしてそんなことをおっしゃるんです」

「いや、ちょっとね」

と、警官はあいまいに口をにごしたが、よくひかる眼を奥の方へなげて、

「あの方が、御主人ですか」

と、指さした。座敷には、ひとりの男が居心地わるそうに坐《すわ》っていた。貧相な、実直そうな三十男だった。

「いいえ、あれはお客さまです。主人は二階におりますけど」

「御主人に変ったことはないのですね」

「え、ちょっと気分がわるくて休んでますけど……あなた、あなた」

と、笹代はよんだ。二階で梟《ふくろう》みたいな返事がきこえた。

「それじゃあ、それを何かかんちがいしたんだな。なに、異状がなければいいんです」

警官は少しあわてているようだった。

「いや、失礼しました。おさわがせして恐縮です」

ふたりの警官は挙手の礼をして、早々に出ていった。その跫音《あしおと》が遠くへきえてゆくのを

見はからって、泥棒ははねあがって、こちらにあるいてきた。笹代はそのまえに立ちふさがった。

「礼をいってちょうだい」

「あ、ありがとう。たすかりました。……」

「さっきの一万円、もってないわね。あら、あそこに置いたままだわね。ほかにお金はもってないの？」

「いや、千円くらいはあります。どうぞ御心配なく」

眼鏡とマスクをとると、笹代と泥棒は、奥さまと御用聞きのような応対になった。笹代はいった。

「助けられたと思ったら、お礼しなさい」

ほんとうに、それくらいしなけりゃ、義理がたたないだろう、と笹代はかんがえた。

泥棒はあやつり人形のように内ポケットからくちゃくちゃの千円札を出して、笹代にわたした。

「それじゃ、気をつけてね」

「はあ、奥さまも、どうか」

ふらふらと泥棒が玄関におりたとき、これまたふらふらと篤が二階からおりてきた。いままで着物をまとうのに手間がかかったのである。泥棒はかけ出すようにして、にげていった。

「何だ、警察の者だって大声がきこえたがいまの男がそうかね？」

「いいえ、あれは泥棒よ」

「なに、泥棒？　泥棒が入ってたのか？」

「え、おどろいたわ。おどされてるところへ、警察がきたの。忍びこむところをみられていたのかしら？」

「それにしても、警察はどうしたんだ。つかまえずにいっちまったのか」

「あたし、かくまってやったのよ」

「かくまってやった？　泥棒を！　どうして？　何かとられたものはないのか？」

「何もとらないの。だから、かわいそうですもの」

笹代はにこにこと笑った。

「あのね、あたし大事なものは箪笥《たんす》の一番下に入れてあるでしょ。その鍵《かぎ》をとっさにのみこんじゃったから、泥棒もどうすることもできなかったの。……それでね、泥棒も人の子ね、きっと感激したんでしょ、お礼に、ほら、千円をおいてったわ」

篤は茫然《ぼうぜん》として笹代の顔を見つめた。

笹代がしかし泥棒をかくまったのは、むろん義侠心《ぎきょうしん》でも、情がうつったのでも、憐愍《れんびん》でも、恩にきせるつもりでもなかった。あれを泥棒だといえば、じぶんと泥棒が何をしたか、曝露《ばくろ》されるからだ。警官の方も、望楼からの消防署員の通報によるとはいえない弱味があるので、狼狽気味にひきあげていったのが、さいわいしたのである。

二、三日たって篤は、笹代がのんだという鍵で、すまして簞笥をあける姿をみた。

五

青葉が濃くなり、蒼空に矢ぐるまがきらめき、鯉のぼりがおよぐようになったころ、篤は杉本笹代とわかれる決心をした。六ヵ月の契約期限がちかづいてきたせいでもあるが、この女と同棲《どうせい》していては、とうていいのちが長くもちそうにないという予想が、いよいよたしかになってきたためもあった。彼女のサディズムはいよいよ濃厚となり、彼女のつくる食事は、いよいよ粗悪をきわめた。もっとも、前者の魅惑はもとよりであるが、後者の点でも、ここまで徹すると、むしろ味があると思われることもあった。しかし、何分にも、生命に危険のある彼女の嗜癖《しへき》であり、性向である。それに篤は、そのころになって、三番目の花嫁を手中にする見込みができたのである。

ところで、笹代とわかれるという方策について、篤ははたと当惑した。六ヵ月契約ということはあらかじめいってなかったし、それに笹代は、じぶんを天から舞いおりてきたうまいカモのように思いこんで、その肉をしゃぶり、血をすすることにうちこんでいて、ちょっとやそっとで別れてくれそうもないのである。百万円も手切金をやれば、と一応はかんがえたが、かえって逆効果をよぶおそれは充分あった。

ふと、彼は一策を思いついた。それは妙案でもあり、そして少々皮肉な着想でもあった。

或《あ》る日、外出から笹代がかえってくると、篤は不安げな表情で家の中をあるきまわっていた。

「笹代、いまそこらで刑事らしい男を見かけなかったかね」

「え、刑事……どうしたの？」

「このごろ、どうもそんな人間が、このうちのまわりをウロウロしていることが感じられるのでね」

さすがに笹代は顔色をあらためて、篤を見やった。篤は苦悶《くもん》のていよろしく、しばらくだまっていてから、やがていった。

「笹代、僕の金、どこからきたか知ってるかね」

「株でもうけたといったじゃない？」

「僕が株をやった、或《ある》いはやってるように見えるかね」

「……それが、あたしもすこしおかしいとは思ってたんだけど……」

篤は笹代のむっちりとした手をとった。

「僕は君にあやまらなければならない」

「何を？」

「僕には、もうお金がない」

「うそ」

「うそじゃない。実は、いままでの金は……あれは会社の金を横領してきたものなんだよ」

笹代は棒をのんだように立っていた。

「それでもうそだと思うなら、僕が半年前までいた会社にいってきくがいい。一応僕は、じぶんから家庭の事情で会社をやめたことになってるんだがね。だれかが密告でもしないかぎり、半年間はばれないように事務的な操作をしておいたつもりなんだが、六ヵ月をまたずして発覚したようだ。また発覚しなかったとしても、どっちにせよ、横領した金は、みんなつかいつくしてしまった。君に入れあげたんだから、僕自身は本望なんだがね。しかし、このことがわかれば、君もぶじじゃあすまない。へたすると、その横領金のうめあわせを君に要求してくるかもしれんし、少くとも警察や新聞社の追及の対象にはなるよ」

実にきわどいうそだった。篤の金は、彼が横領したものではなかったが、農林省の速水和彦が横領した公金に相違なかったからだ。笹代の顔は赤いのをとおりこして、紫色にみえた。こめかみに血管がふくれあがって、恐ろしい鬼女のようだった。

この女は、じぶんの危険をのがれるために、じぶんから密告するだろうか、と彼はかんがえた。いや、密告はじぶんの墓穴をほることだから、九分九厘まではやるまい。そしてまた万一密告したところで、警察がどんなに調査したところで、彼自身は横領などしていないのだから、速水の線が出てくることなど決してあり得ない。そのときは、いや、女にあんなことをいったのは冗談です、といって充分いいのがれることができる。

彼女の唇はピクピクとふるえ出した。うそだ、うそだわ、冗談でしょ？　という言葉を吐くためにねじくれた。しかし彼女は、最初から脇坂篤という人間、彼の異様に鷹揚《おうよう》な金のくれっぷりを思い出し、篤の言葉を、うそだ、冗談だとはいいきれぬもののあることを感じてきたらしかった。

「いくらくらい、横領したの？」

彼女は肩で息をしながらいった。

「二百十三万六千五百円だが」

と、彼は真実感を出すために、わざと細かい数字をでたらめに口にした。

「それはもうゼロだよ。笹代、僕という人間の泥をあびたくなかったら、どうかいまのうちに別れてくれ。こんなに愉《たの》しく暮させてくれた君のことは、僕は口がさけてもいわないつもりだ。……それじゃあ、僕はあしたにでも、どっかへ出てゆくからね」

「だめ、いっちゃあだめ」

と、彼女はうめくようにいって、なおじっと彼の顔をにくにくしげににらみつけていたが、ふいに獣のように彼にとびかかってきて、めちゃめちゃに往復ビンタをあびせかけはじめた。……

頰っぺたがふくれあがるのを意識しながら、うまくいった、と篤は思った。

ところが、その翌日から、彼は彼女の厳重な監視のもとにおかれた。にげ出すことは不可能となった。そして彼女の方からも、どこへもにげ出さなかった。（おや？）と彼はくびをかしげた。

（こいつは、おれのいったことを、うそだとみぬいたのか？）

しかし、笹代はそうはみえなかった。彼女はあきらかに懊悩《おうのう》していた。三日――四日――五日――彼のいったことがほんとうなら、彼女は篤といっしょにいることは危険なはずなのに、彼女はそこにへたりこんで、そしてみるみる痩《や》せていった。ゆたかな肉がおちると、頬骨がとび出して、彼女はむしろ醜い女に変った。

（こいつ何を考えているんだろう？）

十日めに彼女がどこかへ外出するまえに彼の逃走をふせぐために、彼を蓑虫《みのむし》みたいにくくりあげるのにかかったときも、篤はむしろ好奇心からされるままにしていた。しかし、夕方になってから、ふいに或ることを思いついて、彼はぎょっと息をひいた。ひょっとしたら……ひょっとしたら、あいつは。……おれをこの世から消してしまうつもりかもしれない。それは彼女の金をぶじに保ち、危険からのがれる唯一の方法にちがいなかった。

夜になって、彼女はかえってきた。

「あなた」

と、杉本笹代は彼の枕もとに坐《すわ》った。老婆みたいにしゃがれた声だった。

「これを会社にもってゆきなさい。それで何もかも片がつきます」

「何だ、これは？」

「あなたにいただいたお金に、あたしの貯金を加えたものだわ」

笹代はふるえる手で、彼のひたいをなでていった。

「ちょうど、二百十三万六千五百円あります」

三番目の花嫁

一

「——笹代よ、君の愛情と犠牲には感動した。金銭の尊さを人一倍知っている君が、あんなにまでしてくれた気持を思うと、僕は涙がにじむのを禁じることはできない。僕としても、君の気持をありがたく受けて、このままいつまでも君と暮してゆきたい。しかしね、再考してみるのに、やっぱりそういうわけにゆかないのだ。拐帯《かいたい》した金を返したからといって、僕の罪がきえるわけではない。

すでに僕の身辺に警察の影がうごいているらしいということは、もう会社の内部で事を処理できない段階にあるということだ。

僕が安易に君の愛情と犠牲を受けいれることは、この際、君も僕もいっしょに破滅することを意味する。僕は、そんなことに耐えられない。

——笹代、僕はやっぱりひとりで消えていく。

この世の隅っこで、ひっそりと身をひそめて暮そうと、あるいは野たれ死しようと、君の姿と心だけは、永遠に僕の魂をあたたかくつつんでいるだろう。——この家は、君のものだ。君のたくましい生活力を確信しつつ、さようなら——

置手紙に、こんなうまい口をきかせて、脇坂篤が、下目黒《しもめぐろ》の家からふっと消えてしまったのは、その翌日のことだった。篤が横領したと称する二百十三万六千五百円を、まるで心臓を吐き出すような思いで耳をそろえて出してやった杉本笹代は、安心していただけに大地に穴があいたように感じた。

笹代がその置手紙をみて、茫然《ぼうぜん》と坐っているころ、篤は銀座のホテル日航の十一階で、ふたりの大学生と談笑していた。

ホテル日航の十一階は食堂になっていて、ジンギスカン料理が売物で、ボーイの白い姿がいそがしくうごめいて、あちらこちらのテーブルの鍋《なべ》に羊肉《マトン》や野菜をのせてまわるにつれて、香ばしい煙が立った。

また夏がこようとしていて、高い大きな窓ガラスに白い炎がひかり、東京の大市街も新しい玩具《おもちゃ》みたいにきらめいてみえた。壁の下では、バンドがコントラバスやウクレレなどをかき鳴らしていた。

「ふうん、やっぱり君たちは恋人同志だったんだな」

と、篤はビールをのみながらいった。皿の上の肉に夢中になってかぶりついていた男の大学生と、それを微笑してながめていた女子大生は、このとき顔をむけて、

「いいえ、そうじゃあないんです」

「ほんとうに友達なんです」

と、真剣な表情でいった。篤は心の中で笑った。どっちだってかまうものか。ふたりの大学生は、去年の秋、瞳と同棲しているころ、青山のアパートで逢ったことのある土屋牧子とそのボーイフレンドだった。その土屋牧子に偶然出逢ったのは、この五月ごろスキヤ橋センターの夕暮の雑踏の中である。彼女はそのとき、ひとりだった。

「あら」

と、ふいに向うからびっくりしたような声をかけられて、篤はすぐにそれが誰だか思い出したが、心中狼狽《ろうばい》した。

「フランスへいらしたんじゃあなかったんですの？」

「いや、それが、ちょっと或《あ》る事情でね、延期したんです」

彼は牧子をちかくの喫茶店へつれこんだ。彼は去年アパートで牧子をみたときから、彼女が気に入っていた。

しかし、このとき必死に彼女と話をしておく必要があると考えたのは、必ずしも誘惑の下心のためばかりではない。

じぶんがいま、まだ東京にいることを眸に知られては一大事だと思ったからだ。

「このまえは、どうも御馳走《ごちそう》さまでした」

と、牧子はいった。

去年アパートから麻布《あざぶ》のフランス料理店へつれてゆかれた礼をいったのである。篤は腕

時計をみて、

「きょう、これからいかがです。ちょうど時間もいいが」

「いいえ、そんなにいつも……それより、眸ちゃん、きょうはご一緒じゃないんですか」

その言葉で、牧子が最近眸に逢っていないことを知って、篤は安堵《あんど》した。きくと、眸とは高校時代のクラスメイトではあるが、あの日に偶然いちど逢ったきりで、べつに交際しているわけでもないという。

「それで、助かった。実は、僕がまだ日本にいるとあのひとに知られちゃ面倒なことになるんでね。——もしこれからさき、あれに逢うことがあっても、僕のことはだまってて下さいよ」

「そんなこと、おしゃべりはしないけど、どうしてなんですか」

「あのひとはいいんだが、実はうしろに悪いヒモがついているのでね。銀座のやくざの親分って奴が……それでにげ出したわけなんです」

「まあ、あの眸ちゃんに——」

「その話はまあ、もう関係のないことだから、よしましょう。それに僕はこの秋やっぱりフランスへゆくんだ」

彼はコーヒー茶碗《ぢゃわん》を置いていった。

「土屋さん、これから花の木かどこか、またフランス料理をつきあってくれませんか。実はあなたをみて今思いついたんだが、ちょっとおねがいがあるんです」

　そして、銀座西六丁目のレストラン「花の木」へいって、彼は牧子に、

「この夏、最後の日本を味わうために、東北から北海道を旅行しようと思っている。孤独な旅行のつもりであったが、あなたに逢って、もしあなたが同伴してくれたら、どんなにか愉《たの》しいだろうと思いついた。むろん妙な野心はなし、部屋は別にとる。アルバイトのつもりで、いっしょにいってくれる気はあるまいか。もし承諾してくれるなら、旅費は別としてあとで五万円のお礼をさしあげたいと思う」といい出したのだった。篤がそういったのは、このまえ牧子がたしかアルバイトをやっているといったのをおぼえていたからだった。

「北海道へ――」

　夢みるようにつぶやいた牧子の眼をみて、篤はどきんとした。彼は、じぶんがこの娘にひきつけられた理由がふいにわかったように思った。牧子の瞳《ひとみ》は、稲葉匠子の眼にそっくりだったのである。

「あたし、いつかはいってみたいと思ってましたの」

「僕も、いちどもいったことはないんですがね、だから――」

と、彼は熱心に、まだ見たことのない月寒《つきさっぷ》のポプラを吹く風や、霧の中の摩周湖や、きいたことのないアイヌの唄声《うたごえ》や、味わったことのないバターや馬鈴薯《ばれいしょ》の美味《うま》さをしゃべりたてて、牧子の遊心をそそった。

　しかし、牧子はちらと篤の顔をみた。このよく知らない三十男と遠い北の国へふたりで

旅をする不安さが、彼女の心に影をさしたようだった。

当然である。牧子はしばらく考えさせてくれといった。

ふたりは再会を期して別れた。

十日ののち、ふたりは約束の歌舞伎座前で逢った。篤は切符を二枚ちゃんと用意していた。そして芝居を見ながら、牧子は九分九厘まで承諾してもいいといった。

「旅行も魅力ですけど、それよりあたし、お金が魅力なんです」

と彼女は顔をあからめながら、正直にいった。そういったが、彼女は必ずしもきっぱりと心をきめて、出かけてきたわけでもないらしかった。まだいくぶんか迷っているらしいのを、とうとうそこで決心させたのは、篤の、女性をとりあつかうのに馴《な》れた騎士的態度と、一種の誠実さとである。

彼は牧子の存在を知ってから、急速に笹代との爛《ただ》れた夜々からの逃避感にあおりたてられていた。例の最大六ヵ月期限で女をとりかえるという予定もさることながら、それは沙《さ》漠《ばく》で清冽《せいれつ》なオアシスを見つけ出したような感情でもあった。彼の作戦以上の誠実感が態度にあらわれたのはそのためである。

旅行前にもういちど逢って予定を相談しようということになって、ふたりは別れた。手数がかかるが、牧子はいままでのように水商売の女ではないからやむを得ない。それに、篤は、手数のかかるのがかえって愉しくもあった。

そして、三度目、きょうこのホテル日航の食堂でまた逢ったのである。思いがけなく、牧子が例のボーイフレンドを同伴してきたので、彼は心中やや眉《まゆ》をしかめた。

「そんな仲じゃないんですけど——土屋君はあなたの単なる旅行のお相手をするだけの役目だ、というのはほんとうですか？」

と、黒い唇についた肉のあぶらを、ナプキンもつかわず掌でこすりながら大学生はいった。さっき紹介された名は小泉哲雄《こいずみてつお》という青年だった。

「ほんとうですよ」

と、篤はビールをのんで笑った。

「それなら、契約書にサインをして下さい」

「契約書？　どんな契約書」

「僕がかいてきました、これです」

小泉はポケットからもぞもぞと一枚の紙をとり出した。大学生にしてはへたくそな文字を読んで、篤はうなった。

「一、私と土屋牧子は今回の北海道旅行中たんなる同伴者にすぎないことを誓います。
二、私は帰京後、土屋牧子に一金五万円也《なり》の謝礼を支払います。
三、旅行中、私は土屋牧子に決して誘惑的行為はなしません。もしそれを行なったときは、
(1)　抱擁
(2)　接吻

(3) ペッティング
(4) 性　交
に対し、右の罰金を支払います」


「そのあとにあなたの名をサインして下さい」

「この抱擁、接吻《せっぷん》、その他の罰金とは何のことですか」

「その下に、金額をかきいれて下さい」

「僕が？」

「しかし、それは非常に高いです。抱擁は——三万円です」


篤は笑いをかみこらえた。小泉哲雄の鼻のひくい、にきびだらけの黒い顔は息をつめて、必死の形相にちかかったからである。彼は万年筆をとり出して、「抱擁」の下に参万円とかいた。


「接吻は？」

「五万円」

「ペッティングは？」

「十万円」

「性交は？」


小泉はうなるようにいった。

「三十万円」

ない。

ちらをきちがいかペテン師とかんがえるにきまっているので、一応五万円といったにすぎ

いやってもいいとさえ考えていたのである。ただ、百万円などいうと、この女子大生がこ

金額をかき入れた。彼は最初から、もし牧子が旅行をともにしてくれるなら、百万円くら

と、大まじめに嘆息して、まだ一千万円くらいの金をもっているこの男は、その通りの

「たいへんだな」

「小泉君、君は牧子さんにキスするとき、五万円支払うんですか」

と、篤はきいた。

この契約書がかえって牧子を侮辱するものであるということに気がつかないらしい大学生への皮肉だった。

小泉はちらと牧子の愛くるしい唇に眼をやって、息をつめていった。

「僕たちは恋人じゃないから、そんな行為をしたことはありません」

「五万円支払えば、僕は牧子さんにキスしてもいいんですか」

「いいえ、そういうわけじゃあないんです」

と、牧子はあかい顔をしていった。

「これはただ、そんなことをふせぐための条件なんです。あたしは反対したんですけれど、哲雄さんが、ちゃんと契約書をつくっておかなくっちゃと一生懸命いうものですから」

篤は微笑してふたりの顔を見くらべた。

「もし、牧子さんの方から僕に抱擁してきたり、キスを求めたりしてきたら、どうなるんですかね」

小泉が愕然《がくぜん》として牧子をみるよりはやく、言下に牧子ははげしくくびをふった。

「そんなことは決してありません！」

篤は苦笑して、この奇妙な契約書の終りにサインをかき入れた。

二

ゆきは、東北に三、四ヵ所ばかり泊って、汽車と船で北海道に行き、北海道を旅したあとは、飛行機でかえるというプログラムだった。

東北の旅の第一夜は、飯坂《いいざか》温泉に泊った。約束のとおり篤は牧子とはべつの部屋にねむった。

第二夜は鳴子《なるこ》温泉に泊った。すると、おりあしく団体客があって、ふたりは同じ部屋に床をとらなくてはならないことになった。しかし、篤は床をならべて、朝まで身動きひとつしなかった。

牧子はこれでやや篤に心をゆるしたところがあるらしく、朝、鳴子の町を駅へあるきながら、高校生のようにはずんで、店々で山盛りのさくらんぼと、こけしを買った。さくらんぼは東京の十分の一くらい安いのだった。

三日目、ふたりは平泉《ひらいずみ》の駅におり立った。駅前で馬車にのった。馬は老い、恐るべきガタ馬車であるが、これも旅の一興だった。さびしい平泉の町を走っていると、日は白く照っているのに、さあっと雨がふりそそいできた。すると老御者が、馬に鞭《むち》をくれながら連呼した。

「雨だよ！　蒲団《ふとん》々々、雨がふってきたよ！」

あちこちの家から、あわてて女房がとび出してきた。

中尊寺《ちゅうそんじ》についた。青い長い杉並木の山道をのぼっていって展望台につくと、案内人が、はるか眼下にみえる衣川《ころもがわ》の八百年前の血戦を語った。

牧子は旅の愉《たの》しさに恍惚《こうこつ》と上気した顔でうなずいていた。

夏野と夏雲を背にしたばら色の頬に、白桃のようなうぶ毛がひかっているのを篤はたのしんだ。そして、昨夜、鳴子で寝室をともにして眠ったとき、部屋に処女の香気が薫蒸していたようなのを思い出した。

この娘は、たしかに処女だ。小泉哲雄が「恋人ではない」と金切声でさけんだのはそのときは半信半疑であったが、たしかにほんとにちがいない。——篤は、ふたりの女と愛欲のかぎりをつくしたが、処女を相手にえらんだのは、これがはじめてだった。

むろん、篤は、牧子を処女のまま、旅からかえす意志はない。

「これが、ほんとうの新婚旅行だ」

ただ初夜を、いつ、どこで、どんな風に迎えるかが問題だった。小泉の条件ずみだ、接吻五万円、性交三十万円はお笑いぐさだが、それをそれとして支払うような殺風景な結果を、この娘とのあいだにむかえたくはない、とかんがえる余裕が篤にあった。

それは彼女の方から、そういうきもちになるように誘導しなければならない。香気にみちた処女との接吻、羞恥《しゅうち》にもだえる処女との性交――それを夢みつつ、いま何も知らないこの「処女妻」の一挙一動を見ていると、もうそれだけで陶酔するような幸福感が、彼の全身にみちた。どんな愉しいことでも、味わうまでが愉しいのだということを彼は知っていた。あと、残された二年の人生に、この甘美な新婚旅行感情は、とことんまで味わわなければならない。

金色堂《こんじきどう》を見学した。むろん、藤原《ふじわら》三代のミイラなど見ることはできなかったし、また見たくもなかった。ただ金色堂の中に眠っているミイラということを考えたとき、突然、彼は心がうちのめされるのを感じた。それは彼自身の運命を何か象徴しているように見られたからだ。

宝物を収めた白堊《はくあ》の讃衡蔵《さんこうぞう》の方へあるきながら、牧子がいった。

「お顔色がおわるいわ」

「青葉のせいでしょう」

と、篤はひたいの冷たい汗をぬぐった。

その夜、ふたりは花巻《はなまき》温泉に泊った。夕飯のまえ、ふたりは雪洞《ぼんぼり》のつらなった柳と銀杏《いちょう》の並木の町を散歩して、南部御料馬と鹿踊《ししおど》りの人形を買った。

宿のゆかたをきたういういしい牧子を、店の女は「奥さま」と呼んだ。彼女は篤をみて、はにかんだように笑ったが、それがいっそう新妻らしかった。

夕飯のとき彼女は、ビールをのんでいる篤に、不器用な手つきでお酌をしてくれた。

「どうだ、ひとくち飲んでみないかね。湯上りにおいしいよ」

と、篤がそのビール瓶をとりあげてさし出すと、牧子は表情をかたくして、

「だめだわ」

と、あとずさって、不安そうに篤をみた。篤は笑って、素直に話を、明日の予定にもどしていった。

牧子は、アルコールで誘惑の罠《わな》におちた女性の――よくある話を思い出したのだろうが、篤に他意がないことがわかると、すぐにいまのじぶんの切口上を恥じて後悔する顔色があらわれた。何でも極度に敏感に反応をしめす処女の脈搏《みゃくはく》が手にとるようにわかった。篤は面白かった。その晩、彼は別室にねむった。

次の日、ふたりをのせた汽車は、美しい円錐《えんすい》形の岩手富士を左の車窓にみて、さらに北へ北へと走っていった。

「みちのくの旅は、汽車の中まで蟬の声がするね」

「ほんと」

「何だか、日本を去るのがいやになったな。フランスにも蟬はいるかしら」

「どうしても、フランスへおゆきにならなきゃいけないの？」

と、牧子は哀しそうに篤の顔をみてつぶやいた。

「あたし、東京へかえってからでも、いつまでもお目にかかりたいわ」

むろん、そのつもりだよ、と彼は心の中でつぶやいた。

いつまでも――この娘を愛人としたら、はたして六ヵ月ですてることができるだろうか。そんなことが心配になるほど、彼は牧子にいとおしさをおぼえていた。

好摩《こうま》でのりかえ、花輪《はなわ》線で十和田南《とわだみなみ》まで一時間半だった。火花のちるような東京のスピードが別世界のように思われる汽車の鈍行ぶりも好感がもてた。

十和田南からバスにのって、ふたりは湖の方へのぼっていった。いままで快晴の旅だったのに、雨をふくんだ夕雲が峯々《みねみね》におりてきた。

休屋について、高村光太郎《たかむらこうたろう》つくるところの湖畔の裸婦像をみていると、予約しておいた旅館から、迎えの車がきた。つれてゆかれた旅館は、山中らしく材木を実に豊富につかった建物で、古びて、まるでむかしの城の中に入ったような妖異《ようい》感すらおぼえさせた。

夕食ごろから、風が出た。山雨はまだ到らなかったが、窓外の橅《ぶな》、楢《なら》、楓《かえで》、岳樺《だけかんば》などの大樹林に風がざわめき、雨気をはらんだ夕べの水光と相映じて荒涼の感をもおこさせる。

夜に入って、なお海のような音をたてる樹々の声に寝つかれず、篤は女中にウィスキーをもってこさせて、縁側の籐椅子《とういす》に坐《すわ》って飲んだ。隣室に、牧子はねむっている。

しだいに彼の血もざわめいてきた。緩慢に彼女の心をやわらげてゆく予定が急にばかげたものに感じられた。

どっちにしても、結局おなじことではないのか。一生つきあう女じゃあるまいし——。

「ごめん下さい」

襖《ふすま》の外で、かぼそい声がした。

「牧子です」

篤は、むしろぎょっとした。

「どうしたの？」

「こわくって眠られないわ」

「こわい？　まあ入んなさい」

牧子は入ってきた。ねまきのままで、蒼《あお》い顔をしている。

「電気をつければ窓ごしに、樹々が大波のようにうごくのがみえるでしょ。電気を消しても、へんに蒼いひかりがさして、部屋じゅう何かが這《は》いまわってるようなの。それに、あの音！」

彼女は恐怖のあまり、ウィスキーに充血した篤の眼のひかりにも気がつかない風だった。

篤はひくい声でいった。

「ここで、ねるといい。女中をよんで蒲団をはこばせるといい」

「いいえ、もう夜中ですもの、あたしがもってくるわ」

牧子がとなりの部屋から蒲団をはこんでくるのを、篤はじぶんの心臓の鼓動の音をききつつながめていた。

「まだ、おねむりにならないの？」

と彼女は彼をみた。

「うん」

といったまま、彼はしばらく声も出なかったが、

「明日は船にのるのだから、寝不足だと酔うよ。はやく寝なさい。僕もこのグラスをあけたらすぐに寝るから」

といった。あまりにも期待通りの夜になって、彼は身うごきもできない思いだった。

篤はそれから、ウィスキーの瓶が半分ちかくなるまで飲んだ。森の中で、ばしっと樹の枝が折れた音がしたとき、彼はびくっと牧子の方をみた、牧子は向うむきになって寝たまま、身じろぎもしなかった。

篤はテーブルに両手をついて立ちあがった。そして、獣くさい、火のような息を吐きながらそろそろとちかづいていった。

牧子は、ほんとうにねむっていた。灯をうしろに、その顔はおぼろに、睫毛《まつげ》の翳《かげ》がびっくりするほど長かった。ルージュもつけないきれいな唇をやわらかくあけ、顔をちかづけると、舌のさきがみえた。そして、すやすやと寝息の芳香が篤の鼻口にからまった。いつか眸が買ってきた高級香水のような匂いだった。

「接吻《せっぷん》が五万円か」

ふいにそう思った。とたんに篤は金縛りになった。

五万円支払うのが惜しくなったわけではむろんない。じぶんの醜悪さが、突然、牧子の顔からはねかえされたようなショックにうたれたのだ。この童女のような――天使のような寝顔をみるがいい。この娘は、すっかりおれを信じて、ここに来て安らかにねむっている！

いよいよ凄《すさま》じい風音の中に、篤は凝然と立ったままだった。

翌《あく》る朝、ふたりは十和田湖から緑の豪華なトンネルみたいな奥入瀬《おいらせ》渓流を通り、下りていった。路《みち》はほとんど水面とおなじ高さにあった。美しい滝は、右に左に、かぎりなくあらわれた。牧子は熟睡して、血色のいい頰を幸福げに篤にもたせかけ、ハミングしていた。寝不足の篤は頰までげっそりしていた。彼はついに何もできなかったのである。

嵐は去って、人をばかにしたようなお天気だった。

バスはひなびた酸《す》ガ湯《ゆ》温泉から、九十九折《つづらお》りの山路を、黒松赤松の大樹海を俯瞰《ふかん》しつつ、青森へ下っていった。

三

ぼ、ぼ、ぼううううっと銅鑼《どら》の音がひびくと、船員が支那《しな》の祭みたいな銅盤を鳴らしてあるいた。

青森から函館《はこだて》へわたる連絡船の甲板に立って、白い海鳥を見ている牧子に、篤はこのときになって、やっと話しかける元気が出た。

「きのうの晩、君、ほんとに可愛い顔をして寝てたなあ。あの風で、僕はよく寝られなかった」

「まあ、あたし、すっかり安心しちまって」

牧子は顔をうすあかくした。

「安心もできないぜ。実に君の寝顔をみてて、いっそ五万円を支払おうかとずいぶん迷った」

「五万円？」

「接吻さ。それどころか、三十万円を――」

青い海の風に、牧子の頬の色が白ちゃけたようにみえた。

きっと、篤の顔を見まもった。

「脇坂さん、あたしの信頼を裏切らないで――もし、そんな目にあったら、五万円も三十万円もいりません。あたし――ここにアトロピンの瓶をもってるのよ」

「アトロピンて何だい？」

「〇・〇五グラム致死量の薬なんです。去年強盗に悲しい目にあわされたお友達のかたみなの」

篤はぎょっとして、牧子をみつめた。その眼に、にくしみにちかいひかりがやどった。

「君はそんな用意までしてやってきたのかね。何も死ぬほどきらいな男といっしょに旅行にくることはあるまい」

　牧子はあわてて、はげしく首をふった。

「いいえ、そうじゃあないんです。あたし、あなたがきらいじゃありません。それどころか、あなたをありがたい方だと思い、信じているんです。……けれど、あたくしは小泉さんを裏切るようなことになるのはいやなんです」

「小泉？　ああ、あの学生か。やっぱり君たち恋人なんだね」

「いいえ、ちがいます。恋人だったら、まさか知らない男のひとと旅行なんかに来やしません。……あのひとは、ずいぶん心配しました。けれど、あたしお金が欲しかったんです。あたしもバイトしなくてもいいなら、どんなに勉強できるかしれやしないと思って、お金も欲しかったけれど、あたしのためばかりじゃなく、あのひと、まだ授業料もはらえない始末ですから……」

「それで、僕から金をもらったら、小泉君にやるというわけか。そう小泉君にいったのかね」

「え、こんなチャンスはまたとないんじゃない、といってやったら――」

「小泉君は承知したのか」

「ええ」

「しかし、それなら、やっぱり恋人じゃないか。恋人でないなら、君が小泉君にお金をやるはずはないだろう」

「あら、そんなことはないわ。……あたし、貸すって約束したんです。バイト学生どうしの友情ですわ。バイトをやってる者でなくっては、とてもこの心理は説明できませんわ」

「その心理はドライなのか、ウェットなのか。どっちかよくわからんね。しかし、小泉君が、君の旅行をあんなに心配したり、君が小泉君を裏切るくらいなら死んだ方がいいなんていうのは、完全なウェットだな。やっぱり恋愛感情だよ」

「恋愛じゃありません。……お金が入ったら半分は貸したげる、ほんとうにこんなチャンスは二度とこないわよ、といったら、それもそうだな、とかんがえこんじまいました。それでも、ただ旅行についていってもらうだけで五万円もくれるなんて、どうも話がうますぎるなあ、と、まだ、ぐずぐずいってるから、あたしもとうとう腹をたてて、あの男――すみません、あなたのことなんです――あの男よりも、あたしをなぜそんなに信用できないの？　お金に釣られて肉体をささげるようなあたしだと思ってるの？　だいいち、恋人でもないのに、どうしてあたしの行動を束縛するの？　といってやったら、やっと承諾したんですの」

篤は、いつしか苦笑していた。さっき、むっとした感情はもうきえていた。しかし、牧子は、篤の笑顔をはねかえすようにきびしい表情になっていった。

「あたしの裏切りたくないのは、小泉さんへのあたしのその約束の言葉なんですの。いいえ、あたしの心なんですの。アトロピンまで持ってるのは、あたしが自分の良心へかけた鎖なんです」

その鎖をおれはといてやる、と篤はひそかな闘志をもやした。いや、きっとこの娘にじぶんからとかせてやる。——海峡の風に頬をふかせながら、篤はふてぶてしい笑顔で、だまって牧子を見つめていた。牧子の眼がまたたいた。

脇坂篤と土屋牧子は、函館の町を見物したあと、女子修道院に車をはしらせた。もう夕ぐれだった。

「ああ、トラピスト修道院……あたし、北海道へきて一番見たかったのは、修道院かもしれないわ」

と、牧子はうっとりとつぶやいた。篤はふときいた。

「僕もその名だけはきいていたがね。いったいトラピストって何のことだね？」

「正確にはトラピスチヌス女子修道院というんじゃないかしら？　あたしもよく知りませんけれど、トラピストって、修道院の一派じゃないのかしら？」

篤は思わず笑った。

「何だかわかったようで、わからないな。女子大生の君でさえよくわからないのに、女の子たちはみんなあこがれてるのだから、ふしぎだな」

「だって、そんなことをいえば、カトリックという意味だってだれも知らないわ」

「それもそうだな。……しかし、僕は女子修道院なんて、なんとなく大人の童話だって気がするな」

「童話？　なぜそんなことをおっしゃるの。ちがうわ、もっと厳粛なものだわ」

「そりゃわかってるさ。しかし、女子修道院って、処女じゃないと入れないんだろう？」

「そうだと思うのですけれど……」

そのへんは、牧子にもあいまいだった。

「そうだとすると、処女なんか、何も悩むことなんかないじゃないか」

「あら、そんなことはないわ。処女だって悩みはあるわ」

「処女の悩みなんか、悩みのうちに入らないさ。男を知って、はじめて女の悩みというものができるんだ。最初から悩みを知らない者が、一生禁男の城に入って何を修行することがあるのかな」

牧子は返事をしなかった。修道院をからかうような篤の言葉に感情を害したらしかった。

しかし、そういった篤も、夕ぐれの空にそそり立つ尖塔《せんとう》や、赤黒い煉瓦《れんが》造りの建物の重さ、暗さをみたときは、「大人の童話」などいう軽薄な言葉が、その夕闇のなかにかげろうみたいに消え去るのをおぼえた。ここに入っている女たちの哀しみと歓びをその重く暗い建物が実感させせた。修道女の姿はひとりもみえず、ただ年老いた尼僧ひとりだけが、格子ごしに礼拝堂などを案内してくれた。牧子の眼はただ感動のみにかがやいていた。

ふたりはその夜、修道院にほどちかい湯ノ川温泉にとまったが、まるでじぶんも修道女に化したようなおごそかな牧子の顔を、篤はただ憮然《ぶぜん》として見まもるよりほかはなかった。

牧子の顔にあらわれた厳粛さは、札幌《さっぽろ》へついてからもつづいた。篤はいくぶん皮肉な、しかし、充分好もしさのこもった眼でそれをながめた。きよらかな処女と旅をする愉《たの》しさは、このあいだまでの暑苦しい笹代との愛欲を想い出すと、まるで甘く冷たい空気を吸うようで、この愉しさは心ゆくまま味わわなければならなかった。そのあとに待っているものをかんがえると、その愉しさはいよいよ名状すべからざるものがあった。

北海道の風物は、さすがに内地とは一変していた。見わたすかぎりの青い大平原のなかに、煉瓦造りの煙突やサイロがみられるのも、なんとなく北欧くさく、なかに、あちこちと黄色い絵具をなすったような花を、北海道ではまだ菜の花が咲いているのかと思ったが、さすがにそれは菜の花ではなく燕麦《えんばく》の花だと人にきかされた。札幌の町は、建物などは東京の一区劃《くかく》と変らないほど近代的で、そのうえ、陽はあくまでも白く明るく、町の大通りに花が咲きみだれて絵のように美しいのに、東京ではかけらもない哀愁の感があふれていた。それは旅上の感傷もあったろうが、それ以外に、東京の大群衆にくらべ、路上にいかにも人影が少ないのに原因しているものと思われた。

月寒牧場にいった。よく写真にあるこの牧場のポプラの並んでいる風景は期待してたほどのものではなかったが、この牧場からみた札幌の町は、野の果てにうかぶ蜃気楼《しんきろう》みたいに美しかった。町の彼方《かなた》に青い山脈があり、七月というのに、それはまだ雪をかぶってみえた。

ふたりは定山渓温泉《じょうざんけい》に泊った。牧子は牧歌的気分にひたりつづけ、篤はようやく彼女に対する新しい欲情をもてあますようになっていた。

四

札幌から阿寒《あかん》にゆくまえに、いちどひきかえすかたちになるが、ふたりは洞爺湖《とうやこ》を見物して、それから登別《のぼりべつ》温泉に出かけた。

登別は、背後の山にケーブルカーなどがあり、北海道第一の大温泉らしく、旅館も多く、あかぬけした明るい温泉だった。

或《あ》る小さな旅館にふたりは入った。硫黄《いおう》がぶきみな噴煙をあげている地獄谷を見物して宿にもどったその夕方のことである。

煙草を買いに篤が玄関の横の売店の方へ出てくると、帳場の前で、ひとりの中年男が番頭らしい男とひそひそ話しをしていた。

「影絵と映画で一万三千円やって……そりゃたかいね」

番頭が何かいうのに、男はまたいった。

「映画なんて、どうせ何度もみた奴やろ。あほらしいな。影絵だけでいいから、八千円くらいにまからんかいな」

「それが、やはりセットになっておりますんで……」

篤は、ふたりの対話の内容がすぐにわかった。そっとふたりのうしろにあゆみよって、声をかけた。

「あの、何でしたら、僕も仲間に入れてくれませんか？」

その客と番頭はとびあがった。

「代金は、半分こちらも持たせていただきますが……」

客はしばらく篤の顔をみていたが、急に四角な顔に金歯をひからせて、にたにた笑い出した。

「知ってはるのか？　いや、それならねがってもないことや。ここの影絵はなかなかの傑作やそうでおまっせ。……」

〝影絵〟という見世物がいかなるものか、篤はいちど眸といっしょに伊豆の温泉にいったとき見て知っていた。

その夜、篤と牧子が、鯉とサヨリの洗い、焼き茄子《なす》と鮭、豚と馬鈴薯《ばれいしょ》とトマトのシチュー、かずのこ、生ウニなど、いかにも北海道らしい夕食をおえたところに、番頭がやってきた。

「お客さま、ええと、私どものところでサービスのショーをお目にかけたいのですが、御覧下さいますか？」

「ショー？　どんなショーだい？」

篤はそらっとぼけた。

「へへ、それは御覧になってからのお愉しみで……」

番頭もそらっとぼけた。まえもって打ち合わせてあったのだ。番頭の金壺眼《かなつぼまなこ》が、湯あがりにちょっぴりビールをのんで、匂いたつようなういういしい牧子のえりあしにちらと走ったのに、牧子は気がつかず、眼をかがやかせた。

「まあすてき！　すこし風景の見物には飽きたわ。ね、そのショーをみにゆきましょうよ、ね、はやく、ね！」

番頭に案内されてその部屋に入ったとき、そのはしに四つお膳《ぜん》がならべてあり、その上に酒や料理がのせられていて、一方の二つの膳のまえに、ドテラをきた男と女の一組だけが坐《すわ》っているのをみて、牧子はへんな顔をした。

「あ、いらっしゃい。どうぞどうぞ、もうこちらはおさきにいただいとります。そろそろ支度もよろしいようで」

と、男が金歯をひからせて笑った。女は芸者風だった。男がいったとおり、ふたりは盃《さかずき》を手にしていて、まっかな顔をしていた。

「あたし……もう、おなかがいっぱいだわ」

と、牧子はしりごみをした。

「いや、これは食べたくなければ、食べなくったっていいんだろう。ショーをみるのが目的なんだから、……まあ、坐んなさい」

と、篤は牧子をその膳のまえにおしやり、じぶんも並んで坐った。真正面の襖《ふすま》はとりはらわれて、白い幕が張ってあった。

「映画なんですの？　ショーって映画なんですの？」

と、牧子はささやいた。何も経験したことのない牧子であったが、なんとなく異様な雰囲気を感じて、おびえた声だった。

「さあ？」

と、篤も眉《まゆ》をひそめてくびをかしげた。

「いったい、何をやるんだろうね」

そのとき、白い幕の向うで、レコードの音楽が鳴りはじめた。そして、若い子の声がきこえた。

「では、はじめます。……第一景、春愁。――」

そのとたんに、部屋の電燈《でんとう》がぱっと消えた。「あ」と、思わず牧子はさけんだ。幕も一瞬みえなくなったが、やがてそれはぼうっと赤くひかりはじめた。その向うに強い光源があるのだ。――そして、その幕にひとりの女の立像が浮かびあがった。

それは若い女の全裸の影絵だった。長い髪を背にたれて、ややのけぞりかげんのあごからのどへかけての線は、胸へながれてみごとな乳房をえがき出していた。横むきになっているので、草叢《くさむら》のような恥毛さえ一本一本はっきりとみえた。

女の影は唇をつき出して何かを吸うようなかたちをみせたり、じぶんの乳房をなでたりもんだりして、それが〝春愁〟という意味だろうか、やがて悶《もだ》えの姿態を示した。

その赤い幕をとおすひかりに、牧子は口をあけていた。あっけにとられているようだった。――が、その影絵が、じぶんの指で自慰をはじめる姿を見せるにいたって、彼女はいきなり篤のそばにいざりよった。全身がふるえていた。

「いや。……ゆきましょう」

「おどろいたな、これがショーとは。……」

幕のむこうでは、影絵があえぎ声をあげはじめていた。男の胸をかきむしるような声だった。

「ゆきましょう。……ね、おねがい」

牧子の声はかすれた。すると、となりで怒ったような声がきこえた。

「しずかにしてや。気分こわさんといてえな。一万三千円の見世物やで」

牧子は、びくっとしたように、篤の腕につかまったまま、うごかなくなった。篤はそちら側をみた。中年男はしっかりと芸者を抱きしめていた。赤い幕のむこうでは、もうひとつの影が横から出てきた。それは頰かぶりをし、尻《しり》からげをした強盗風の影だった。その影は、自慰に夢中の影をしばらくながめていたが、やがてそばに寄って出刃庖丁《でばぼうちょう》をつきつけた。娘はのけぞりかえってびっくりし、つぎに、恥ずかしさに身もだえする様子をみせた。

「こまったことになったたな。こんなショーとは思わなかった。……」

「こら、しずかにせんか！」

と、相客はまたどなった。かまわずに篤はいった。

「しかたがない。土屋君、がまんしてくれ、なあに、動物の影絵だと思ってればいい。これも――ひとにはきかせられないが――旅の話のたねだよ……」

影絵の強盗は、娘の影をつかまえて、立ったまま凌辱《りょうじょく》しはじめた。むろん実際にそうしているわけではなく、影だけのトリックにちがいないが、その姿態といい、動きといい、そしてまたついに娘が無我夢中になってしがみついてゆく息づかいといい、間接的な影絵は、現実以上の美しさと迫真力をえがき出した。となりでも、男に抱かれた芸者が、おなじ息をひきとるようなあえぎをあげはじめていた。すべて承知の上でしくんだことでありながら、篤も全身が充血して、血がふきだしそうな昂奮《こうふん》にとらえられた。彼は膳の酒を茶《ちゃ》碗《わん》にいれて、ごくごくとそれをのんだ。

牧子は虚脱したように影絵に眼をやっていた。胸が大きくあえぎ、半開の唇からは苦しげな息が吐き出されていた。のどが、ひくひくとひきつる音がきこえた。

「飲め、酔うんだ」

と、篤は小さい声でうめいて、茶碗を牧子の口におしつけた。彼女は無抵抗にそれがのどをながれるにまかした。

やがて、電燈がぱっとついた。牧子は篤のひざに顔をふせたまま、身うごきもしなかった。身動きができなかったといった方が正確だろう。むこうの客は、篤を見て、片眼をつむり、にやりと金歯をみせて、おなじようにじぶんのひざに顔をふせた女の背を、ねばっこくなでさすっていた。

篤は牧子を抱きかかえるようにして、じぶんたちの部屋にもどった。牧子のからだは火のようにあつく、震えどおしだった。

篤は、むろん牧子を誘惑の罠《わな》におとす目的で影絵をみせたにちがいないが、情欲のためばかりではなく、この純白清純な女子大生に、あんな強烈で下等な見せ物をみせて、どんな反応が起こるかということも、またべつの好奇心があった。

部屋にはもうちゃんと夜具がしいてあった。そこに寝かせても、牧子はまだ失神したようだった。反応があんまり激烈すぎるので、彼はいささか狼狽《ろうばい》した。

「かんべんしてくれ。土屋君、まったく僕もおどろいたのだよ。……」

牧子はうるんだような眼で彼をぼんやり見つめたままだまっていた。ひらいた唇は、ふだんきれいな薔薇色《ばらいろ》をしているのに、いま異様に赤くもえて、しかも乾いていた。

それが牧子でなくても、またじぶんが罠にかけたのでなくても——このとき篤は、その女の顔に突発的な情欲をおぼえた。

「おい。……」

と、彼はかすれた声でいった。

「五万円あげる。……」

牧子の表情は、靄《もや》をかぶったようにうごかなかった。

「キスしてもいいか。……」

うごかない娘の唇に唇をおしつけようとして、篤は娘の顔からもえあがる炎のような熱気に、ふいにぎょっとしていた。

「おい……どうしたんだ？」

――牧子のからだの熱いのが、決して心理的な原因ばかりでないことを知ったのは、次の瞬間だった。いや、そもそもの原因は心理的なショックからだったにちがいないが、このとき牧子は、ほんとうに発熱していたのだ。

彼は帳場に走って、体温計をかりてきた。三十八度八分あった。それから、医者までよんでくるさわぎになった。医者は診察していった。

「風邪ですな。もうちょっとのところで、肺炎をひき起こされるところでした。まず半月くらい絶対に安静にしていただかなくっちゃあ」

篤は何が何だかわからなくなった。

土屋牧子がもとのからだにもどったのは、二十日もたってからのことだった。

医者は風邪だといったけれど、篤は断じてそう思えなかった。彼は良心のとがめをおぼえ、必死になって看護した。

温泉旅館で、病人に寝こまれては迷惑がられるのが普通だが旅館の方にそう思わせないだけのことをしたのはむろんである。

「もう大丈夫ですわ。ほんとうにすみません。……」

と、牧子はいった。薔薇色の笑顔をみて、篤は胸に灯がともったような気がした。

「いや、僕がつれだした旅行先で、もしものことがあったらと思うと、夜もおちおち眠れなかったよ」

「すみません。まあ、あたしよりあなたの方がやつれていらっしゃるわ」

彼女はからみつくような眼で篤を見まもった。牧子のそんな眼つきをみるのは、篤にとってはじめてだった。

しかし、篤はいまやそれをおそれる気持もあった。あれほど敏感な娘と、これ以上行動をともにして、もしまたじぶんに妙な衝動が襲ってきて、彼女に妙な行動をしかけたら、どんなに恐ろしい反応が起こるかしれたものではない。彼女は、アトロピン以前に死んでしまうかもしれない。

「どうだね、東京へかえるかね？」

「あなたは？」

「僕？　僕は——せっかくここまできたんだから、僕はできたら、やっぱりこのまま、ひとりで阿寒の方へいってみたいと思ってるんだけど……」

「——あたし、お供をしたら、御迷惑でしょうか？」

牧子は息を殺していった。遠慮がちだが、必死に思いつめた表情だった。

「こんなに御迷惑かけて、まだ御一緒にくっついてゆくなんて厚かましいようですけれど、どうしてもあなたのお供をしてゆきたいんです。脇坂さん、あたしもう五万円のお礼なんかいりませんわ。とんでもないことですわ。あたし、じぶんにできることなら、どんなことでもして御恩をかえしたいんです。……」

五

釧路《くしろ》から、一望千里の原野をすぎて、やがて、から松やとど松や白樺《しらかば》や深山榛《みやまはん》の木《き》などの大原始林のあいだを九十九折《つづらお》りにのぼっていって、脇坂篤と土屋牧子は阿寒にやってきた。

湖畔の町は、旅館と土産物店だけといってよかった。旅館や土産物屋の屋根が燕《つばめ》の白い糞《ふん》だらけなのは、ちょっとふしぎだった。土産物屋といっても、熊の彫物ばかりである。実際に、あちこちの店頭には、生きている熊をつないでいた。店の中では、アイヌ人らしい顔の男が、しきりにのみをふるっていた。宿の女中の話しによると、そのうちの或《あ》る民芸店の若主人はアイヌ人だが、この春東京から旅行にきたお嬢さんが猛烈に恋愛して、とうとうお嫁さんになってしまったということだった。阿寒湖らしいロマンチックな話だった。

町をあるきながら、篤をちらちらみていた牧子が、ふしぎそうにいった。

「脇坂さん……あなたの顔、アイヌ人に似てやしなくって？」

「びっくりすることをいうな」

「あら、びっくりなんて、あたし褒めたつもりなのよ。顔の彫りがふかくて、ひげが濃くて、すごく魅力的だわ」

牧子が心にもないお世辞をいうような娘ではないと知っていなかったら、篤はいよいよ気をわるくしたところだった。また、たとえ牧子がそう思っていたとしても、彼にはじぶんが魅力的な男だとは到底信じられなかった。なるほど顔に鋭いところがあり、ひげの濃いところはそのとおりでも、それ以外に、アイヌにもじぶんにもどこか追いつめられた者の表情があって、その共通した感じを牧子は敏感にとらえたのではなかろうかと思った。顔の鋭いところも、あの封印切——いや、あの殺人以来の変化だと思う。

彼らは船にのって、マリモを見にいった。マリモの棲息《せいそく》しているところは、阿寒湖の果ての一カ所だけだということだった。船室の各座席のまえに、一本ずつ円筒の水中眼鏡がそなえてあって、これで水底をのぞく仕掛けになっているのだが、その眼鏡でのぞいてもよくみえず、かえって船尾に立っていると、スクリューが水をかきまわして、無数の青いマリモが浮かびつ沈みつするのがよくみえるのが滑稽《こっけい》だった。

マリモよりも、篤は、夕日の下の湖そのものや、また水際まで地肌は、ただ岩ばかりなのに、えぞ松やとど松が森森とおいしげっている風景の方が興味深かった。

しかし、篤はあまりしゃべらなかった。機嫌はわるくなかったが、むしろ沈鬱《ちんうつ》だった。それはこの阿寒にきてからのことではなかった。登別以来のことだった。

牧子は、不安そうに彼をみていた。その眼には、不安ばかりではなく、いままで彼女にみられなかった哀艶《あいえん》といっていいつやがあった。牧子は彼を愛しはじめたのである。彼の思うつぼにはまったのである。それなのに、篤にとって、牧子はまだ単なる同伴者のままだった。

はじめは、あまりに過敏な彼女の反応におそれをおぼえた。もっとも処女にいきなりあんな見世物をみせれば、ただごとでない反応を起こすのが当然だといえばいえる。彼はいつのまにか、眸と笹代というふたりの女の経験から、性愛的に麻痺《まひ》していたのである。また牧子を射落すのに、はやりすぎたのである。

しかし、ともかく、結果として、牧子の態度はあれ以来変ったと思う。さて、そうなると彼には、それまでかんがえてもいなかった困惑が生まれてきた。

牧子とは、眸の場合のように、六ヵ月だけの愛人という契約をむすんではいなかった。そんなことは不可能だった。といって、笹代の場合のように、六ヵ月たったら無断でにげ出すということもできなかった。いまこの娘とそんな関係になって、六ヵ月後ににげ出したら、彼女は自殺するかもしれなかった。

（いっそ、この娘と結婚したら、どうだろうか？）

篤は、ふと夢みた。容姿もきれいだし、心も清純だし、処女の理想像といっていい。それに眼が――あの匠子とそっくりだった。何かのはずみでふりかえり、ちかぢかと寄せたその眼に、ふとめくるめくような錯覚をおぼえることすらあった。

しかし、それはできない。牧子とは結婚することはできないのだ。じぶんのいのちは、あと二年しかないのだ。それを思うと彼はあぶら汗のながれるような恐怖にしめつけられ、つぎに兇暴《きょうぼう》な感情がつきあげてくるのをおぼえる。が、そんな荒々しい眼で牧子の顔をひと目みると、ふいに彼女を蜘蛛《くも》の巣にかかった蝶《ちょう》のような可憐《かれん》なものに思われるのだった。この娘を犠牲《いけにえ》にするのは罪だ。

しかし、牧子は、彼のあとを追ってきた。その原因が、あの影絵だという可能性は大いにあると思うと、篤はいよいよ彼女に罪の意識をおぼえないわけにはゆかなかった。といって、一方彼も、この娘と別れたあとの寂寥《せきりょう》を想うと、たえがたいような感情にとらえられていた。

彼の沈鬱な表情は、こんな心の混乱から生じたものだった。

湖を船でもどりながら、黒ずんだ山々に沈んでゆく夕日をみたとき、彼はふと死を想った。いったいおれは、あと二年生きる必要があるのか？　二年後に死ななくてはならぬ運命が鉄のように頑とそびえている以上、そこにあたまをぶっつけて死ぬよりも、いますこしでも余裕のあるときに、人生に対する冷笑をうかべつつ死んだ方が、「うまい死に方」ではなかろうか？

死神が、彼をとらえた。

ただ、その死を、この美しくきよらかな処女に見とってもらうのだ、と彼は牧子の横顔をちらと盗み見て考えた。

それは阿寒湖という北の果ての山の中のロマンチックな湖が醸し出す妖気《ようき》のせいだったかもしれなかった。しかし、そう思いついたとき、篤は暁のひかりにうたれたように明るいきもちになった。

篤が、じぶんの犯罪を牧子に告白したのはその夜のことだった。

六

彼は、牧子を散歩につれ出した。美しい月明の夜だった。湖畔づたいにあるいてゆくと、さざなみは音楽のようにふたりの耳をなでた。宿を出るまえから、牧子はへんな顔をしていた。それは篤が、

「きみはボートがこげるかい？」

ときき、牧子が、ええ、とうなずくと、

「きみ、いつかのアトロピンをもっているかい？」

と、きいた。

「あれ、どこにあるかしら」

と彼女がまごつくのを篤は牧子のボストンバッグの底まで捜させた。そして、それをじぶんのポケットにおさめたのである。

「いったい、どうなすったの？」

牧子は不審そうに篤を見あげた。

「君はいつか僕に誘惑されたら死ぬつもりだといったっけね」

「まあ、あんなことを……、もう、そんなお話しては、いや」

と、牧子ははげしい調子でいった。

「あたし、どうしてあんなことかんがえたのかしら。……もうあたし、どんなことがあっても死なないわ」

どれほど意識していったのか、それはあきらかに牧子が彼に心をゆるしている言葉であり、また誘惑の言葉ですらあった。それこそ曾《かつ》ての篤なら、待ちに待ちうけた言葉のはずだった。——しかし、彼は放心したようにいった。

「僕はいま、人間はどうしたらいちばん愉《たの》しく死ねるだろうと考えてるんだがね」

彼は憑《つ》かれたような歩行をのろのろとつづけていた。

「ほんとうは、いま全世界の人間が最大罪悪だとみとめている水爆——あれで、ピカリとひかった瞬間に死ぬのが最大幸福じゃないか？」

「なんてことをおっしゃるの？」

「土屋君、しかしね、世の中には、いま水爆でもおちて何もかも吹っとんでしまえばいいと思ってる人間が、案外多いかもしれないんだぜ。わが世の春をたのしんでる幸福な人間よりは、そんな不幸な人間の方がたくさんいるのじゃないかな」

「どんなに不幸でも、じぶんの意志とは無関係に死ぬことを望むほど不幸な人間は、この世のなかにいないはずだと思うわ」

「じぶんの意志からの死といえば、自殺じゃないか」

「理窟《りくつ》はそうなりますけど、水爆とか自殺とか、そんな異常な死に方じゃなく、だれだって、ふつうの人間らしい死に方で死にたいと望んでると思いますわ」

「ふつうの人間らしい死に方……たしか人間が死ぬ原因は、いちばん多いのは病気で、その次は事故だったと思う。ところがね、病気で死ぬのも、事故で死ぬのも、どっちもらくなものはひとつもないらしいね。まあ脳溢血《のういっけつ》でころりとゆけたら倖《しあわ》せだろうが、そうはうまく問屋がおろしてはくれんし、第一半身不随にでもなって生きてゆかねばならんとしたら、これはみじめなものだ。事故でも、不自由な身体になるくらいだったら、いっそ死んだ方がましだし、かといって、即死の場合は当然屍体《したい》はひどいことになってるだろうからね。いずれにしても、これまたこっちの意志の通りになることとじゃないよ」

「脇坂さん、どうしてそんなに死ぬ話をなさるの？　まるで死神に憑かれたみたい」

「そうなんだ。僕はこれから死のうと思ってるんだ」

牧子はぴたりと足をとめた。月光の中にも、顔色が変るのがみえた。篤はやさしく微笑した。

「いや、君を道づれにしようとするつもりはないよ」

「なぜ、死ぬなんて……」

「なぜ僕が死ぬかっていうと……死ななくちゃならんからだよ。それはね」

彼はしずかに、恋する女の幸福を護《まも》るために破廉恥な男を殺したことを告白した。長い長い物語だった。

蒼白《あおじろ》く硬直した牧子の顔が、しだいにぼうっとうるんできたようだった。眼がかがやいてきた。彼女はしっかりと篤の手をにぎりしめた。

「脇坂さん、そんな……あなたがお死にになる理由はちっともないわ！　その悪い男を殺さなくっちゃ、その女の人の一生が殺されたとおんなじになるんですもの！」

「僕が死ななくちゃならんわけは、それだけじゃあないんだ」

彼は、次に、例の公金横領の男からおしつけられた恐ろしい義務と、それに対するじぶんの叛逆《はんぎゃく》のことを告白した。それから、せめてもの人生を飾るために「女人を旅し」はじめたことも。――それを語る篤の顔は、むしろ清浄ですらあった。

「こういうわけだ。あと二年ばかりのうちに、そいつが刑務所から出てくる。僕にあずけておいた金を受けとりにやってくる。その金を僕がぜんぶつかってしまったと知ったら、そいつは怒り狂って、僕の殺人をばらすだろう」

「ばらされたって、平気じゃありませんか。神さまに恥じない殺人だと思うわ」

「僕もそう思う。しかし、その殺人がばらされると、必然的にその不幸な女のひとの秘密が白日のもとにさらされる。……僕が死んでしまえば、それは永遠にわからないんだよ」

彼は微笑した。

「土屋君、人間は、ふだんだれも考えないが、いつかはだれだって死ななくちゃならんのだよ。幸福だった人間はそれなりに、不幸だった人間はまたそれなりに、苦しみながら、不本意な息をひきとらなくちゃならんのだよ。そして僕は、そういうわけで、二年後には人生の幕を下ろさなければならん。僕はそんなじぶんの人生を不幸だとかんがえていた。

しかし、いま思うと、案外そうでもないような気がする。少くとも、僕のえらんだ新しい人生はね。ふたりの女性はほんとうに僕を愉しませてくれたし」

彼は牧子の顔をのぞきこんだ。

「それから君も――そして君を処女のままにしておいたことも、僕がきもちよく死ねる理由の一つになるようだ」

彼は湖をみた。湖にきらきらと月光がかがやき、そしてまわりの山々は神秘な霧にぼやけていた。湖は果てしないものにみえた。

「さて、いよいよ具体的な話になるが、自殺というとね、それに必然的にからみついてくる二つの難点がある。その難点を解消とまではゆかないが、少くとも弱めることができそうなのは、それも僕の幸福だよ。それは、自殺しなければならんという究極にいたるまでのさまざまな苦労がその一つだが、僕の場合、そんな苦しみはない。僕はあまり人に迷惑をかけず――まさに、いま君のいってくれたように、神さまに恥じることなく死んでゆけそうな気がする。次に、死そのものの苦しみだが、これについて僕はうまいことを考えたのだが、実際はどんなものかな。それはね、これから君とボートにのって湖心に出て、僕ひとり泳ぎ出すのだ。湖の果てへ、果てへ――と泳いでいっても、僕は水泳ができるから、存外どこかの岸へ泳ぎついてしまうかもしれん。だから、いいかげんなところで、このアトロピンをのむのだよ」

牧子は蠟《ろう》のような顔色で立ちすくんだままだった。

「そりゃ多少の苦しみはあるだろうさ。しかし、さっきもいったように、人間死ぬときはどんな死に方だってらくなものはないんだからね。それにくらべりゃ、がまんするよりほかはあるまい。しかもその上、この阿寒の湖、月光、そして君という美しい娘がその葬礼を見送ってくれる。——舞台照明、そして見物人、こんなぜいたくな死に方って、かんがえられるかね？」

彼は笑った。

「土屋君、遺書は宿の僕のトランクの中にある。むろん、いまいったようなことをすべてかいてあるわけじゃない。ただの厭世《えんせい》自殺だとかいておいただけだが、同時に、おなじ鞄《かばん》の中にまだ百五十万円ばかりの旅費の残りが入っている。それも君にゆずるとかいておいた。……さあ、これで僕が死なければならないわけがわかってくれたろう。もしわかってくれたら、せめて僕の最後の介添人になってくれ」

彼は森の方を指さした。それは「ボッケ」といって、硫黄《いおう》の煮えている沼のある森だった。そのそばの湖畔に二、三隻のボートがつないであったのも、篤はひるまのうちにみておいたのである。

牧子は、まるで意志力を失ったように、篤のあとについてきたが、ボートにのるとき、ふと篤の顔をみていった。

「あたし……あなたの、三番目の花嫁というわけね」

「そのつもりで、旅につれ出したのだが——」

「そして、最後の花嫁だわ」

牧子は、とびついてきた。一方の足をボートにいれていた篤は、彼女を抱きとめたまま、よろめいて舟の底にころがった。

「あ、あぶないじゃないか」

「これから死ぬのに、何をおっしゃるの」

そういいながら、牧子は篤の上にのしかかり、唇をおしつけた。

夏とは思えない冷たい風の中に、火のように熱い唇だった。

「牧子。……」

思わずそう呼んで、それも意識しないほど篤は狼狽《ろうばい》していた。美しい処女は、ひしと彼にしがみつき、身もだえし、あえぎながらいった。

「あたしも、死ぬわ、いっしょに死んであげるわ。……」

「牧子」

篤は、牧子の胸も折れよと抱きしめた。その頬にわれから頬をすりよせ、牧子はうっとりとつぶやいた。

「でも、そのまえに、あたしをあなたの花嫁にして……この湖のまんなかで、ふたりだけの結婚式をあげて……」

彼はくらくらするほどの感動におそわれた。

まったく計算外のことだっただけに、彼はこの突発事にめくるめくような思いだった。

「いっしょに死んでくれるか、牧子」

ふたりは、またはげしい接吻《せっぷん》をかわした。

しばらくののち、篤は、ふるえる手で、ボートをつないである縄をとこうとしていた。

そのとき、彼は、ふと森の方に誰か立って、じっとこちらを見ているのに気がついた。遠いし、月光に霞《かす》んだ世界の中だったし、いちど錯覚かと思ったが、一種の虫の知らせをおぼえ、彼は、

「牧子、ちょっと待ってくれ、すぐかえってくる」

といって、ひとりボートからあがって、その方へあるいていった。

七

ちかづいてゆくにつれて、その人間はまるで乞食《こじき》みたいにゴザを背負っているのがわかった。

実際篤は、森に住む乞食か何かと思って、途中でひきかえそうかと思ったくらいだった。

しかし、彼は、依然として虫の知らせのようなものにうごかされて、そのそばへあるいていった。

「……きみか！」

と、彼はさけんでいた。

ゴザをかぶって、ぼんやりそこに立っているのは、牧子のボーイフレンドの小泉哲雄だった。

彼はぶしょうひげをはやし、垢《あか》だらけで、痩《や》せて、眼つきもすこし馬鹿になったかのようだった。

「きみは、僕たちを見張ってたのか？」

小泉は、くびをふった。

「いいえ、ひるまからここが硫黄の地熱であったかそうだと見て、ねぐらをここにきめたんですが、いま湖の方で人声がきこえるので、何だろうとのぞきに出たんです。……あなたでしたか、そうですか。こんばんは」

篤はしばらく、まじまじとその大学生の顔をみていた。

「いつ阿寒にきたんだ」

「きのう」

「すると、僕たちとおなじじゃないか」

「そうです」

「それじゃ、僕たちのあとをつけてきたんだね。いつからそんなことをしてたんだ」

「東京から――あなた方が福島の飯坂温泉に泊ったときから、ずーっと……」

篤は、ぎょっとするようなことに気がついた。

「きみ……それは、土屋君も承知の上のことかね？」

「いいえ、知りません。僕だけの単独行動です。……あれは土屋君ですね？　そうだったら、僕がここにいるなんてことはいわないで下さい。知られたら、僕は軽蔑《けいべつ》されちゃいます」

「――どうして君は、こんなことをしたんだ」

「この機会に、僕もひとつ東北から北海道を旅行してみようと思って……」

「うそをつけ。土屋君のことが心配だったのだろう……」

「それもありますが、ついて歩いたってしようがないと天を仰いでうなったこともありましたし……じぶんでもよくわからん心理です」

それは、小泉のいう通りだった。いままでいちども知られないほどひそかについて歩いていたところをみても、もし篤が牧子をどうかしても、救うことも護《まも》ることもできるわけがなかった。

しかし、これまでの旅に、影の形にそうように、ずっとこの色の黒い唇の厚い田舎者じみた大学生が、乞食みたいにくっついてあるいていたのかと思うと、篤の背に冷たいものがながれた。

「よく、金があったな。……」

「金はありませんよ。汽車賃だけ、やっと友達から借りてきたんです。あとになったら、土屋君があなたからもらう謝礼五万円のうち半分僕に貸してくれるというから、それで返す約束で……だから、ずっと、どこでも野宿してきたんです」

しかし、次第に篤は感動してきていた。どうしてついてあるいてきたのか、彼はわからないという。それが弁解であるにせよ、ないにせよ、実に壮烈なばかりの恋であることにまちがいはなかった。

この男ぶりのわるい、汚なさの極致ともいうべき大学生のからだから、何やらひかり出してくるようにみえたが、それは月光ばかりではなかった。

「そうか」

と、ややあって、篤は深い声でいった。

「それじゃあ、君、牧子さんのところへいってやれ」

「い、いや、ぼくは、結構です」

「放っておくと、あのひとは死ぬぞ」

「えっ」

「といって、あのひとが死ななきゃならん理由は何一つもないんだ。僕という死神にとり憑《つ》かれただけなんだ。それをはらいおとすのは、君のその情熱以外にない」

「……」

「牧子さんは処女だ。うそだと思うなら、産婦人科医の証明書をもらうがいい……」

と、篤は微笑した。

「僕は、一晩じゅう、この湖の中を漕《こ》いで朝かえる。夜が短かいから、すぐに明けるだろう。決して死にはしないから、安心して宿で待ってるようにつたえてくれ」

そういって、篤は森の中へ入っていった。

それからふたりが、どうしたか、どんな話をしたか、篤は知らない。篤がふたたび湖畔にもどったとき、ふたりの姿はなく、ただボートがゆれているだけだった。

篤はそのボートにのって、湖心へこぎ出した。死神は去っていたが、彼は虚脱したようにボートのなかにたおれて、やがてこんこんとねむりはじめた。

眼がさめると、湖はまぶしい朝の日光にかがやいていた。篤の全身は湖の碧《あお》に染まったようだった。

彼の体内にはまた新しい生命力が充電されていた。彼はボートをこいで、宿にかえった。

宿の女中が出てきて、牧子と小泉が一番のバスで阿寒をおりていったと報告した。部屋に入ると、篤のトランクの上に、ふたりの置手紙があった。

「脇坂さま、おゆるし下さい。一晩じゅう話した結果、あたしは、やっぱり小泉さんといっしょに東京にかえります。死なないで下さい。いつか神さまが、きっと、あなたをおゆるし下さいます。さようなら。牧子」

と、かいた牧子の手紙とならべて、小泉らしい筆跡の紙片がのこされていた。

「脇坂さん、恐縮ですが、トランクの中のお金の中から、契約の通り、左の分だけいただいて参ります。

一、旅行同伴料　　五万円

一、抱擁代　　三万円

一、接吻代二回分　　十万円
　計　　　　　　　十八万円也《なり》」

四番目の花嫁

一

脇坂篤が東京にかえってきたのは、翌年の春のことだった。

北海道はまだ冬だったが、彼はそれよりもっと厳寒の半年を、雪で覆われたその地で過したのである。わざとそうしたのには、さまざまな理由があった。

彼は清冽《せいれつ》で荒涼たる曠野《こうや》の大気を吸って生命力のたかぶりをおぼえた。同時に、刻々と迫ってくる死の影におびえた。このあらあらしい心のひしめきをたたきつけるには、冬の北海道がふさわしかった。東京の喧騒《けんそう》の中へもどってゆくには、神経がたえられなかった。

もっとも、それ以外にも、現実的な打算があった。それは彼が、阿寒湖のほとりで激情のおもむくままに、土屋牧子にじぶんの犯罪を告白したことだった。牧子が東京にかえって、すぐに警察へとどけ出るとは思われないが恋人の小泉にうちあける可能性はないとはいえず、小泉が警察へ告げるおそれは充分あった。もし警察が知ったなら、北海道にいたところでかくれおおせるものとは思われないが、理窟《りくつ》は理窟として、なんとなくこのさいはての地にいた方が安全なような錯覚があったのである。どんなところにいても、彼は新聞だけはくいいるように読んだ。しかし、彼に関する記事はついに出なかった。牧子は小泉にも、あのことはいわなかったのだ。そう判断するよりほかはなかった。当座の危険はどうやらないようなものの、のっぴきならぬ破局の日がちかづきつつあることは同様だった。彼は、灰色の海のどよもす網走《あばしり》や、凍りつく地の果ての稚内《わっかない》や、吹雪の帯広《おびひろ》などを転々と漂泊して、この苦悶《くもん》をうち消そうとつとめた。零下十何度という雪の夜、わっわっと野獣のように吠《ほ》えながらさすらいあるいて、凍死しかけたことさえあった。

しかし、苦悶はついに消すことができず、清冽で荒涼たる風土に、かえってあらあらしい肉体と魂を養われて、彼は、東京にきた春に吸いよせられるようにかえってきたのである。彼の肉体と魂は酒と女に渇《かつ》えていた。

早春の風に柳が芽ぶき、うるみはじめたネオンの下を、酔いどれた蛾みたいにさまよう篤の姿が、夜ごとの銀座に見られるようになった。

そんな或《あ》る夜、新橋にちかい或るバーで泥酔した篤は、ボックスのとなりにすわって、じぶんが腕をまきつけている女に、ふと遠い記憶があるような気がした。

細面にまつげがながいので眼が異様に大きく見え、どこか病身でさびしそうな翳《かげ》をもった女給だ。しかし彼は、その顔よりもそのまるみをおびたやさしい声に記憶があったのだ。それは稲葉匠子そっくりであった。そして――匠子そっくりの声をもつこの女に、たしか以前どこかで逢《あ》ったことがあった。

「はてな、君、なんていったっけ？」

「志津子っていいますの」

ああ、そうだった！　と篤は心中にさけんだ。これは杉本笹代とおなじ店にいた女だ。笹代をとらえに未亡人サロンにいったとき、彼女のヘルプとしてひっそりと坐《すわ》っていた女給だった。

「君、まえに銀座の未亡人サロンにいたっけね」

「あら、御存じなの？……そういいましたわ」

「いつ、ここへ移ったの？」

「いつだったかしら？　もう一年になるかしら？」

「まえの店に、杉本笹代って女のひとがいたろ」

と、篤は声をひそめた。あの女にもういちどたぐりよせられでもしたら、一大事だ。

「あれ、どうしたか知ってるかい？　またあの店にもどったかしらん」

「ああ笹代さんね、どうしたか知りませんわ。あのひと、あたしがあそこをやめてから、すぐいいお客さんと結婚なすったらしいわ。あら、笹代さんがまたあのお店にもどったかしらなんて、あなたそのことを知ってらっしゃるの……」

「うむ、いや」

と、篤は少々狼狽《ろうばい》した。

「それより君、どうしてここに移ったの。ここのマダムにゃわるいけど、まえの店の方が高級だったじゃないか」

「ちょっとお金の要ることがあったんですの。それも笹代さんのおかげといっちゃいけないことだけど、あたし笹代さんにすこしお金を借りてたんです。そしたら、笹代さんがちかいうち結婚するからって、急にせきたてられて、ここのマダムに借りて返したんですの。ですから——」

笹代のやりそうなことだ、と篤は苦笑した。じぶんと同棲《どうせい》するために未亡人サロンをやめるにつけて、朋輩《ほうばい》に貸していた金をえげつないほどとりたてたことは、充分に想像される。

「それじゃあ、それっきりあのひとのことは知らないんだね。いいんだ、知らなきゃいいんだ」

篤はしきりにくびをふりながら、細面のものかなしげな志津子の顔をじっと見つめた。彼女はおどおどしてうつむいていた。

篤は、はじめてこの女をみたとき、（これも、わるくないな、この女に話をしてみようかしらん）と、あやうく笹代からのりかえる気持になったことを思い出した。この女と、地味で、おだやかな、しっとりとした生活をしてみたい感情になったことを思い出した。

しかし、いまはそんな気持はなかった。もっとあらあらしい感情だった。とはいえこの女の象牙《ぞうげ》を彫ったような陰翳《いんえい》ふかい顔は、やはり美しい。——彼は女に飢え渇いていた。その欲望が、吹雪の国からきた狼みたいに白い牙《きば》をむいて、この数日の酒場めぐりにも、心なしか一目みただけで女がおびえているような感じがあった。どこか、しっくりしないのだ。いま、この女ともしっくりしないが、このおとなしい女なら、金と力で強引にねじ伏せられるような気がした。

「君、未亡人サロンにいた以上、結婚の経験はあるんだろ？」

「――え」

「いま、ひとり？」

志津子の顔に、かすかなとまどいの翳がゆれた。彼は押した。

「君、突然だが、僕と半年ほど暮してみる気はないか。実はね、僕は半年ほどたったらイギリスへゆくんだが、それまで日本の女のひとと、心ゆくまで生活してみたいと思ってるんだ」

と、奥の手を出した。

「そのつもりがあったらここで約束してくれ」

「まあ、そんなに急に……」

「だから、突然だがといってるじゃないか。とにかく、日本にいる余日があまりないんだからね。きいてくれるなら、支度金として、ここに十万円置いてゆくが」

「十万円？」

篤はそくざにポケットから一万円札の束を出して、十枚かぞえて、彼女の手におしつけた。志津子の大きな眼はいっそう大きくなってまばたきひとつしなかった。こんな途方もなく気前のいい客は、彼女にとってはじめてだった。彼女の蒼《あお》みがかった眼に、かすかなおびえの波が立った。

「へんな金じゃない。イギリスへゆくから故郷の山林を売った金だよ」

「そうだった！　あなた、あのとき株でもうけたといってらしたわね。思い出したわ。……」

「株？　そんなことをいったっけな」

篤はうろたえた。

「あんなこと、うそだよ。とにかく不安心なら警視庁へでもいって、脇坂篤という名が指名手配にでもなっているかどうかきいてくれ」

二

脇坂篤が、江城志津子と練馬《ねりま》の奥に同棲したのは、それから十日もたたなかった。まだ周囲は、武蔵野の面影をとどめる麦畑や雑木林にかこまれて、まるで筍《たけのこ》みたいににょきにょきとたてられる、貸家のなかでは、手広くはないが、一応ちゃんとした建物だった。

雑木林はまだ黄色かったが、桃の蕾《つぼみ》はもうふくらみはじめていた。篤はこの八、九ヵ月というもの、ためにためた精力をいっきに吐き出すように志津子を愛撫《あいぶ》した。家では足りないで、散歩に出た。林の中でも彼女を横たえた。彼はいつも彼女を強姦《ごうかん》でもしているような気がした。

志津子はべつに抵抗したわけではない。彼女は気の毒なほど従順だった。そうかといって、ただ義務的につとめを果たしているといった風でもない。やはり、のぼりつめると、じぶんからしがみついてきて、制することのできない声をあげるのだ。その声が匠子にそっくりなので——むろん篤は匠子を愛撫した経験はないけれど——彼はふしぎな昂奮《こうふん》にかられて、むしろ兇暴《きょうぼう》に彼女に力を加えずにはいられないのだった。彼が、志津子を強姦でもしているような感じになるのは、彼女があまりにも、肉体的にも精神的にも、受動的でありすぎるからだった。また、ひとりでいるとき、ぼんやりともの思いにふけっている蠟《ろう》色の横顔が、あまりにももの哀しげにみえるからだった。しかし、篤は、彼女にひどいことをしているとは感じなかった。

いや、実をいうと、彼女にひどいことをしていると思うと、それが名状しがたい快感をおぼえるのだ。彼は、北海道の吹雪の曠野《こうや》で、狼の魂をふきこまれてきたようだった。残酷なまでに女を愛撫しぬいて白いほそい女の四肢がのたうちまわるのをみると、男の力というものを自覚して、いいしれぬ歓喜にもえあがるのだった。それにこの女には、なぜか男にひどい力を起こさせる、病的な官能美があった。

黄色かった雑木林が緑に芽ぶきはじめた。麦畑の青麦も、しだいにのび出した。だんだんと、空気が湿っぽく濃くなってくるようだった。その自然のなかで、篤の志津子への愛撫も、いよいよ執拗《しつよう》になっていった。あと一年半のいのちしか残されていないのだ。

そんな或《あ》る日、篤はひどい歯痛で家を出かけた。駅のちかくにある歯医者への道は、一キロちかくもあった。

いってみると、待合室には七、八人も先客があった。二人ばかり治療をおえて出てくるのを待ったが、一人、平均三十分はかかるようだ。このぶんでゆくと、あと五、六人をすませるのにまだ二、三時間はかかる。それに窓の外の雲がへんに暗くなってきたので、篤はとうとう治療をあきらめて、歯医者の家を出た。

ちかくの薬局で痛みどめの薬を買って飲んだが、ずきずきとうずくような痛みは、いよいよひどくなるようだった。それに、おしかぶさるような雲から、とうとう細い雨がふり出した。

篤が家のちかくの林の中の道に入ってくると、雨は樹々の葉に音をたてるばかりになってきた。彼は大きな欅《けやき》のかげで、雨やどりをした。痛みを、歯科医院で小一時間も待ったくせに、ついに疳癪《かんしゃく》をおこしてとび出してきたじぶんの行為にいよいよ疳癪をおぼえながら彼はそこにじっと立ちすくんでいた。

雨が小降りになってきた。彼はあるき出そうとした。すると林の奥から、だれか出てきた。男と女のふたりだった。その女が志津子であることをちらと見たとたん、彼は反射的にまた欅のかげに身をひそめた。

志津子と男は、その欅のうしろを通って、篤がいまあるいてきた道に出た。雨にぬれるのもかまわず、ふたりは向かいあった。と思うと、どちらからともなく、ひしと抱きあった。篤は志津子の背なかに二、三枚の枯葉がくっついているのを見た。男は志津子に頰ずりをした。三十をすぎた、これも病身そうな、不精鬚《ひげ》をはやした顔が、くぼんだ眼で、ふと十メートルばかりはなれた篤に気がつくと、ぎょっとうごかなくなった。志津子も気がついて、ふりむいて、顔がみにくくゆがんだ。

「にげて――」

そうさけんだようである。男は、志津子をつきとばすようにしてにげ出した。

篤は無表情にあるき出した。志津子の前に立つと、いきなりその頰をなぐりつけた。志津子はよろめいて、

「ゆるして下さい。……あたしの夫なんです」

と、さけんだ。

実は、一目で、篤はそうと見ぬいていた。彼は志津子が男と抱きあったのをみて、或《ある》いは背中に枯葉をつけているのをみて、それに腹をたてて彼女をなぐったのではなかった。しいていえば、いままでのいらいらの吐け口をみつけたといえばいえるが、しかし、ほんとうはなんのために彼女をぶったのかよくわからなかった。

志津子の夫は、もう三十メートルもにげていたが、志津子の小さな悲鳴にふりむいた。泣き出しそうな顔だった。――そして篤にむかって、ふかく小さくお辞儀をしたのである。篤の心にむらむらとした怒りがわいてきたのは、そのときだった。彼はもういちど志津子の頰を打った。

しかし、志津子の夫はかけよってはこなかった。なんと彼は、腰がぬけたように、そのままぬかるみの上に、ぺたりと坐《すわ》ってしまったのである。

「かえるんだ」

と、篤は志津子の手くびをちぎれるほどにぎって、あるき出した。志津子の頬は雨と涙にぬれてひかっていた。

「すみません。来ちゃあいけないっていってあるのに、子供が病気だからって……」

――きみはひとりといったじゃないか、などとわかりきったことを篤は詰問しなかった。冷たい声でいった。

「かえってやらなくてもいいのかね」

「いいんです。大したことはないようなんです。ただ、医者につれてゆくお金がないからってもらいに来て……」

「子供はいくつになるんだ」

「五つ、幼稚園にいってるんです。女の子なんです。……」

「病気はなんだ」

「熱が出てるっていいますけど、小さいときからしょっちゅうのことなんですわ……」

彼女の顔はわななないていた。

「亭主は何してるんだ」

「何度も就職したんですけれど、運がわるくて、つとめた会社がみんなつぶれて――いま、子供のお守りしてますの。あたしがかえるまで――」

「女房に働かせて、ごろごろしてるのか」

「あのひとも、少しからだがわるいものですから……」

「子供の病気に金がないって、君には毎月たっぷりと金はわたしてあるじゃないか。それを送ってたんだろう」

「え、でも、前にお友達の借金の保証人になったことがあって、そのお友達が失敗して自殺しちゃったので、いまでもその借金に追いかけられてるんですの。ほんとにあたしたち運がわるいんですわ。……」

林のはしで道をまがるとき、ちらと篤がふりむくと、哀れな亭主は犬みたいにあごをつき出して、不安そうにこちらをながめていた。その姿勢で、彼がきっとあとをつけてくることを篤は感じた。

女房を臨時の妾《めかけ》にやって、じぶんは子供としょんぼり暮している夫――それに道徳的な怒りはおぼえなかった。その見地からいうと、ひとの女房を愛人にしているじぶんの方がもっとわるい。道徳などというものは、あと一年半しか残っていないじぶんの人生には、容《い》れる余地はないのだ。――それにもかかわらず、篤の心には、たしかに歯ぎしりするような怒りがあった。

三

「君と暮すという約束の期間はまだ三ヵ月半もあるが、中止した方がいいんじゃないかね？」

と、座敷に坐ると、篤はいった。志津子はうなだれたまま、だまっていた。

それっきり、十分間あまりの沈黙がつづいた。そのあいだに篤は、あの夫が庭さきの生垣のむこうにそっと忍びよっているのを、背中で確認した。

「どうするんだ」

「もし、出てゆけとおっしゃるなら……」

と、志津子はしゃっくりのような声でいった。

「僕はそんなことはいわないよ」

と、篤はくびをふって芝居がかった大声をはりあげた。

「僕は君を、いま女房と思ってるんだからな。女房がほかの男と林の中なんかでねころぶのは、僕にとっては姦通《かんつう》行為だと思いたいよ」

「すみません……」

志津子は片腕をついた。ぬれたきものがぴったりとその肩から腕にはりついていた。篤はふいに、にくしみにちかい情慾《じょうよく》につきあげられた。しかも、この女に対して毛ほどのにくしみはおぼえていないのだ。

「契約期間は、君は僕のものだ。そのあいだの不貞行為は絶対に僕は、ゆるさん」

「どうにでも……気のすむようにしてちょうだい」

と、彼女はほそい声でいった。

篤は立っていって、その肩に手をかけた。崩折れようとするほそい胴をぐいと抱きとめると、志津子の顔があおむけになった。涙にぬれてあえぐ唇が眼の前にあった。篤はその唇を吸いながら、片手をじゃけんに彼女のふところに入れて、あらあらしくその乳房をもみねじった。

「どうにでも……どうしてもいいか」

と、篤もあえぎながらいった。

「これから君に罰をあたえてやるぞ」

彼は志津子のからだをくるくるまわしながら、帯はむろんのこと、帯しめや腰ひもをとってから、彼女をひったてて、簞笥《たんす》の環にその両手くびをゆわえつけた。彼女のまえははだけて、蠟《ろう》色の乳房から腹部までむき出しになった。

「もう決して不貞行為はしないか！」

篤はそうわめくと、いきなり帯しめで、彼女のはだかの肩をぴしっとたたきつけた。志津子は痛みに身もだえしながらいった。

「ゆるして下さい。でも、あれは不貞じゃありません。……」

「不貞だ！　ようし、そんなつもりなら——」

彼はまた女を鞭《むち》うった。箪笥の環がかちゃかちゃと鳴り、志津子はのけぞろうとして、こんどはまえにからだを折りまげた。雪のように白い肩から乳房へかけて、赤いすじがうかんできた。篤の行為は理窟《りくつ》も何もない。きちがいの仕業だった。女をひどい目にあわせるためにひどい目にあわせているだけで、まるで、きちがいの仕業だった。事実、彼の眼は狂人めいたひかりをおびて、半裸の姿で身をくねらせる女に吸いつけられていた。

むろん、彼としては、これを生垣のすきまからのぞきこんでいる男に見せつけるつもりでやりはじめたことだった。じぶんの女房が、これほどひどい目にあっているのをみて、あの男はどうするか。——しかしその男は、かけこんでくる気配はなかった。雨の生垣の下に、蟇《がま》みたいに這《は》いつくばっていることはたしかなのだ。

「おい、志津子」

と、彼はにくにくしげにいった。

「君に月三十万円の生活費をわたすという約束だったがね。その通り、いままではわたしてきた。しかし、もうこれからはわたさん。米代、電気代、そのたびにそれだけやる。ただし、年期をすませたら、約束した額をまとめてわたしてやるよ」

彼は「悪意の愉《たの》しみ」の快感に歯をかちかちと鳴らしていた。

「どうだ、その約束で、こうされて、まだここにいるか、それともにげ出すか——」

彼は、志津子のくびに腰ひもをあてて、両こぶしを箪笥におしつけた。志津子の蒼白《あおじろ》い顔が充血し、乳房が彼の胸で熱く波うった。一方の拳《こぶし》をはなすと、くびを圧迫していた紐《ひも》がゆるんで、彼女は切なげにあえいだ。歯のあいだからのぞいた舌が、ぞっとするほどなまめかしかった。

篤はいつしか見物人のことを忘れて、わけのわからない陶酔におちいっていた。この陶酔は、はじめての経験ではなかった。志津子を愛撫《あいぶ》するときは、程度の差こそあれいつもこの傾向がある。その異様な酔いごこちには、たしかにいままでの女とはちがう味があった。——女をいじめる愉しみ、女をもだえさせる恍惚《こうこつ》、女をさいなむ悦楽—— いつからそんな嗜癖《しへき》にとり憑《つ》かれたのか、彼にもわからなかった。そのくせ、彼は、志津子をちっともにくんでなどいやしないのだ。

それは愛欲の一形態だった。そんなマゾヒズムの本能はだれにもある。しかし、正直なところ篤は、その本能を本能のまま爆発させるというより、この女によってこの愛欲の形態を味わいつくそうという作為的、技巧的な気持もたしかにあった。そして、女の苦悶《くもん》の美しさに全身もしびれるような快感にひき入れられるとはいえ、きょうの場合は、いつもよりことさら異常であり、これ見よといわんばかりだった。

亭主よ、これでも怒らないのか、おまえはそこにじっとすくみこんでいるだけなのか。

ふいに彼は、自分自身の心の深淵《しんえん》をのぞきこんだような戦慄《せんりつ》におそわれた。これは江城志津子ではない稲葉匠子だ。見も知らぬ他人に奪われた稲葉匠子なのだ。そして、生垣の外に、雨にうたれながら、いくじなくすくんでいるのは曾《かつ》ての自分の姿の変身したものだった。彼は、じぶん自身をいじめ、もだえさせさいなんでいるのだった。

雨が、青葉を、軒を、銀鼠色の靄《もや》でつつんでいる。その五月雨《さみだれ》のなかに、陶酔とも苦悶とも歓《よろこ》びとも歎《なげ》きともつかぬ男と女の、凄惨《せいさん》美にみちたうごめきは、いつはてるともなくつづくのだった。

四

実におかしな亭主だ。じぶんの女房が、眼のまえで、なぐられたり、つねられたりそのたびにかなしげなうめき声をたて、蛇のようにのたうちまわり、はては奇怪としかいいようのない姿態で犯される光景を見ていながら、彼はついにとび出してはこなかった。

忘我のいくときかがすぎて、篤はわれにかえった。ほとんどまるはだかにちかい姿にされた志津子は、いまはながながとうつ伏せに横たわっている。死んだようにみえるが、乳房は青葉のかげをうつして、かすかに息づいていた。篤は庭の方に、ぼうっとした眼をむけた。生垣はひっそりとして、ただ初夏の雨にけぶっているばかりだった。

しかし、そこでたしかに人のうごく気配がした。篤ははっと緊張した。しかし、忍び足の跫音《あしおと》は、生垣からはなれ、遠ざかっていった。

篤は、志津子をそのままに庭にとび出した。下駄をつっかけて、雨の中を潜《くぐ》り戸《ど》に走って、生垣の外をのぞいてみたが、そこには誰の姿もみえなかった。――実におかしな亭主だ。彼はさいなまれる妻をすてて、逃げていったのである。

むろん最初から女房を酒場に働かせ、じぶんは家で子供のお守りをしているという亭主だ。いくじのない男にきまっている。しかし、その女房がひとの妾《めかけ》になり、なぶりものにされているというのに、そのままこそこそと姿を消してしまうとは——志津子を愛人とし、さいなんだのはじぶんのくせに、篤は、体の内側をかきむしられるようないらだたしさと腹立たしさにとらえられた。

いったい、志津子はあの亭主をどう思っているのだろうか。それとなく、彼女のきもちに探りをいれてみたが、彼女はべつにじぶんの夫に軽蔑《けいべつ》も嫌悪も持ってはいないらしかった。

「あのひとほんとうに運のわるいひとなんです」

とかなしそうにいう、そのしみ入るようなつぶやきをきくと、彼女が夫を愛していることを思わずにはいられないのだった。

「いくじがなくって、運がわるい男——あんな男のどこにひかれて、この女はくっついているんだろう。この女ほどの美貌《びぼう》があれば、あれよりましな拾い手はいくらでもあるだろうに」

篤はふしぎにたえなかった。はっきりと、

「君、君の旦那《だんな》さんのどこがいいのかね」

と、きいたこともある。志津子は、ほんとうにこまったような顔をした。

「……いいところなんてあるかしら……ひとつもないようですわ」

じっと、まじめに思案したあげく、顔をあからめてそういうのだ。

しかも、そんなとりえのない男を捨てるとか、別れるとかいう言葉は、やさしい唇からはついにもれないのだった。貞節とか人情とかを意識しているというより、そんな謀叛気《むほんぎ》が、全然胸にうかんでこないらしいのだ。その証拠に、もしそんな貞節などという感情があれば、篤ととりかわす性愛のあいだに、おそらく微妙な薄膜か、異物がはさまって感じられるだろうに、志津子は肉体的のみならず精神的にも、まるで抵抗のない流動物みたいに篤にまつわりついてくるのだ。

いちじ、銀座のバーの女には珍らしい、と神秘的にすら思い、とくに、いままでの三人の女のもっていたそれぞれのドライぶりをいまの女性の通有性だと考えていた篤には、志津子の、じぶんというものがないような液体的な感触が新しい魅力にさえ感じられた。これこそ、昔ながらの日本の女ではないか、と思い、あらあらしく乾いた冬の北海道からやってきた自分をまずとらえたのは、この女の湿っぽさだったに相違ないとかんがえた。

不幸な家と糸がたちきれないのは、子供のせいかとも思ったが、むろんそれもあろうが、彼女は無能な夫にたしかに愛情を抱いているらしかった。

同時に彼女は、篤にも実に従順なのだ。金にひかれているにはちがいないが、必ずしもそうとはいいきれないふしがあった、――あれ以来、ろくに金もやらないのに、志津子は決して彼の家からにげ出そうとはしなかった。あとでまとめてわたす、とはいったが、彼女にしてみれば、その保証はないはずだ。それなのに、彼女には、不安の様子も焦りの色もまったくみられない。

要するに、馬鹿なのだ、と篤は結論せざるを得なかった。頭も感情も不透明で、まるで薄明りの中に生きているような女なのだ。

しかし、それはそれで愛すべき女だった。どうしても、にくむことのできない女だった。——それにもかかわらず、篤は彼女をいじめぬきたい衝動にとらえられた。

「どうして、そんなにあたしをいじめるの？」

ときどき、涙ぐんだ眼で志津子がきくことがあった。しかし彼は、ふしぎにじぶんの理不尽をくやむ気持にはならなかった。そうかなしげにきくくせに、志津子の眼には、女の本能であろうか、篤がじぶんをにくんでいるのではない、という確信がひそんでいるようだった。それどころか、彼女は、じぶんがいじめぬかれるのを、どこか愉しんでいる気配すらあった。

ばかな女だ、と思っているのに、彼女にえたいのしれない沼のような神秘性を感じるのはそんなときだった。彼は志津子のうるんだ眼に、のめずりこむような倒錯的な情欲をおぼえてとびかかり、黒い髪をひきむしったり、唇にかみついたりして、彼女にいよいよ悲鳴をあげさせた。

緑の森の奥の家で、雄と雌の二匹の獣が嚙《か》みあい、じゃれあうような生活がつづいた。そのあいだも、篤はしばしば生垣の向うで、じっとそれをうかがっている弱々しい瞳《ひとみ》を感じた。それを知覚すると、彼はますます狂暴に、昔の無惨絵のような図柄をみせつけずにはいられないのだった。……

志津子は、夫が来ていることを知っていた。いつも知っていて篤からわたされた生活費のうち、千円札を一枚でも二枚でも、封筒に入れて、そっと生垣の外におくことを篤は気がついていた。

ものみなすべて饐《す》えくさるような梅雨どきの或《あ》る日だった。何日も雨にとじこめられて、散歩もできなかった篤は、退屈のあまり志津子をとらえて、例の「なれあい」のような倒錯的な愛欲にふけっていたが、生垣の外にまた臆病《おくびょう》そうな眼を意識すると、だんだんとむずかゆいようないらだたしさにとらえられ、ついにじぶんでもわけのわからない爆発につきあげられてしまった。

「志津子、いつか、どうしてあたしをこんなにいじめるのか、ときいたことがあったっけな」

と、彼はうめくようにいった。

「それは、きみが僕を裏切った初恋の女に似てるからだ」

正確にいえば、顔ではなく、声だった。

「だから、君をみると、心がむらむらとしてくるんだよ。殺してやりたいくらいになるんだよ」

きょとんと、篤をみていた志津子は、このときかすかに微笑んだ。あまりの唐突さに、不自然な可笑《おか》しみを感じたのだろうか。篤は猛然と腹をたてた。

「嘘だというのか」

「だって——」

「志津子、僕のいうことは嘘じゃないよ、なるほど、君がその初恋の女に似てるからってつれてきて、毎日毎日、ひとちがいの君をいじめてうさをはらしてるといっても、ちょっとも信じられないだろう」

実際、そんなつもりで、彼は志津子をさいなんでいるのではなかった。彼は依然として匠子を愛していたし、そして彼女に似た声をもつ志津子をも愛していた。志津子が笑ったのは、その愛情を本能的に見ぬいているからだ、と彼は感じた。篤は焦った。

「しかし、君はおれという人間が、もともと普通じゃないってことを知ってるだろうね。突然君に十万円やったり、いっしょに暮し出して二、三ヵ月は、たしかに毎月三十万円の金を君にやった。そんなことをする人間が、世の中にざらにあろうとは、君も思うまい。……僕のもってる金は、山林を売った金じゃあない。外国へゆくから要らなくなった金でもない。あれは、横領した公金なんだよ」

志津子は、はじめてはっとしたようだった。篤の言葉の内容よりも、その声、息づかいの真実性が彼女をしばりつけたのだ。

篤は、志津子以上に愕然《がくぜん》としていた。彼はいまのいままで、そんなことをしゃべるつもりはなかった。いや、おなじ告白にしても、すこし変形させてしゃべるつもりだったのに、発作的な激情は、つづいて恐ろしい真実を、押えようもなく口から嘔吐《おうと》みたいに吐き落していたのだ。

「僕の横領した金じゃない。農林省の小役人の速水という男が横領したものなんだ。そういえば、君はそんな事件の記憶はないかね。その男が、僕にその金の保管をたのんだのだ。なぜたのんだかというと、速水は僕の犯した殺人を知っているので、それをだまっていてやる代りに、じぶんが刑務所から出所するまであずかっておいてくれと押しつけていったのだ。僕が犯した殺人——それは、初恋の娘をけがした或る男を殺したことだった。……」

篤の顔は、冷たい突風に吹かれたように蒼白《そうはく》になっていた。

「だから、その男は、僕がその金をつかうはずはないとたかをくっている。ところが僕は、その金をつかった。なぜかというと、その初恋の娘が僕を裏切って、よそへお嫁にいってしまったからだ。僕は、その女、いや、じぶんのばかげた運命に挑戦するために、その金をつかいつくす決心をしたんだ。惚《ほ》れた女がひとのものになってるのに、ただべそをかいてしゃがみこんでいるなんて、僕は大きらいだからな」

篤は、志津子に告白しているのではなかった。生垣の外に、べそをかいてしゃがみこんでいる男へ、何もかもぶちまけているのだった。

なんのために、こんな自己曝露《ばくろ》をはじめたのか、じぶんでもよくわからない。ただ、妻をとられていくじなくうずくまっている夫が、感覚的にたまらなくなったのだ。その夫が、恋する女にいちども恋の表白ができず、むなしく他人にとられてしまった曾《かつ》ての自分の姿とダブって、彼はその二重影像にへどをあびせかけてやりたいのだった。

「いいかい、君にやった金はそういう素姓のものだが、僕にそれをあずけた男はあと一年半で刑務所から出てくる。そうしたら、僕はもう終りだ。……それも、もとはその女のためなんだ。僕を裏切った女のためなんだ。だから、僕はその女がにくい！」

篤は二、三秒、絶句した。

「しかし、その女は、いま日本にいないんだ。だから、僕はその女に似た君をつかまえた。どういうつもりで、僕が君をこの家につれてきたか、いままでの生活で、大体君にも想像がつくだろう。……」

志津子の顔色は、はじめて恐怖に粟立《あわだ》っていた。彼女は篤をふしぎな人間だ、へんな男だとは感じていたにちがいない。しかし、これほどぶきみな過去と意図をもった人間だとは知らなかったに相違ない。

「契約期間がすぎたら、一ト月三十万円として六ヵ月分の合計百八十万円から、これまで君にわたした分をさしひいた残りはたしかにやるよ。ただし、それまでに僕は何をするかわからない。まさか殺しはしないつもりだが……金が欲しかったら、まあがまんしてみるのだな」

篤は故意に唇をゆがめて、ねちねちといった。

「僕の計算では、あと一、二ヵ月で、百万円以上の金は君にわたせるはずだ。それから僕はどこかにいってしまう。君がそれだけの額の金を手に入れるチャンスは、まず一生涯そうは来ないだろう。……もっとも、君が僕を訴えようと、それは自由だ。ただ、そうすると、金は手に入らないよ。のみならず、どうせ僕はあと一年半で、死ぬか刑務所ゆきか、どっちにしろこの世からおさらばをする覚悟でいる人間だということを忘れないでくれ」

生垣の外で、ぬかるみにだれかすべったような音がした。

五

悪い酒から醒《さ》めたように、あとで篤は鳥肌になった。おれはどうして、あんなことをべらべらしゃべってしまったのだろう。

むろん、じぶんの行為が永遠にばれないという保証があるなら、絶対に告白などはしない。しかし、どっちにせよ、あと一年半足らずですべてはご破算になってしまうのだ。そこからくる一種の自暴自棄的な虚無感は、たえず彼の心に巣くっていた。もともと自己破滅を覚悟でやり出したことなのだ。その自棄的な虚無からくる凄愴《せいそう》感が、彼のばらまく金以上の魅力を——曾ての彼がもたなかった魅力を、女の心に吹きつけていることを、篤は知らなかった。——

ただ、この江城志津子はにくめない女であるが、いまここで、この女で、じぶんの女性遍歴を打止めにするほどの価値があろうとは思わない。まだ一年半の歳月と数百万円の金は残っているのだ。どんな女が、じぶんのゆくてに待っているかわかりはしない。それに、篤の心には、このごろ、なぜか、じぶんにとってかの花嫁ともいうべき稲葉匠子が、いつかじぶんのまえに忽然《こつぜん》と出現してくるような予感があった。この女と夫が、じぶんのしゃべったことを警察に訴えたらどうしよう。

ところが、一方で篤は、それを期待する心もあったのだ。彼女の――いや、彼女の亭主の反撃を期待すればこそ、わざと自己暴露する衝動にとらえられたのだ。

妻を売った男が、金にひかれてこのまま沈黙しているか。それとも怒りと報復心にもえて、このおれを警察につき出すか。……やるなら、やってみろ。男なら、やってみろ。彼はそう絶叫して、あの亭主の背中に鞭《むち》をあてるような思いでしゃべったのだ。

彼は、いらいらとして待った。志津子は逃げ出さなかった。彼女は、いままでとおなじことだった。ただ、陰気な顔をして眼をひからせている篤に、おびえたようなまなざしをなげ、おどおどしていた。

梅雨はいつまでもふりつづいた。家じゅう青葉と青かびの匂いがみちて、息もつまるようだった。……志津子の夫はあらわれなかった。ふしぎなことに、あのときまで、ちょいちょいじぶんの眼をぬすんで金をもらいにきていたようであったのに、あれ以来ぷつりと来なくなった様子である。もっとも篤は、わざと意地わるく、志津子に余分な金もわたさなかったが、それにしても志津子も、夫もいやにひっそりとしているのが、かえって異常だった。

が、とうとう夫はやってきた。玄関で「ごめん下さい」という男の声をきいたとき、はじめて聞くその男の声なのに、篤は「――来た！」と直感した。

やはり、いつあがるとも知れぬびしょびしょ雨の午後だった。

志津子が、蒼《あお》い顔をして出ていった。そのまま玄関で、ひそひそと話す声が聞こえた。さて、あいつは何しにやってきたのだろう。篤は久しぶりに胸がわくわくした。むろん、おれをおどしにやってきたのだ。だまっていてやる代りに二百万円よこせというか、三百万円よこせというか。

奇妙なことに、篤はまったく恐怖をおぼえなかった。長いあいだのいらだたしい雨雲が霽《は》れて、ちらと碧空《へきくう》がみえたような気持だった。よく決心をつけたものだな。こう来なくっちゃ、うそだ。――むろん、彼はそれにおそれ入るつもりはない。向うの出方次第では、二百万円でも三百万円でもやってもいいが、それまでに妻を売った男と買った男のスリリングな心理的闘争をたっぷりと愉《たの》しむつもりだ。そして、向うの出方次第というのは、彼が猛烈で、悪党的であればあるほど痛快で、好ましいのだ。

「あの……」

と、志津子が入ってきた。そのうしろに立っている二つの影をみて、篤は唖然《あぜん》とした。

「うちのひとが来たんですの、何か、お話があるんですって……」

「子供をつれてきたのか！」

と、篤はさけんだ。男は四つ五つの女の子をつれていた。――志津子の夫はいつか遠くでみた通り、不精鬚《ひげ》をはやした病身らしい男だった。そして、その娘も透き通るような皮膚をした、弱々しい、栄養不良みたいな子供だった。

「家内が、いつもお世話になりまして……」

男は、おじぎをして、口の中でいった。不透明ながら、そんな声がきこえた。

「いや、こちらこそ」

と、いって、篤は相手の態度のみならず、じぶんの言葉に狼狽《ろうばい》した。それで、だまって相手を見まもった。

男はおずおずと部屋を見まわした。

「結構なお住いですねえ」

それはものなれた愛想の挨拶《あいさつ》ではなく、篤の沈黙にたえかねて何かいわずにはいられない、ぶきっちょな言葉にきこえた。彼は、助けを求めるように志津子の方をみた。

「志津子。……ぼくたちは、いつになったら、こんな家に住めるんだろうね。……」

まるでご夫婦そろって、目上の家庭を訪問したようだった。篤も、ふとそんな錯覚を起こしたくらいである。

「あなたは何しに来たんです」

と、篤はわれに返りきびしい声でいった。

「志津子は、現在の時点に於《おい》ては、僕の内縁の妻です。僕が扶養してるんだから、夫としての実質的な権利は僕にある。あまり心やすく呼ばんで下さい」

「申しわけありません」

と、夫は蒼ざめた。そして、犬のような眼で篤をみた。

「あの、まことに勝手ですが……志津子をかえしていただけないでしょうか。実は、お約束の期間がすぎましたので……」

「え、もう六ヵ月たったかな」

と、篤はおどろいた。妙な方に関心が集中していたので、うっかりそのことに気がつかなかったのだ。こんなことは、はじめてだった。しばらく茫然《ぼうぜん》として志津子のうなだれた姿をみていると、突然、夫がとびかかってきた。いや、とびかかってきたように感じて、篤はぎょっとして膝《ひざ》を浮かしかかったが、夫はそのままがばとひれ伏したのである。

「お願いです。ごらんのように小さい子供もありますので、どうぞ志津子をかえして下さい。是非々々ご寛大なご処置をお願いしたく、子供までつれてきた次第です。この子供に免じて、なんとか、ひとつ――」

篤はあっけにとられた。しばらく、この男のいっている意味もわからなくなった。

志津子をみると、女の子を抱きしめるようにして、彼女も蒼い顔をして篤をじっと見つめていた。その眼には何か迷いの翳《かげ》があったが、篤と視線があうと、子供をはねのけ、身をなげかけてきたのである。

「あたし、あなたを信じています。そんなにわるいひとじゃないって、このひとにもいったんです。けれど、このひとは……」

あとは、ふたりの声がもつれ、子供まで火のつくように泣き出して、何をいっているのかわからなくなった。ただ、志津子とその夫はたたみに這《は》いつくばって、夫などは全身をふるわせながら、両手をあわせて篤をふしおがむのだった。

やっと、篤は了解した。彼の弱点をつかんでゆすりに来たどころか、あの自己曝露《ばくろ》によって、彼を恐ろしい大悪党と思いこみ、この夫婦はいままで、まるでこの世のものならぬ大怪物につかまえられたようにおびえぬいていたのだ。殺人、公金横領、刑務所ゆき――そんな言葉をきけば、そう思うのもむりはない。その上いままでの志津子をさいなみぬいた行為をみれば、ふたりがそう思うのもむりはない。いや、この世に哀れに平凡に生きる人間からみれば、そう考えるのが当然かもしれない。

しかし、ふたりのかんちがいに、吹き出すよりも、あまりのことに篤は激怒した。

「ばかな!」

そうわめくと、彼ははねあがり、思わず平蜘蛛《ひらぐも》みたいな夫の肩を蹴《け》とばした。夫はあおむけにひっくりかえって、部屋の隅におかれたステレオの角にあたまをぶっつけた。志津子はそれに覆いかぶさった。

「お母ちゃん」

と、子供がしがみついた。子供と志津子を、夫は細い両腕で抱きしめた。

「どうか、これでかんべんして下さい。志津子、ぼくたちはまったくついていないんだ。おまえが、月に三十万円も下さるとか何とかいって、どうやら運がむいてきたようだわといったが、ぼくは信じられなかった。案の定だ。そんなうまい話が、ぼくたちにめぐまれるわけがないと思っていたんだ。ぼくたちは、不幸な星の下に生きてゆく運命なんだ。……」

とんだ愁嘆場だった。篤はあっけにとられた。が、しっかりと抱きあっている親子三人のまえに仁王立ちになって眼をひからせているじぶんが、向うの三面鏡に映っているのをみると、じぶんがまるで鬼のようにみえた。それは完全な敵役の姿だった。

それにくらべて、その足もとにひとかたまりになっている親子三人の姿には、ふしぎな法悦感が、円光となってかかっているようにみえた。ふっと、篤は、異様な感慨に襲われた。ひょっとすると、この夫やこの妻は、じぶんたちが不幸であり、不運であり、悲劇的な人間であることに、いいしれぬ満足をおぼえているのではあるまいか。そんなばかなことによろこびを見出《みいだ》している人間はこの世にないはずだが、その三人の姿にはそうとしか考えられない恍惚《こうこつ》のひかりがからまりついている。いや、いや、きっとそうだ。夫のために身を売る妻、身を売った妻の身辺をさびしげにうろつく夫——彼らは、そんな悲劇的な設定のもとに、はじめておたがいの愛情をたしかめあっている習性の夫婦ではないのか。実に途方もない推測だが、そうでもしなければ、この場合、ふたりの顔にあれほど満ち足りた恍惚感がただよっているはずがない。

「まあ、あなた、血が……」

篤の奇怪な幻想は、志津子のさけびでやぶれた。たたみに血がぽたぽたとおちていた。

それが、夫の後頭部からたれている血であることを知ると、さすがに篤も狼狽した。ハンケチをとり出して、その頭をおさえ、おろおろしている志津子を、彼はしばらくぼんやり眺めていたが、急にいった。

「医者にゆこう」

「いや、それほどの怪我ではありません。どうか、このまま、妻をいただいてかえりたいんですが……」

「約束の金はいらないのか」

「約束の金？……とんでもない。いままでしていただいただけで充分です。それより、どうか、このまま……」

篤はぽかんとしていたが、やがてきびしい声でいった。

「医者にゆこう。すこし、外で、あなたに話があるんだ」

夫婦は顔色をかえた。篤は、夫の手をまるで拘引するようにつかんでひきたてながら、志津子にいった。

「すぐかえってくる。それまでここに、じっと待っていないと承知しないぞ」

志津子は身もだえしながら、玄関までついてきた。夫の手をつかんでいる篤の手にすがりついて、泣きじゃくった。

五番目の花嫁

一

「外で話がある」と篤はいったが、駅前の医院にゆくまで、彼は志津子の夫と、ひとことも言葉を交さなかった。雨の中を、むずかしい顔をしてあるいてゆく篤を、江城はおどおどした眼でうかがっていた。

駅前の医院は、内科、小児科であったが、あの程度の傷なら内科でも手当してくれるだろうと、篤はドアのあいたままの玄関を入った。すると、妙な光景がみえた。

待合室から診療室へのドアもひらいたままになっていて、そこに医者が白衣をきた若い女を立ったまま抱いて、キスしているのがみえたのである。女は眼をあけていて、篤たちの姿をみたようだった、それなのに、キスはひどく長かった。やっとそれが終ってからだがはなれると、女はいきなり医者の頬をぴしりとたたいた。それから、姿がみえなくなると、うがいする音がきこえた。

医者がにがい顔をしてそちらをむいたとたん、彼は篤たちに気がついた。チョビ髭《ひげ》をはやした中年の医者だった。「どうぞ」と彼はどぎまぎして、かんだかい声でいった。

江城が診療室に入り、篤が待合室に待っていると、さっきの若い女が出てきた。篤はよびとめた。

「ちょっと話があるんです」

「なんですか」

「実は僕が患者じゃなく、つきそいですが、いま治療してもらってるひとの治療代を、僕がここでさきに払ってゆきたいんですが……」

「あたし、いまここをやめたんですの」

と、女はいった。なるほど白衣をぬいできりっとしたグレーのスーツをきている。陶器みたいにきめがこまかくて、白くて、冷たくて、そして美しい女だった。あっけにとられている篤をふりむきもせず、彼女は医院を出ていった。

篤はしばらく診療室のドアをみていたが、やがて、そこにあるカレンダーをちぎって、その裏に万年筆でかき出した。

「志津子のハズへ

君たちは、不倖《ふしあわ》せを愉《たの》しんでいる夫婦だ。不倖せでないと倖せでないというおかしな夫婦だね。志津子は君のために身を売ることにかぎりない満足をおぼえ、君は妻をそんな目にあわせる悲劇的な夫の位置に、底なしの快楽をおぼえている。天性かながいあいだの不幸からきた習性かしらないが、君たちは、もう運命や世間からいじめられないと、かえって異和感に陥るのではないか。

ところで僕は、君たちをいよいよいじめてやりたい欲望にとらえられている男だ。どうしたら、最も君たちをますます不幸にしてやることができるか。それは君たちを幸福にしてやることだ、という結論に達した。これ以上、君たちが不幸の哀愁にひたりたいと望んでも、そうは問屋がおろさない。

だから、あの家は、君たちにあげる。志津子とはじめ契約した金の残金は、みなあの家の僕の机の抽出《ひきだし》にある。それで当分は志津子と君は幸福な暮しができるわけだ。やがて君たちはその幸福な生活に異和感をおぼえ、つぎに、こんどこそは救いのない、満ち足りることのない不幸に陥るだろう。それを想像すると、僕はいいしれぬ満足をおぼえる。ざまをみろ。

僕はもうあの家にかえらない。二度と君たちの前には姿をあらわさない。治療代はここに置いてゆく。

さようなら」

篤はそのカレンダーをふたつに折って、千円札をはさみ、診療室のドアにちょっぴりとさしこんでおいて、医院を出た。雨はあがっていた。

駅の方にあるきながら、彼は悪意にみちた笑いをうかべていた。

彼はほんとうに、これであの夫婦が、天からふってきたような奇妙な幸福に、蟻地獄みたいにもがきぬくだろうと考えたのである。

のどがかわいて、彼は駅前の喫茶店に入った。テーブルに坐《すわ》ってビールを注文すると、ちかくの柱の鏡に、じぶんの笑い顔がうつっているのに気がついた。じぶんでも奇怪と思われる笑顔だった。それに少々われながら馬鹿面のようにもみえた。彼は、じぶんがあのへんてこな江城夫婦のペースにまきこまれていることを意識した。

ふいに彼は戦慄《せんりつ》した。じぶんはじぶんの犯罪を江城夫婦にぶちまけた。もし、彼らがそれを警察に訴えたら？　と考えたのである。しかし、訴えたならば、彼らはじぶんたちに、突然恵まれてきた家と金を放擲《ほうてき》しなければならない。いかに彼らがあの家と金によって、へんてこな不幸を味わうにしろ、あえてあの家と金を放擲できるものだろうか。……こんな彼らの困惑が、眼にみえるような気がした。

勝手にしろ、と篤はつぶやいた。どちらにしろ、あと一年のいのちだ。

あと一年――彼の体内を冷たいものがはしりすぎた。獣のようなうめきが、全身の毛穴からあふれそうだった。この一年を生きなければならない。生きることは、愉しむことだ。愉しむにはやはり女だ！

しかし、女を愉しむのは、やはり肉体だけだろうか。いままでつきあった四人の女――このうち、手をつけなかった女子大生の牧子をのぞいて、あとはぜんぶバーからひろってきた女ばかりだった。そして、その目的は肉体の他になかった。おれはもう一年しかこの娑婆《しゃば》に存在していないのだ。一年後、死ぬか、刑務所にゆくか、そのとき、おれはこの地上で生きる女というものに、満足した印象を持っているだろうか。

おれは、頭をもった女と暮してみなければならない、と彼は考えた。この半年、あまりにも煮えきらない、曖昧模糊《あいまいもこ》とした、しめっぽい女と暮した反動かもしれなかった。おれは、もっときりっとした、知性的な女を知らなければならない。

彼はビールをのみほした。そのとき、鏡にむこうに坐っている女のきれいな横顔がうつっているのに彼は眼をとめた。おや、あれはさっき医院を出ていった女じゃないか？　しずかにキスし、相手に平手打ちをくわせ、そしてさようならをいって出てきた女だと思うと、彼は、つよい好奇心をおぼえて、鏡の中の顔に視線をそそいだ。そのうち、彼は、その女の清潔な唇のかたちが、実に稲葉匠子に似ているのに気がついた。

ふいに彼は、たまらなくなって立ちあがった。そして、店の際でジュースをのんで考えこんでいる女の方へあるいていった。

「失礼します」

二

女は、ふしんそうに眼をあげた。すみきった、冷たい眼だった。彼は笑いかけた。

「さっき、山岡医院でお会いしましたね。看護婦さんですか」

「あたしは医者です」

と、女はきっとしてこたえた。

「女医さんですか、それはそれは」

と、篤は、これはやや手強《てごわ》いぞ、とかすかなたじろぎをおぼえるとともに、いっそう意欲にもえて、そのテーブルに坐りこんだ。

「さっき、あそこの医院をやめた、とおっしゃいましたが、開業なさるんですか」

「そんなにかんたんに開業なんかできやしないわ」

彼女は、憤然としていった。

「資本だってたいへんだし、だいいち、あたし開業したりするより、大病院か研究所で、もっと勉強したいのが望みですわ」

「それで、いまの医院をおやめになったんですか」

「ちがうわ。あれは、あのとき、ふいにキスされたからなんです」

といって、彼女はちらと篤の顔をみたが、べつに頬もあからめなかった。

「おや、あの先生とは、はじめてだったんですか」

「あの先生とも、だれとも、あんなことはじめてですわ」

「道理で、痛烈な平手打ちを――しかし、それにしては、キスそのものは、ひどくおちついて受けていらしたようですな」

「キスされようとして、もがいたり、悲鳴をあげたり、映画や小説にでてくるような女の演技は不細工だわ。それに、あちらがそんな動物的本能にうごかされているとき、途中で拒否すると、男は何をするかわからないというんじゃありません？　だいいち、いちど接触した以上、あとで抵抗したって全然無意味ですもの。細菌だってもう感染していますしね。――だから、あたしの意志を示すのは、相手の本能的欲望の波が一応すぎた瞬間の方が適当じゃないかとかんがえたんです」

　篤は茫然《ぼうぜん》と相手の顔をながめていた。女医は端麗な唇に苦笑をうかべた。

「でも、これで働き場所を失ったわ」

「働き場所？　あなたはいま大病院か研究所で勉強するのが、望みだといったじゃありませんか」

「そういうところは、人間が文化的生活ができるだけのサラリーをくれないものなんです。博士にでもなるまではね。だからあたしは、いまの山岡病院に勤めたんですけど……」

　女医はまた思案にくれた。篤はしばらくそれをじっと見つめていたが、胸はどきどきしていた。息をつめていった。

「女医さん、僕と六ヵ月ばかりいっしょに生活して下されば、望みのままに勉強させてあげられる。一ヵ月三十万円くらいはさしあげられると思いますが……。そういったらやっぱり僕に平手打ちをくわせますか？」

　女医はおどろいたように眼をあげた。

「それは、どういう意味なんですの？」

三

脇坂篤が、女医の矢橋圭子と淀橋《よどばし》のあるアパートに同棲《どうせい》したのは、それから三日ばかりのちのことだった。

彼は田舎にあった土地を、こんど弾丸道路が通るので、その補償金が入ったのだといった。しかし、同時に故郷を失ったわけになるので、それを機会に、半年ほどたったら、叔《お》父《じ》のいる中米のニカラグアにゆくつもりであるといった。相手が女医なので、フランスやイギリスへゆくなど、めったなことをいって、ぼろを出すのをおそれたのである。彼は、あの金の残っているトランクを、まだ下宿に置いたままだった。ちょっとからだの具合がわるいから故郷へかえる、といって出てから、ときどき上京したような顔をして、金をとりにいっていたのだ。間代は先払いしてあったし、好人物でもの堅い下宿の老夫婦は、彼の道具には手もふれなかった。

彼は残金をしらべてみた。金はもう三百七十万円ほどしか残っていなかった。土屋牧子の場合のように、予算以下ですんだこともあったけれど、ほかの女たちとアパートや家をかりたとき、権利金をそのままにしておいたり、買ったのは女にあたえっぱなしにしたので、それだけしか残っていなかったのだ。あと一年——彼の背を、また北風のようなものが吹いた。

矢橋圭子は、望み通り、研究生活に入った。ほんとうは、臨床よりも基礎医学の方が好きなのだといって、彼女はじぶんの出た大学の細菌学教室に通い出したのである。

むろん、圭子は篤に肉体をゆるした。それどころか、彼女は篤に、はっきり結婚することを要求したのである。ただし、式は無意味であるとじぶんから断ったし、六ヵ月後、まちがいなく離婚することを条件にした。だから、べつに篤に心から恋愛したというわけではなく、彼女には、愛人とか情婦とかいう立場ががまんできないためらしかった。それも、誇りというより、そんな曖昧な、不潔な関係が、神経的にたえられないらしいのである。

それからもうひとつ、篤の戸籍謄本を一瞥《いちべつ》して、彼の素姓をたしかめたいというつもりもあったかもしれない。突然あらわれて、月に三十万円の生活費をくれるという男に、犯罪者ではないかという疑問をもつのは、一応常識であろう。しかし、いままでの女には、こんな態度をしめしたのは、ひとりもなかった。

矢橋圭子は処女だった。しかし、ふつうの処女のようにえたいのしれない恐怖は示さず、彼女は学術的に、じぶんの破瓜《はか》のいたみにたえた。「あたしの処女膜はノーマルだったらしいわ」と、彼女はいった。そして、あとでじぶんで治療した。

彼女は、ふつうの女のように世帯じみたことや、おしゃれに関することは、ほとんど話題にしなかった。趣味といえば、クラシックな音楽で、篤にハイファイを買わせたが、それも恍惚《こうこつ》としてきくというより、教養としてきくという意識の方が強いようだった。それでも、こんな女性と生活をするのははじめての経験で、しかも、それこそ篤の望みであったから、最初の一ヵ月は、まるで高価な宝石を得て、指にはめるにはもったいなくて、ただケースに入れてそのきらめきをみるように、彼は大学からかえってきた圭子とならんで、神妙な顔でベートーヴェンやバッハをきいた。

二ヵ月目に入って、彼はようやくこの知性的な花嫁の肉体的魅力を弁別する余裕ができた。彼女はその顔とおなじように、陶器のように冷たくてきれいなからだをしていた。といって決してもえないというわけではない。一番目の眸《ちほう》みたいに技巧的な、また二番目の笹代みたいに獣的な、さらに四番目の志津子みたいに痴呆的な狂態をさらしはしないが、決して快感をおぼえないというわけではない。それどころか、彼女自身、ヴァン・デ・ヴェルデの著書などを参考にして、熱心に研究してからベッドに身を横たえるのだ。——ただそれはあまりにも研究的であり、学術的でありすぎた。

「ね、これが理想的なオルガスムスの曲線なのよ」

と、彼女は彼にグラフを見せて説明したりした。

「男性は、女性がグラフのこの位置に達するまで努力しなくちゃいけないのよ」

しかし、彼女は、いままでの女性のように明確なオルガスムス状態を示さなかったから、篤はいつまで努力していいのか、そのめどがつかなくて困惑したたし、くたびれた。やはり彼女の理性が、どこかで彼女を抑圧していることは否めなかった。それでも、この陶器のような肌をもつ女が、こんなことをいい、理論的に実行しようと努力しているのは、見ようによってはいままでのありふれた女たちより、もっと異様な魅力があった。

三ヵ月目になって、篤は圭子のあまりにも科学的な要求や受け入れ方に、いささか不満をおぼえだした。彼女は最初から月経期をのぞき、性交は三日にいちどという条件を出した。そのときは篤は不服はなかったが、彼女がほんとうにそれを鉄のごとく実行するのにはめんくらった。二ヵ月くらいは、彼が臨時給与をねだって、拒否されることが多かったが、三ヵ月目に入ると、彼の方が辟易《へきえき》しても、彼女の方で要求してきかないのである。しかも、閨房《けいぼう》の会話も実に理知的だった。

「君は、どうも昂奮《こうふん》しないな」

と、がっくりして、篤がつぶやいたことがある。

「そして、終着点がないよ」

「女性というものは、みんなこうなのよ」

「いや自信をもって断言するが、ほかの女はあとでもっとぐったりとなる――ものじゃないのかな」

「そんなはずはないわ。男性のように、女は物質を放出することはありませんもの」

「え、そうかな、しかし、ほかの女は……」

「女性の場合、噴出され得る唯一のものは、バルトリン腺《せん》の稀薄《きはく》で少量の粘液だけですもの」

そして彼女は、冷静に解剖学の講義をはじめるのだった。

圭子は事後かならず洗滌《せんじょう》し消毒した。彼女の話によれば、それはかならずしも妊娠を予防する万全の処置ではなかったからこれはただ彼女の第二の天性となっている潔癖性によるものとしか思われなかった。彼女はキスの後でも、やはりうがいをした。

細菌学教室にいっているほどあって、彼女の、異常なばかりの清潔好きは、衣食住あらゆる方面に発揮されていたから、篤はとがめる気力も出なかったが、最初のうちはあっけにとられたし、あとになってもやはりいいきもちはしなかった。もっとも一方では、この体内のどこにも一匹の細菌もいないのではないかと思われる、文字通りきれいな女体に、清水にひたるような快適な魅力を感じているのもたしかだった。

女医から逃げだそうなどというきもちはさらにないのに、篤が反抗をこころみだしたのは、五ヵ月目に入ってからだった。

彼は町で、ときどきコールガールを相手にしはじめたのだ。むろん、ないしょだ。そんな種類の女を相手にしてみて、当然ながらその不潔さに、いまさらのように顔をしかめたのも、圭子の滅菌された肉体の反射にちがいなかった。それなのに、ほかに女もあろうに、彼はわざとコールガールを相手にした。それは圭子に対するひそやかな抵抗という以外に目的はなかった。ちょっとした恐妻の心理である。

病気の点では、もとより篤は厳重に用心していた。それなのに、彼がみずからの防備をといたのは、その年の暮の夜だった。

四

こがらしのふく新宿の裏町で、彼はひとりの売春婦を買ったのである。それはちかくの飲み屋の女で、酒は名目だけで、小屋みたいなその店の二階で商売している女だった。そこで彼は、みずからコンドームをすてて、その女を抱いたのだ。

なぜだろう。名目だけの飲み屋とはいうものの、要求すれば酒はのませてくれた。彼はそこで泥酔した。泥酔したのは、女を買うとき、圭子の顔を忘れたいからだった。それから、もうあと半年しかないいじぶんのいのちの苦悶《くもん》を忘れたいからだった。圭子には不満だといって、あと半年のうちに、彼女以上の女が出現しようとは思われない。しかし、あと半年しかないいじぶんの人生の終末を彩る花が、消毒薬に漂白された白さを保っていることは、何か哀しかった。やりきれなかった。いきどおろしくもあった。彼はその白い花を、血いろか墨いろで染めてやりたくなったのである。

もっとも、その女は暗い風のなかでは気がつかなかったが、四畳半の屋根裏部屋にあがって、裸電球の下でみるとびっくりするほど美しい娘だった。――眸も、笹代も、牧子も、志津子も、いや圭子さえもこれほどの容貌《ようぼう》をもってはいない。少なくとも、これほど肉感的な美貌の所有者ではない。

こんな娘がどうしてこんな店で肉体を売っているのか、その理由は外をあるいてくるときからわかっていた。その名をマリということも下で無愛想に酒を売っている狐みたいなマダムからきいて知ったことだ。

彼女は啞《おし》だった。のみならずマダムは、じぶんのあたまをたたいてみせた。そして、啞で白痴の美少女マリは、セックスのかたまりだった。彼女の指、乳房、唇、舌、髪、あらゆる筋肉、皮膚、粘膜はただ、この行為のためにのみ微妙にうごめき、もだえ、白熱するのだった。

断じて商売用の演技ではない。盲人が一念凝集して、一芸に異常な能力をあらわすのと同様に思われるのだ。息の薫りさえも、男に抱かれた瞬間から変質して、すえたような匂いをはなつ屋根裏を、美酒の蒸気でぬらすようだった。篤は酒ではなく、ふかい官能の酔いにどろどろになった。彼はくりかえしくりかえし、マリを抱いた。

病気への恐怖はいつしか忘れていた。いや、じぶんからかなぐりすてていた。

彼はいつアパートにかえったのか知らなかった。

その翌朝になって、彼はベッドの下に毛布にくるまれて、みの虫みたいにころがされているじぶんを、発見したのである。圭子は大学へいったらしく、テーブルにはミルクとパンと卵がのっているのだった。

彼は悪酔いにふらつく足で、トイレットにいって、じぶんが病気をうつされていることを知った。彼は蒼《あお》ざめ、立ちすくみ、にやりと笑った。はじめ、じぶんの不覚を笑い、つぎに突然あたまにうかんだ悪魔的なアイデアに笑ったのだ。

「おどろくことはない。期待していたとおりじゃないか」

翌日の夜、圭子が例の規律をまもって、彼に要求した。彼はそれに応じた。

そのあくる朝、まだ何も気がつかず、圭子が出かけたあとで、彼は急に良心の恐怖に襲われて、じぶんもアパートをとびだした。

その晩、彼はまたあの裏町の飲み屋にいってマリを買い、泥酔してもどってきた。その途中、彼はふらふらと河ぞいにあるいていて、向うの橋をわたる自動車のヘッドライトに眼を射たれ、足がもつれて河におちこんだのである。それはゴミゴミした家々が投げ出す塵芥や汚物にふだんから異臭をはなち、水面もよくみえないほどの河だった。全身がしぶきをあげて、冷たい水にひたった瞬間、彼は意識を失った。

篤が気がついたのは、ある病院の一室だった。彼のまわりには、医者や看護婦や、そして、その中に、やはり白衣をきた妻の圭子が立ってのぞきこんでいた。その白衣は氷のようにひかってみえた。

「やあ、気がついた。よかった」

と、若い医者がさけんだ。

「あなた、あなたが川へおちたのを、自動車の運転手がヘッドライトでみていて、ちかくの交番へ急報したからよかったようなものの、数分おくれたら絶望でしたよ。いや、ここへかつぎこまれて、普通の人工呼吸法をやってもだめだったんですよ」

そのとき、圭子がしずかにいった。

「あなた」

彼はぼんやり圭子をみた。圭子の唇はなにか黒いものにまみれているようだった。

「こんなさわぎのあとで、突然きりだすのもへんですけれど、意識が回復したようですから、申しあげてもいいですわね。約束の離婚の日限はまだ十日ばかりありますが、いまこの離婚届けに判をおして下さいません？　印鑑はここにありますから」

彼女は書類と印鑑を彼につきつけた。冷たい美しい眼は、怒りとさげすみにひかっていた。そして、茫然《ぼうぜん》としている篤にじぶんの手をもちそえ、書類に判をつかせた。

「その理由は、だれよりもあなたが御存じでしょう。不潔な方！」

そういって、圭子はあともふりかえらず病室を出ていった。

「離婚？　離婚なさるんですか？」

若い医者があっけにとられたように、そのあとを見おくって、

「どういう理由か知りませんが、あんないい奥さんと別れたりなさらん方がいいと思いますがね」

「あんないい奥さん？」

篤はかすれた声を出して、医者を見あげた。

若い医者はのしかかるようにしていった。

「そうですよ。あなたがふつうの人工呼吸法では蘇生《そせい》しないと知ると、あの方はアメリカ式の——あなたの口にじぶんの口をつけて息をふきこむという最新の呼吸法であなたを助

けたんです。代りに、あなたの口からのどにつまっている川の水の汚物をすすりこんでね！」

六番目の花嫁

一

脇坂篤にとって、最後の年が来た。金はもう百三、四十万円しか残ってはいなかった。六月になれば、いよいよ速水和彦が出所してくる。彼のために刑務所の扉がひらくときが、篤の人生の扉をしめるときだった。

いままでそのことを思うと、手足のさきまで冷たくなり、全身にあぶら汗のしたたるような恐怖に襲われたものなのに、最後の年を迎えたのにもかかわらず、かえって篤はその日のことを忘れていた。諦念《ていねん》でもない、自暴自棄でもない。彼はそれよりも、ただひとりの女の肉の深淵《しんえん》に沈みこんでいたのだ。

淫売婦《いんばいふ》のマリだった。

白痴で唖のこの女は、徹頭徹尾肉欲のかたまりだった。これほど凄《すさま》じいまでの美しい肉の深淵に、篤以外に溺死《できし》する男が、ほかにあまりないのがふしぎだった。彼女がこんなどん底の飲み屋街で客の袖《そで》をひいているのが、あり得ないことに思われた。しかし、やはり白痴で唖ときては、ほかにつかいみちもなかったのだろう。また、いちど相手にした男も、うすきみわるくなって、二度目は敬遠したのだろう。

これは、篤のように全身全霊をあげて女を求め、あと数ヵ月でこの世にさよならをするつもりの男でなければ耐えられない肉の坩堝《るつぼ》かもしれなかった。篤にしても、もしこの娘と、夜も昼もぶっとおしに暮していれば、半年はおろか一ト月ももつまいと恐怖すらおぼえたくらいである。

彼は飲み屋のマダムに交渉して、マリをもらい受けた。マダムは一応しぶってみせたが、彼が三万円の金をわたすと、たちまち狐みたいな顔がひらべったくなった。

「でも、四ヵ月したら、かえして下さいね、にいさん」

と、彼女は指を折っていった。にいさんというのは、兄さんという意味ではない。彼がこの店で、新田《にった》といういいかげんな名前を名乗っていたからだった。四ヵ月と期限をきったことより、彼女が指を折った動作に篤は不審をおぼえた。

「どうして？」

「実は、このマリちゃん、あるひとからあずかってるんですよ」

あずかっている女に売春させるとは、いよいよ妙な話だった。

「だれに？」

「それはきかないで……とにかく、四ヵ月たったらかえしてよ。そうでないと、あんたの命にもかかわるから」

それ以上、マダムはどうしてもそのわけをいわなかった。

篤はマリをつれて、やはり新宿の裏町のアパートを借りて同棲《どうせい》したが、しかし、それは一ト月ももたなかった。彼の肉体が枯渇の悲鳴をあげたのである。そして、いつのまにかマリは、アパートから姿をけし、例の飲み屋にいってみると、すまして客の袖をひいているのだった。そして、篤があらわれると、全身によろこびをあふれさせて、

「あ、あ、あ」

と、妙な声をあげ、けろりと腕に腕をからみつかせるのだった。

そんなことが二、三度くりかえされて、篤はついに彼女を自分ひとりのものにしておくことをあきらめた。そして、自分の欲するときだけ、彼女のところへゆくのが、自分にとっても彼女にとっても、いちばん生命《いのち》の満足する方法であることを了解した。

マリとの交渉は、四日か五日にいちどというのが、篤の最大の限度だった。それ以外の日は、彼は虚脱したようにアパートに横たわっていた。

マリの反応はむしろ凄絶《せいぜつ》をきわめた。闇黒《あんこく》の屋根裏で、彼を抱きしめ、ゆりあげ、肉に指をくいこませる手足は、とうてい四本とは思われず、十数本あるのではないかと感じられるようだった。それどころか全身が粘膜につつまれ、あらゆる内臓がからからになるような感覚にひきずりこまれた。そして、遠く女の、ひくい、声まで変った、意味不明ながら淫猥《いんわい》きわまるうめきを、この世のものならぬ楽器の旋律のようにきくのだった。がっくりとなった彼を、しかし、マリはゆるさなかった。彼女の唇と舌は、彼のからだじゅうを這《は》いまわって、彼をのたうちまわらせ、ついにけもののようなうめき声をあげようとする

彼の口に彼女の粘膜がおしつけられ、はては彼を窒息状態におとしてしまうのだった。

何もかも涸《か》れはてて横たわっているとき、しかし、篤は毫《ごう》も不快感をおぼえず、無数の白い花びらがうかぶ蒼空にふわふわと漂っているような羽化登仙《うかとうせん》の世界に魂をあそばせていた。こんな阿片《あへん》でものんでいるような経験ははじめてだった。三日たち、四日たつと、白い花はあつまってマリの裸体となり、あんな商売をしているとも思えない新鮮で甘美な露にぬれた唇と乳房が、幻影のまま彼のからだをすべりまわった。すると彼は、火酒でもそそぎこまれたように甦《よみがえ》って、また夜の裏町へあゆみ出してゆかずにはいられないのだった。

あたまもからだも、酔いしびれたような日が経過した。季節は冬から春へ移っていった。篤は、運命の日がくるまでに死ぬかもしれないと思った。それまでに死んでしまえたらどんなに幸福かもしれないと思った。しかし、彼はうつろな眼をして生きていた。そして彼は、じぶんから死ぬ気力もすでに消耗していることを感じた。

二

ただ、そのころになって篤はぼんやりと二つの事実に気がついていた。

一つは、いままで気がつかなかったのがふしぎなくらいだが、マリという女が、やはりどこか稲葉匠子と似ているということだった。顔も全然ちがう。行状にいたっては天と地ほどちがう。まったくこれは両極端の天使と魔女だ。その意識のためにいままで思いもおよばなかったのだが、ある晩春の夜、靄《もや》の路《みち》に立っているマリのおぼろな姿をみたとき、はっと眼を見はってから、彼女と匠子の全身のかたち、何気ない身うごきが酷似していることに気がついたのだ。それでは、じぶんがこれほどマリに惑溺《わくでき》したのも、ただ肉欲のためではなく、匠子の幻を追っていたためだろうか。――篤は苦笑するとともに、ふとじぶんのいじらしさを憐《あわ》れんだ。

もう一つは、マリが急に金を欲しがりはじめたことだ。むろん篤は、いままで充分すぎるくらい金をやっていた。何しろ、半年のあいだに残りの百万円余りをつかいつくすつもりの篤だ。それは、こんな場所の女には、こちらが馬鹿ではないかと思われるくらいの金額だった。それでもマリは平然としていた。それは彼女の欲がふかいからではなく、かえって無欲からくるものであることを、篤は承知していた。この女はおそらく金をやらなくても性感をたんのうさせてやれば、にっと笑ってバイバイというのではないかとさえ思われた。そんなマリが、このごろ、篤が金をやると、

「あ、あ」

と、困惑したような顔をかしげて、

「あ、あ、あ」

と、追加を請求するのである。篤は彼女の声だけで、すべて彼女の心を読めるようになっていた。それで、それだけすこしまともになったようなよろこびすらおぼえて、篤はだ

まって彼女の手に、惜しみなく札を重ねてやった。

実際彼女は、いちどは篤といっしょに暮したくらいなのに、彼とほかの客との見境いがまだつかないらしく、往来で袖をひくときと、悦楽のときの妖艶《ようえん》きわまる媚《こ》び以外は、どこ吹く風といった顔をしていたのに、この春ごろから、彼をみると、漠然とながら、ひとなつかしげな表情をみせるようになっていたのである。

金をやらなくても平気ではないかと思われるこの白痴の売春婦は、いったん金を欲しがりだしたら、こんどは際限がなかった。それより篤は、マリがその金を何につかうのだろうとふしぎに思った。月に五万七万とやるのに、彼女はいまでも洋服にサンダルをつっかけているし、耳飾りは依然としてガラス玉だった。

五月のある雨の夜、そのマリがいないので、篤は下で酒をのみながらマダムにきいた。

「ママさん、このごろマリは変わったね」

「あら、そうかしら」

と、マダムがそらとぼけたので、かえって篤はマダムがそのわけを知っていることを見ぬいた。

「欲ふかになったよ」

と、篤はいった。このマダムも欲ふかでは人後におちないが、しかし、マリをあやつっているのはこの女ではあるまいという直感があった。篤はマダムに一万円札をわたした。

「わけを教えてくれ」

マダムは札をにぎって、どぎまぎした。そして、ほかに客もいないのに、まわりを見まわした。

「あのね……マリちゃんのヒモが出てきたのよ」

「ヒモが出てきた？　刑務所から？」

「そう、あたしが教えたなんていわないでね。このあたりの地廻《じまわ》りでね、去年の夏、喧嘩《けんか》して、相手を半殺しにして入ったのだが、この一ト月ほどまえ出てきたの。だから、いつかマリちゃんはあずかり人だから、四ヵ月だけ貸したげるからっていったでしょ。そりゃ、おっかない男で、あんた一ヵ月くらいでマリちゃんをかえしてくれたからよかったようなものの、いままでいっしょにいたら、あんたもズブリとやられたかもしれないよ」

「そうか、それでわかった」

「あんたのことも、知ってるよ、ほんとはすごいやきもちやきなんだけど、あんたが恐ろしくお金のきれがいいので、あぶら汗ながしてがまんしてるのさ。株か何かでもうけやがったんだろう。しぼれるだけしぼってやって、あとはそれからだって、こないだもここでいってたよ。にいさん、そのつもりでいた方がいいよ」

篤はマダムの顔をみて笑った。一万円もらって急に親身な顔をみせたが、そんなことを男に吹きこんだのはマリではなく、おそらくこのマダムだろうと見込みをつけたのである。

「金はもうそろそろなくなってきたよ」

マダムは顔色をうごかした。

「ほんと?」

「ほんとだ」

「平気な顔して……うそでしょ」

「ママさん、僕はね、実は胃癌なんだよ」

「胃癌……胃癌でそんなにお酒のむなんて」

「胃癌だからこそ、酒をのむんだよ、のまなくったって、もう助からない。同じことだからね。どうだ、僕がはじめてきたときにくらべて、ひどく痩《や》せたろう」

マダムはぎょっとしたように篤の顔を見まもった。いつも逢《あ》っているからわからなかったのだが、そういわれてはじめて彼の異常な憔悴《しょうすい》ぶりにびっくりしたようだ。しかし、篤の憔悴は、マリとの燃焼によるものだった。

「だから、生きてるうちに金はつかいつくすつもりだったんだが、それもまず終りにちかづいたね」

篤が笑ったとき、汚れたのれんをわけて、ばたばたと誰かかけこんできた。

「あ、あ、あ」

白いやわらかい腕がくびにまきついたかと思うと、彼の唇は熱いものにふさがれた。マリの唇だった。唇をはなすと、上を指さして、

「あ、あ」

「マリ、きょうはよせ」

と、うしろで声がきこえた。篤はふりむいた。

店の入口に、背のたかい、一見してやくざ風の若い男がたっていた。もみあげを長くした杓子《しゃくし》面だが、褐色の隈《くま》にふちどられた眼には、獣的なひかりがあった。そのうえ彼は実にいやな表情をしていた。

「あ、あ、あ」

「よせったら、よせ」

と、彼はたたきつけるようにいった。いまマダムのいったマリのヒモにちがいない。篤は、はじめてその男を見た。その男も篤を真正面からみたのははじめてだろう。さすがに眼のまえで、マリがあけっぴろげな媚態《びたい》をみせるのは、彼にとってもいいきもちがしないらしかった。

「うむ、それではあがろうか」

と、篤はうなずいて、マリのくびれた胴に手をまわして立ちあがった。

「よさねえか」

かっとしたように、その男はさけんだ。そして、つかつかと寄ってくると、篤の胸ぐらをひっつかんだ。

「おれの女に手を出すつもりか」

「これは僕の女だ」

と、篤はいった。すると、男は篤をふりまわした。マリははねとばされた。「この野郎、おれをなめやがるな」そんなわめきとともに、篤は鼻ばしらに凄《すさま》じい一撃をくらって、往来へのけぞっていった。

せまい路地である。篤は反対側の店の羽目板にぶつかって、ふりしぶく雨の中へくずおれた。泥がはねあがり、彼の鼻孔からは血があふれおちた。しかし、篤はやがてゆっくりと立ちあがって、男の顔をみた。

「君の女だってね」

「やっとわかったか」

「わかった。十万円でどうだ」

「なに」

「マリを今夜買うのに十万円だそう」

「十万円？」

男はのどのおくから笛のような息をもらして立ちすくんだ。篤は血と泥にまみれた顔のまま、平気でのろのろとまた店の中に入ってきた。しかし、男は眼をひからせるばかりで、その手はうごかなかった。十万円に参ったというより、相手のぶきみさに恐怖をおぼえているのは、その顔色が物語っていた。

三

篤はそれ以来、マリを買うたびに、十万円ずつ支払った。四回通ってくると、五月の末になっていた。六月の上旬に、速水和彦は出てくるはずだった。篤の残金は、もう三十数万円をのこすのみだった。彼がその全部をもってあるける金額だった。篤はもとの下宿の老夫婦にささやかな、しかしふたりがあわてておしもどすほどの謝礼をして、完全に別れを告げた。

篤はわざとよその店で酒をのみ、ときどき、マリのいる店のまえを通りかかって、その工藤というヒモがいるときだけ、マリを買いに入った。工藤が蒼《あお》ざめて、歯をくいしばっているのをみて、彼はうす笑いをうかべてマリをつれて二階に上った。白痴の美少女は平気で、たまぎるような歓喜のさけびをあげ、篤の陶酔は底なしになった。篤の死力をしぼりつくす凄愴《せいそう》なばかりの愛撫《あいぶ》に、マリの方が死んだようになり出したのは、このころに至ってのことだった。

その五月の末、屋根裏にぐったりと白い蠟《ろう》みたいに横たわったままのマリをのこして、篤が下におりてみると工藤はコップ酒をおいたまま頭をかかえていたが、跫音《あしおと》にふりむいて、唇をふるわせた。

「新田さん」

その声の異様さと、コップ酒のそばに拳銃《けんじゅう》がおいてあるのをみて、さすがの篤もはっとした。

「まけました」

と、工藤はいった。唇がひきつって、卑屈な笑いをうかべていた。

「あんたにはまけましたよ。もうマリはあんたにのしをつけてさしあげます」

「もらわなくてもいい。買ってやるよ」

と、篤はいった。そして残った十日足らずの日と、二十数万円の金のことをちらと思いうかべた。

工藤はおじぎをした。

「いや、怒らんで下さい。あやまります。その代り……おれをあんたの弟分にして下さいよ」

「弟分？」

「あんたをおれの兄貴にしたいんだ。そして、ちょっと助けてもらいたいことがあるんですよ」

「どんなことを」

「実は……千五百万円もうかる口があるんだが……」

「千五百万円！」

マダムがすっとんきょうな声をはりあげた。

篤の眼がひかった。これが単なる数字の暗合だろうか。工藤はピストルをどこかにしまってたちあがり、篤の手をうやうやしくとって、店の外へ出た。

「ちょっと、マダムにきかれたくねえないしょの話なんでね」

と、彼はさきに立って、飲み屋街を出て、路をへだてた暗い神社の境内に入っていった。そして、ふとい銀杏《いちょう》のかげにくると、顔をちかづけてしゃべり出した。

「千五百万円の公金をかくして、刑務所へ入った男があるんです、それを秘密にあずかってる奴が、どこかにいるはずなんですがね。このあいだから、おれは探してるんだが、どうしてもつかまらねえんです。そいつのいた下宿にもいったんだが、下宿の爺《じい》さんも婆さんも、そいつのゆくえを知らねえというんです。ほんとに知らねえらしいんだね。千五百万円のことをこっちが口に出せねえものだから、ただにらみつけていたら、ゆすりと思って警察に電話をかけようとしやがるから、あわてたね。こっちがきれいなからだなら、もっと自由がきくんだが、何しろおれにはまだ刑事の眼がひかってやがって、あまりはでに動くと、何もかもぶちこわしになりそうなんです。それでいっそ、あんたに御援助を願おうってえ気になったんでさあ」

飲み屋街のネオンの遠灯《とおあか》りをさえぎる暗い大銀杏のかげで、工藤がひそひそとしゃべるのを、篤は一語もなくきいていた。工藤がおれにこんなことを話しかけてきたのはなんのためだろう、ほんとに考えあぐねたのか、それともおれが胃癌だなどいったでたらめをマダムからきいて、余命のない人間を使ってやろうという知恵をまわしたのか——しかし篤は、さすがにこのとき、そんな思いはちらと頭をかすめただけで、正直なところ、ただ息をのんだ。

「この界隈《かいわい》に仲間はうんといるが、うちあけたところ、ひとりも信用できる奴がいねえ。ひとりに話しゃあ、すぐにぱっとひろがっちまう。千五百万円だって、百人に知られりゃ、ひとり十五万円にしかならねえ。いや、そんなことをしてりゃ警察にかぎつけられちまう。それで、あんたを見込んで、あんたにだけ打ちあけたわけで。どうです、力になってくれますかい？」

「僕が何をすればいいというんだ？」

篤は心うつつにない声でいった。その眼には遠いネオンがちかちかと明滅した。この男が、あのことを知っている。――いったいだれからきいたのだろう？

「その男――脇坂篤って男の故郷が長野県の山の中なんですがね。そっちにいってやしねえかと思うんです。おれがゆきてえんだが、いまおれがうごくと、刑事が追っかけて来そうな予感がするんでね。あんたがいってくれて、首尾よく、その千五百万円をおさえてくれたら、五百万円くらいは進呈してもいい。いや、新田さんはお金は要らねえんでしたね。それならさっきもいったとおり、ただでマリをさしあげますから、死ぬまでたっぷり愉《たの》しんでやって下さい」

と、思わず本音をはいた滑稽《こっけい》さを、本人はもとより篤も気がつかない。

おれはあのことを、土屋牧子にしゃべった。牧子は恋人の小泉にしゃべったのかもしれない。おれはまた江城夫婦にもわざわざきかせた。あの夫婦からこの話がながれたのだろうか。ほかの女たちにはしゃべらなかったはずだが、最初の眸は、たしか、牧子と高校のクラスメートだといってたから、その線で、眸をめぐる銀座の花輪興行の連中がかぎつけたのだろうか」篤の眼にはネオンとともに女たちの顔が明滅した。

「いったい、そんな話をだれからきいたんだ」

やがて篤はしゃがれた声でいった。工藤は篤の様子の異常さにふと気がついたらしい、急にだまりこんだ。

篤はじりじりとした、ただ渇きのような好奇心にとらわれたのである。

「おい、それを教えてくれ」

「それが、あんたと何か関係があるんですかい?」

「きかせてくれれば二十万円やる。さっきまで三十万円あったが、マリに十万円やったから、これが残り全部だ」

「残り全部?」

工藤は夜目にも妙な顔をして篤を見まもっていたが、手に札束がおしつけられるとベルを押されたようにいった。

「実は刑務所で」

「刑務所で、だれから」

「その千五百万円を横領した速水って役人から……そいつが死ぬまえに、おれにそう教えてくれたんです」

「速水が……死ぬまえに」

篤は思わず金切声をたてた。工藤はいよいよ妙な表情でいった。

「へ、そいつはこの春――おれが出所するまえに、風邪をひいて肺炎を起こして死んじまったんです」

篤はだまっていた。のどに鉄丸でもつまったような感じだった。

「馬鹿な野郎で、そんなに細工をして千五百万円娑婆《しゃば》にかくしておきながら、病気になっても誰も差入れする奴がねえ。おれんとこには、マリがせっせと差入れしてくれましたからね。そのなかの飴《あめ》か何かを欲しがって、白状しやがったんでさあ、むろんそのときは、自分は死ぬつもりじゃなかったんだろうがね」

篤の胸が大きく起伏しはじめた。そして名状しがたい笑いが、ふきあがってきて、大銀杏のそそり立つ夜空に反響した。

いつまでもつづくこの奇怪な哄笑《こうしょう》を、工藤はきょとんとしてながめていた。

「ど、どうしたんです」

「おれがその千五百万円あずかった男だよ」

「えっ……」

工藤は、さっきの篤の奇声におとらぬさけびをたててとびのいた。篤は苦しげに腰をまげ、なお、笑いこけながらいった。

「おれは新田とはいわない。本名を脇坂篤というのだ」

「で、その、千五百万円は？」

「残り全部の二十万円をいまおまえにやった。それで全巻の終りだよ」

工藤は茫然《ぼうぜん》として闇の中に立ちつくしていたが、やがて歯がかちかちと鳴りはじめて、腰からぱっと拳銃《けんじゅう》をとりだして、

「こ、この野郎。ひ、ひとをばかにしやがって、と、とんでもねえ奴だ。くそっ、もうかんべんならねえ、くたばりやがれ！」

そして彼は、篤に銃口をつきつけ、ひきがねに手をかけた。

零《ゼロ》

一

拳銃をつきつけられているのに、篤はしばらく無反応だった。

そんなことより、彼の頭蓋骨《ずがいこつ》の内部は、ひとつの音響に鳴りわたっていたのだ。速水が死んだ！　速水が死んだ！　速水が死んだ！　そのことの意味を了解するまえに、篤はまずわけのわからない激烈な滑稽感につきあげられた。それで彼は笑いだしたのである。それから、やっとその意味が胸に音をたてた。

速水は死んだ。この春死んだという。してみれば彼は、出所を眼のまえにして死んだのである。まるで、足もとの深淵《しんえん》がもりあがってきて、緑の大地となったような感じだった。よろこびはそのつぎに全身をひたした。彼が工藤に、数語歌うように話しかけたのは、その有頂天のうわごとだった。もうおれは死ぬ必要はないのだ！

そしてはじめて彼は、胸につきつけられた拳銃に気がついた。彼はびっくりしたように工藤の顔をみた。夜目にも怒りにみちた無知な顔がみえた。その無知な、何をするかわからない青年の顔に、彼は突然恐怖をおぼえた。

「助けてくれ」

と、彼はいった。こんどは彼の歯がかちかちと鳴りはじめた。

「なんだと？」

篤の急激な変化に、工藤はおどろいたようだった。工藤の知っている篤は、何か大変なことを思いつめているようで、命知らずで、虚無的で、底なし沼からめらめらと青い炎をあげているような、ぶきみで、凄味《すごみ》のある男だったのだ。

いったい、どうしたんだ？という風に工藤はまじまじと篤をみていたが、相手が思いがけず崩れたような感じなのに、いたけだかにのしかかって、

「助けてくれ？というところをみると、千五百万円、おれにわたすというのか」

「いや、それはない。いまいったとおり、僕にはもう一文もないんだ」

工藤は、このとき、怒りよりも快感をおぼえていた。なぜだかわからないが、このきみのわるい男は、突然、あたりまえの男に変質した。変質したのではない、地金が出てきたのだ。いままでおれはかんちがいしていたのだと思った。そこにいるのは、これまでこうしておどかしをかけたとき、手をあわせてがたがたふるえだした世間の男たちとおなじ、ありふれた、臆病《おくびょう》な、笑止千万な虫けらだった。

「一文もない？　そんなはずがあるものか、七年のあいだに千五百万円つかうなんて——」

「三年間だ。三年間に使いつくしたんだよ」

「こいつ、いばってやがる。三年間に千五百万円ってえと、一年に——」

このかんたんな計算に、工藤はしばし絶句した。それより、彼の知っているこの男のむちゃくちゃな浪費ぶりを思いだし、あり得ることだと納得がゆくと、あらためて激怒の炎がもえあがってきたらしい。また銃口を相手の胸にくいいるほどつきつけて、

「きさま、人を殺したことがあるってな、それじゃ殺されたって文句はいえねえぞ、覚悟しろ」

と、あごをつきだしてわめいた。そのとき、横の闇で、「あ、あ、あ」と妙な声がきこえた。工藤はふりむいた。

「マリか」

闇の中から、マリがあらわれた。マダムにもゆく先はいわなかったはずなのに、どうしてこの女がここまで追ってきたのだろう、と工藤はふしぎにも思わなかった。この淫売婦《いんばいふ》は、もとからへんなかんがあることを知っていたのだ。

マリは密着したふたりの男のあいだに、白い靄《もや》みたいに入ってきた。

「あ、あ、あ」

と、いいながら、工藤の顔をみて、いやいやする。——やめて頂戴《ちょうだい》、喧嘩《けんか》しないで、そういっているのだ。

「マリ、こいつは悪い野郎だぞ。人を殺した上に、ひとからあずかった千五百万円をみんなつかったとんでもねえ奴だ。警察へつきだしたって、死刑にきまってる奴だ。おめえ、

全部でいくらもらったかしれねえが、ありがたがることはねえ。いやありがたがってたおれたちこそ頓馬《とんま》だったよ、みんなひとの金——もともと、おれがもらう金だったんだ畜生め」

工藤は歯ぎしりしながらいったが、マリはうごかなかった。彼女は工藤のピストルをつかんでいた。

「あ、あ」

「どけ、マリ」

必死にくびをふるマリをみると、工藤はむらむらとした。さっきまで、篤を射つ意志はなく、猫が鼠をいたぶるようなつもりでいたのだが、突然ほんとうの殺意をおぼえた。

「おい、はなせ、はなさねえか、その手を」

そういったとたんに、ピストルは柔かく無造作にマリの手にうばいとられていたのである。

「な、何をするんだ」

マリは銃口を工藤の胸におしつけた。

「あ、危ねえ。マリ、てめえ——」

工藤はマリの眼をみて、狼狽《ろうばい》と恐怖のさけびをあげた。

「ほんとにこいつに惚《ほ》れていやがったのか」

そのさけびは銃声にかきけされた。マリはそのまま何のためらいもなくひきがねをひいたのである。工藤は一間ほどうしろに、つきとばされたようにとんでどっと崩折れた。

篤は茫然として、この思いがけぬ光景をみつめていた。

マリは煙のたつ銃口をふしぎそうにのぞきこんでいたが、やがて篤の方をゆっくりとふりむいて、愛くるしいあごをしゃくった。

「あ、あ、あ」

そして、にっと笑ったのである。

逃げろ、そういっているのだ、と判断するより、篤はマリの幻のような笑顔をみた刹那《せつな》、恐怖の突風に煽《あお》られて、ころがるように神社の境内を逃げ出していた。彼は完全に、四年前の、平凡な小心な男に逆戻りしていた。

「どうしたんだ？……いったい、どうしたんだ」

脇坂篤は、ぶつぶつとつぶやきながら、新宿の大通りをあるいていた。もう一時ちかく、さすがに人通りはたえて、ゆきかうタクシーのヘッドライトに照らされるのは数人の酔っぱらいの影だけだった。そして篤の足も、泥酔者のようだった。

混乱した彼のあたまには、マリの行為の意味がわからなかった。遠くこがらしのように「……てめえ、ほんとにこいつに惚れてやがったのか！」という恐ろしい声が鳴っていたが、その声とマリの行為を、どうしてもむすびつけることができなかった。

「どうなるんだ？……どうすればいいんだ？」

そのとき、するどいブレーキの音とともに、そばに車がとまった。誰か、じっと彼をのぞきこんでいるようだったが、すぐにドアをあけて、ひとりの女が下りてきた。

「脇坂先生じゃございません？」

篤は眼を見ひらいて、声もなかった。——これもまた夢ではないのか、そこに立っているのは和服姿の稲葉匠子だった。

「ああ、やっぱり先生だわ」

「……」

「酔ってらっしゃるの？」

と、彼女は笑った。それから篤の手をつかんだ。

「ほんとうにしばらくですわね。何年になるかしら。……お逢《あ》いしたかったわ」

そういって、彼女は篤の顔をじっとみあげていたが、やがてささやいた。

「先生、あたしお話ししたいことがあるんですの。もう、どこもひらいてないわね。……まえのところにいらっしゃるの？　そう、それじゃあ、あす夕方おうかがいしますわ。ね、匠子のおねがいをきいて下さるわね？」

そして、彼女は、一語もない篤の手をもういちどにぎりしめて、車にもどっていった。

篤は全身の感覚を失って、ただ掌《て》だけが火のように熱かった。

二

『白痴の闇の女、愚連隊を射殺』そういう見出しのもとに、昨夜の新宿の事件を報道し、犯人は犯行を認めてはいるが、何分白痴の上に唖《おし》であり、はっきりしない点があるため、警察では、事件に関係があるとみられる新田某のゆくえをさがしている。——という朝刊の記事を、篤はひとごとのように読んだ。

彼は、あれからもとの下宿の門をたたいて、こちらに泊めてもらったために、おそらく警察がいったであろう現住所のアパートから、偶然じぶんがぶじのがれられたことも、下宿の老夫婦があきれたように首をかしげていることも、ほとんど無関心だった。

彼はただ匠子のことばかり思いつめていた。彼女の訪れのみが頭をいっぱいにしていた。「……まえのところにいらっしゃるの？　そう、それじゃあ、あすの夕方——」といった匠子の言葉が、くっきりと甦《よみがえ》ったのは、彼女の車が走り去ったあとだ。訂正の電話をかけるより、彼はそのまま、もとの下宿にもどっていった。まるで子供の行為に似ていたが、それも彼自身は意識しなかった。

夕方になって、稲葉匠子は訪れてきた。彼女は篤よりも、部屋を見まわして、ふしぎそうな顔をした。夜具は、篤の残してきたものがあったが、そのほかの道具類は老夫婦が整理してしまったため、部屋はがらんとして何もなかったからである。もっとも、篤がここに下宿していたころから、家具らしい家具もなかった。

「ここに住んでいらっしゃるの？」

「いや。……ええ」

と篤はあいまいな返事をした。眼はうっとりと、熱のあるようなうるみをおびて、匠子を見まもっていた。

四年のあいだに、匠子は変っていた。あの清純なういういしさはさすがに消えて、しっとりとした人妻の陰翳《いんえい》があった。すこしやせて、心なしかやつれているような感じもするが、それだけに男の心をうごかす妖《あや》しいなまめかしさが加わっていた。——匠子の顔には、しかし不安の色がうかんでいた。

「あとでね、先生はもとのおうちにいらっしゃるかしら、ひょっとすると、いらっしゃらないかもしれない、とかんがえて少し心配したんですの」

「どうしてです」

「先生はお金持におなりになったようだから」

「僕が、金持？」

「え、先生。——あのね、あたし、ほんとうは、結婚してから二度ほど先生にお逢いしたことがあるんですの。あれは結婚してまもなくだったかしら。麻布のナイトクラブに主人といっしょにいって、そこで先生をみたんです。けれど、どなたか大変きれいな方とごいっしょだったから、声をかけるのを御遠慮したんですわ」

眸だ、と篤はかんがえた。

「それから一年ほどたってからかしら？　上野駅でね、やはりお美しい――べつのお嬢さんと汽車におのりになるのを、こちらのホームで遠くから拝見したことがありますわ。たしか一等車におのりになりましたわね」

牧子だ、と篤は思った。

彼は次第に不安感に襲われていた。じぶんの遍歴した女たちを、相手もあろうに、この匠子にみられていたのか、という狼狽ではなかった。彼は匠子の態度に、何かむかしの匠子とは異質なものを感じはじめたのだ。彼女はいちどとして、昔をなつかしがる言葉を吐かない。――

「だって、まえの先生だったら、あり得ないことでしょ？　ごめんなさい、いったいどうなすったのかしら、と匠子ふしぎに思って、いつだったか、いちどお勤め先の広告会社へお電話してみたこともありますのよ、そしたら、とっくにおやめになったというお話でした。だから、それっきりになってしまったんだけれど、先生、ほんとうに、どうなすったの？」

「……」

「株？」

「……」

「遺産？」

「……」

「でも、やっぱり、こんなところに住んでいらっしゃるし」

「匠子さん、僕に話というのは？」

と、篤はいった。匠子は篤をじっと見あげた。いままで匠子にみたこともない妖艶《ようえん》ともいうべきまなざしだった。篤はかすかにふるえた。

「先生あたしのおねがいきいて下さる？」

「どんなことでも」

と、篤はかすれた声でいった。匠子が、たとえば夫を誘惑する女を殺せとでもいったら百人でも殺すつもりだった。

「きのうの夜、車のヘッドライトで先生の姿が浮かびあがってみえたとき、あたしのあたまにそのことがひらめいて、神さま！　とさけびたくなったほどですわ」

「そのことって？」

「先生はお金持になりになったかもしれないってこと」

篤は匠子が金のことばかりいうのにいらだった。このひとの唇から、金という言葉をききたくなかった。彼は口をゆがめて笑った。

「僕がどれだけお金をもってたって、あなたに関係はないじゃありませんか、あなたの方がよっぽどお金持だ。何しろ有名な化粧品会社の若奥様なんだから」

「先生、あたしのうち、倒産しそうなんです」

「えっ、倒産？」

「そうなの、この月末までに何とかしないと、不渡手形を出しそうなんです。競争ははげしいし、金詰りはひどいし……それで夫も血まなこになって、あたしまでお金集めに夜も昼もかけずりまわってるんです」

「――金！　あなたにお金がない……」

「ないんです。先生、もしお金がおありだったら、匠子に貸して下さらない？　五百万円でも三百万円でも百万円でも……いいえ、ほんとうに二、三十万円だって助かるわ！　先生おねがい」

匠子はいざりよって、篤のひざに手をかけた。篤は茫然《ぼうぜん》としてつぶやいた。

「金は、千五百万円あったが――」

「えっ、千五百万円！」

「いまは、一円もない」

彼はうめいた。眼は宙をみつめたきりだった。

「千五百万円あったのに、いまは一円もないんですって……うそ！　うそ！　先生、うそをおっしゃっちゃいや」

「ほんとうです。ほんとうにあったんだ」

「いいえ、いま一円もないなんて……うそだわ！　先生、いじわるしないで、匠子に貸して――ね、貸して下さるなら、匠子、なんでもします。先生、どんなことでも――」

匠子はしがみついていた。必死の腕は篤のくびになげかけられて、彼の口に匠子の息がかかった。熱い、なまめかしい、匂う息だった。

篤はじぶんの口すれすれに、ぬれた花のような匠子の唇をみた。頭の中にも、火の花が咲いたような感じがした。……ふたりのあいだに、このような一瞬がこようとはだれが想像したろう。いや、匠子がじぶんにこのような姿態をみせるとはいつ考えたろう。

しかし、篤は硬直して、悲鳴にちかい声をもらすよりほかはなかった。

「ない……ない……一円もない。それはこの三年間にぜんぶつかってしまった」

「――ほんとう？」

匠子は身をはなした。彼女の顔も蒼《あお》ざめて、仮面のように硬くなっていた。

「千五百万円あったなんて……先生、どうしてそんなお金を……」

「或《あ》る男からあずかったんだ。匠子さん、きみは知らないか、七年ほど前、速水和彦という農林省の役人が七、八千万円の公金を横領した汚職事件を……そのうちの千五百万円を僕があずかったんだよ」

「なぜ、あなたに――」

「むろん、刑務所から出てきてから、とりもどすつもりだったんだ。あいつは僕の弱点を知っていた。僕が人殺しをしたことを知っていた。だから、その僕の致命的な秘密につけこんで、僕に公金隠匿の役割をふったんだ」

「人殺し――先生は、人を殺したんですか？　なぜ？　誰を？」

匠子、おまえのためだ、殺した奴は、おまえを犯した奴だった、その言葉を篤は吐けなかった。

「そしてまた、そのお金をなんだってみんなつかっちまったんです？」

匠子、それもおまえのためだ、おまえの結婚のためだ、その言葉を篤は口にできなかった。

「ゆるしてくれ、僕はばかだった。こんなことがあると知っていたら、千五百万円、決してあいつが生きて刑務所から出てきても、わたさないで持っていたのに……ほんとうに、僕はばかだった！」

篤はじぶんのあたまをうちたたき、がばと両手をついた。——その男の、身も世もなげな苦悶《くもん》ぶりを、匠子はじっとながめていた。

篤は顔をあげた。匠子は顔もからだも蠟《ろう》と化した女のようだった。

三

あかあかとかたむいてきた五月の太陽の下を、白い海鳥が海面をかすめていた。

篤は晴海の埋め立て地の草の中にすわっていた。前方の海には、無数の船がうかんでいる。

ふりかえれば、遠くちかく東京中心体のビルの白い林がみえる。船もビルも、四年前にくらべて倍以上のおびただしさだった。そのなかに、こんな荒れはてた草原があるとは、想像もつかない風景だった。それは篤のためだけにとりのけておかれたようだった。

しかし、篤はなんのためにここに来たのか、じぶんでもわからなかった。銀座を茫然とあるいているうちに、知らぬまにここに来て坐《すわ》っていたのである。

彼の心は空白だった。稲葉匠子の面影は胸になかった。少くとも、はるかなはるかなこの世の果てに遠ざかっていた。——四年前、ここに坐っていたとき、彼の網膜にうつっていたのは、船でもビルでもなく、そのひとの顔だけだったのに。

彼は、そのひとと完全につながりの断たれたことを意識した。それは昨夜だまって立ち去った匠子の姿から直感せずにはいられないことだった。彼の心は零《ゼロ》だった。

心のみならず、いまや彼は物質的にも零だった。

どうして自分はこれから生きてゆけばいいのだろう？　いったい自分はこれから生きてゆく必要があるのだろうか。……ふいにマリのことが頭にうかんだ。あの白痴の淫売婦《いんばいふ》は、じぶんのために人を殺して、捕えられている。おれはマリを救うために、殺人者はじぶんだと名乗って出るべきではなかろうか。弱々しい彼の心に、つづいた女たちの顔が灯のようにつらなった。

圭子……志津子……牧子……笹代……眸。

眸、あの美貌《びぼう》を世の何物にもかえがたいとした女は、おれを救うために決然としてじぶんの指をきった。

笹代、あの金銭にとり憑《つ》かれた女は、おれのために、二百万円以上のへそくりを投げだした。

牧子、あの純白な女子大生は、たとえ一時的な感傷のきわまるところにせよ、おれとともに心中しようとしてくれた。

志津子、あのおれにいじめぬかれた不幸な女は、おれの秘密を知りながら、報復の心をもたず、ついにだれにもそれをうちあけなかった。

圭子、あの理性の権化みたいな女医は、おれを助けるために、気管をふさぐ汚物をすすりこんでくれた。

マリ、あの肉欲のかたまりのような白痴の淫売婦は、おれを救おうとして愚連隊のヒモを射殺した。

おれは、むりに彼女らをすてた。しかしいまかんがえると、ああ、なんというい奴ばかりだったろう。――じぶんの犯した最大の愚行は、むろん、心の恋人が助けを求めにきたときに、その望みをかなえてやるべき千五百万円を全部つかいつくしていたことだが、しかし、あの女たちを、あくまで代用品として、片っぱしからすててきたことも、それに劣らぬ愚行ではなかったろうか？

美しい夏の夕、フランス香水の匂いをたてながら、ネグリジェ姿でペディキュアをしていた眸――晩春の夜、長襦袢《ながじゅばん》だけになって、じぶんに馬乗りになっていた笹代――阿寒の月明に、じぶんの胸のなかで涙をうかべていた牧子――五月雨のふる武蔵野の奥の家で、青白い夜のようにうなだれていた志津子――ベッドの上で、英雄交響楽をききながらヴァン・デ・ヴェルデを読んでいた圭子――夜霧のなかからあらわれて、まるではじめてみる客のようにじぶんに濃艶《のうえん》な誘いをかけてきたマリ――篤の胸を、それらの幻影があとからあとから通りすぎた。

そうだ、彼女たちを訪ねてみよう。彼女たちは、どの女も、或《ある》いはおどろいたような顔で、或いはうれしげに、或いはものしずかに、じぶんを迎え、あたたかく抱きとめてくれるのではあるまいか。

彼女たちなら、きっとじぶんにふたたび生きてゆく力を吹きこんでくれるにちがいない。篤は立ちあがった。

眼に灯がともった。彼は二、三歩あるきだした。

草のなかから二つの影がおなじように身を起こすのをみたのはそのときだった。見知らぬ二人の男はちかづいてきた。

「脇坂篤は、きみだね?」

彼はきょとんとしてうなずいた。右の男がいった。

「殺人犯人容疑者として、君を逮捕する」

「殺人――新宿の事件ですか?」

彼はかすれた声でさけび、たちすくんだ。左の男がいった。

「新宿? 新宿でもおまえは人を殺したのか? よし、それはそれで、あとできこう。いまわれわれがおまえを逮捕するのは、七年前の殺人だ。それから公金の横領罪もある。おぼえがあるね？」

篤は電撃されたように立ちすくんだ。彼の視界から、ふたりの男の影さえうすれ、ただ遠くの大市街の蜃気楼《しんきろう》のような灯だけがみえた。彼は全世界にじぶんがたったひとりになったような孤独にうたれた。

やがていった。

「密告した者があるんですね」

刑事は答えなかった。

「女ですね？」

刑事はだまっていた。

「誰です。教えて下さい。教えてくれないと、抵抗しますよ」

篤の手に手錠がはまった。背後の海で銅鑼《どら》が鳴っていた。その音が鳴りやむまで刑事は声もなく笑っていたが、やおら厳しい声でいった。

「あとで白《しら》をきっても、もうだめだぞ。おまえを十年以上もまえから知っている女のひとだ、わかったか、わかったら観念して、もうじたばたしないがいい」

編者解題

日下　三蔵

本書には、山田風太郎のミステリ長篇『誰にも出来る殺人』と『棺の中の悦楽』の二篇を併せて収めた。いずれもオムニバス形式で短篇としても読めるエピソードを積み重ねていき、最後に長篇としてのオチが用意されるという山田風太郎の得意とするスタイルの作品である。

一九五三（昭和二十八）年にスタートした連作『妖異《ようい》金瓶梅』も、前半は一話完結の読み切りなのに、ラストの数話で長篇として締めくくられていた。時代小説『白波五人帖』（58年8月／光文社）や『おんな牢秘抄《ろうひしょう》』（60年1月／東都書房）、明治ものの『明治断頭台』（79年2月／文藝春秋）などでも、この手法が効果的に活用されている。

一話一話が読み切り形式の連作ながら、通して読むと長篇としての趣きを備えている、という山田風太郎独特のスタイルは、月刊小説誌が読み切り連載を歓迎したことから生み出されたものだという。あまりにも面白く読みやすいので、軽々と書いているように見えるが、よく考えればこれはとんでもない構成力を必要とする技法であり、物語作者としての山田風太郎の偉大さを痛感させられる。

『誰にも出来る殺人』は大日本雄弁会講談社の月刊誌「講談倶楽部《くらぶ》」に一九五八年一月号から六月号まで連載され、五八年七月、同社より新書版ロマン・ブックスの一冊として刊行された。

連載に先立つ五七年十二月号には、「新掲載予告」として編集部による告知と「作者の言葉」が掲載されているので、ご紹介しておこう。

読切連作　誰にも出来る殺人　山田風太郎　堂　昌一画

新年号より待望の探偵小説が華々しく登場します。探偵文壇の鬼才山田氏と絢爛《けんらん》たる画風の堂画伯の名コンビは、従来にない新企画小説として、ご期待を願います。

——作者の言葉——

私は、場末の町の古い不思議なアパートの一室に引っ越した。そして隅の戸棚の奥に一冊のノートを見出した。

「新しき住人ようこそ」という書き出しである。雨のふる日、私は壊れかかった椅子に腰かけて、それを読み出した。それは曾《かつ》てこの部屋に住んでいた代々の間借人の記録であった。平凡な本人の。また平凡な他のアパートの人々の。

読んでみて、私は次第々々に瞳のひろがってくるのをおぼえた。一見平凡とみえる人々の背景に、またその内奥に、いかに驚くべき、恐るべき、世界があったことだろう。笑いと涙。そして神秘な人生と人間性。

このアパートを「人間荘」と名づけよう。そしてこのノートを通じて彼ら人間たちを紹介するのに、題して「誰にも出来る殺人」としたのは、むしろ「誰でもやりかねない殺人」の意味である。

巨万の秘宝、百年の復讐《ふくしゅう》、地獄の恋、それらはもとより殺人の原因となるであろう。しかしわれわれは、もっと平凡な、それゆえにもっと恐ろしい理由で「あいつを殺したい」と思ったことが過去になかったであろうか？

そういう可能性のある人生と人間性が、この「人間荘」の群像に、まざまざと浮かび出していたのだ。

場末のアパート「人間荘」を舞台に、十二号室の代々の間借り人が一冊のノートに綴《つづ》った犯罪の記録集、という設定の作品で、前に登場した人物が後から意外な形で再登場したり、いったん解決したかに見えた事件をもう一度ひっくり返してみせたりと、細部まで緊密に考え抜かれた構成となっている。

他の作品で描かれたモチーフが随所に散見されるのも特徴で、例えば十号室の脇坂氏が天井に硝酸の入ったフラスコをぶら下げて、偶然の訪問者による自殺のスリルを楽しんでいるのは、四九年の短篇「笛を吹く犯罪」の遺書の書き手と同じである。「眼中の悪魔」「死者の呼び声」「恋罪」など、そもそも風太郎ミステリには手紙や手記という体裁の作品が多く、『誰にも出来る殺人』はその意味でも著者の代表作といえるだろう。

聖女と淫売婦《いんばいふ》の対比は短篇「黒衣の聖母」（五一年）や本書併収の長篇『棺の中の悦楽』（六二年）にも見られるし、奇抜な（それでいて平凡な）殺人動機の重視は、本書と同時に刊行される連作『夜よりほかに聴くものもなし』（六二年）で、さらに徹底的に追求されることになる。

そういえば、『夜よりほかに聴くものもなし』のタイトルの由来となったヴェルレーヌの詩も、本篇に既に登場している。逆に「オール讀物」五七年十二月号に発表された短篇「不死鳥」では、登場人物の少年がひとあし早く探偵小説『誰にも出来る殺人』を愛読していた。

なお、「宝石」六二年八月号に掲載された山田風太郎特集のインタビューで、本篇についてふれたコメントは、以下の通り。

「ぼくは落語の三題ばなしのような異った題を折り込んでまとめるというのが得意なんです。連作（引用者注：複数の作家によるリレーミステリ）も好きですよ。この中では三番目の下宿人の「幻の恋妻」の話が好きですね」

本書の刊行履歴は、以下のとおり。東京文芸社版と廣済堂文庫版は、タイトルを『誰にもできる殺人』としている。

58年7月　大日本雄弁会講談社（ロマン・ブックス）
61年11月　光風社
65年4月　東京文芸社（山田風太郎推理全集1）
67年3月　東京文芸社（トーキョーブックス）
72年6月　講談社（山田風太郎全集16）
※『夜よりほかに聴くものもなし』「死者の呼び声」「わが愛しの妻よ」「女妖」「さようなら」「吹雪心中」「春本太平記」「大無法人」「ノイローゼ」「飛ばない風船」「鬼さんこちら」「眼中の悪魔」を同時収録
73年5月　講談社『現代推理小説大系7　香山滋　島田一男　山田風太郎　大坪砂男』
※香山滋「海鰻《あなご》荘奇談」「蠟燭《ろうそく》売り」「ネンゴ・ネンゴ」、島田一男「上を見るな」、山田風太郎「虚像淫楽《いんらく》」「眼中の悪魔」、大坪砂男「天狗《てんぐ》」「私刑」を同時収録
77年11月　社会思想社（現代教養文庫／山田風太郎傑作選4）
※「蠟人」「死者の呼び声」「黄色い下宿人」「さようなら」「飛ばない

風船」を同時収録
96年8月　廣済堂出版（廣済堂文庫／山田風太郎傑作大全4）
01年3月　光文社『眼中の悪魔』（光文社文庫／山田風太郎ミステリー傑作選1）
※「眼中の悪魔」「虚像淫楽」「厨子《ずし》家の悪霊」「笛を吹く犯罪」「死者の呼び声」「墓掘人」「恋罪」「黄色い下宿人」「司祭館の殺人」を同時収録
11年9月　角川書店（角川文庫／山田風太郎ベストコレクション）
※本書、『棺の中の悦楽』を同時収録

『棺の中の悦楽』は双葉社の隔週刊誌「女性の記録」に、六一年九月から翌年一月まで連載された後、六二年三月に桃源社から刊行された。

愛する匠子のためにかつて殺人を犯した脇坂篤は、その目撃者である横領官吏・速水和彦から、意外な申し出を受ける。殺人を黙っている代わりに、横領金一五〇〇万円を刑期が終わるまで保管していてくれ、というのだ。互いの利害が一致した提案であり、篤はこれを承諾するが、四年後、匠子が別の男と結婚したのを契機に、ある決断をくだすことになる。この金を使って花嫁を買う。半年契約にすれば、速水が出てくる三年後までに、六人の花嫁と暮らすことができる。金を使い切ったら自殺してしまえばいい、と。こうして虚無そのものともいうべき心を抱いた男の、奇妙な女性遍歴が始まった――。

登場する花嫁たちと篤との契約結婚の顚末《てんまつ》はもちろん、全体的なストーリーにも皮肉な逆転が仕掛けられており、読み始めたらやめられないだろう。山田風太郎の緻密《ちみつ》な構成力が遺憾なく発揮された、サスペンス・スリラーの傑作である。

「GQ JAPAN」九五年三月号の山田風太郎特集で、著者自身による自作ランキングという企画を担当したことがあるが、そこでは『誰にも出来る殺人』『十三角関係』などとともに、本篇はBランクと評価され、驚いた覚えがある。山田風太郎が自作に厳しいことは有名だが、この評価が妥当なものであるかどうか、作品を読まれたうえでご判断いただきたいと思う。

本書の刊行履歴は、以下のとおり。

62年3月　桃源社
63年8月　桃源社（ポピュラーブックス）
65年9月　東京文芸社（山田風太郎推理全集6）
67年3月　東京文芸社（トーキョーブックス）
71年12月　講談社（山田風太郎全集14）
※「陰茎人」「蠟人」「満員島」「男性周期律」「自動射精機」「ハカリン」「万太郎の耳」「天国荘奇譚」「一九九九年」「最後の晩餐《ばんさん》」「女死刑囚」「紋次郎の職業」「黄色い下宿人」「蓮華《れんげ》盗賊」「万人坑」を同時

収録
74年2月　東京文芸社（トーキョーブックス）
76年1月　東京文芸社（トーキョーブックス）
77年8月　社会思想社（現代教養文庫／山田風太郎傑作選3）
※「虚像淫楽」「万太郎の耳」「満員島」「わが愛しの妻よ」を同時収録
96年6月　講談社（講談社文庫コレクション大衆文学館）
01年7月　光文社（光文社文庫／山田風太郎ミステリー傑作選4）
※「女死刑囚」「30人の3時間」「新かぐや姫」「赤い蠟人形」「わが愛しの妻よ」「誰も私を愛さない」「祭壇」「二人」を同時収録
11年9月　角川書店（角川文庫／山田風太郎ベストコレクション）
※本書、『誰にも出来る殺人』を同時収録

なお、本篇は大島渚の脚本・監督によって『悦楽』として映画化されている。製作・創造社、配給・松竹で、六五年八月二十九日封切り。出演は、脇坂篤に中村賀津雄、稲葉匠子に加賀まりこ、眸に野川由美子、暴行犯人に小林昭二、横領犯・速水に小沢昭一、刑事に佐藤慶という布陣であった。『日本の夜と霧』の上映打ち切りで松竹を辞めた大島渚にとっては、久々の監督復帰作品ということになる。

その大島渚は、前述「GQ JAPAN」誌の山田風太郎特集に寄せた「『悦楽』を撮ったころ」の中で、当時を回想してこう語っている。

「4年後、すでに映画界の頽勢《たいせい》が誰の眼にも明らかになったころ、私がとび出した会社の製作担当重役が代わり私に下請けとして1本つくらないかという提案があった時、私は企画として、山田風太郎『棺の中の悦楽』を提出することをなんらためらわなかった。だいいち、勝手にさせたら何をつくるかわからない危険な奴と私を思っている会社にとっては、原作があるということはそれだけで安心の種であり、またその内容が当時敏感な者の眼にはまぎれもなく明らかになり始めていたセックスを主題とする映画の台頭の流れに連なるものと考えられたからである。

さらに私にとっては、第1作以来私の映画のテーマである「この世では人間もまた売られ買われている」ということとつながって考えられ、私は大きな心の弾みを持って製作に入った。(中略)

(大ヒットにもかかわらず)しかし『悦楽』は作品として私自身完全に満足できるものではなかった。映倫によって性表現に足かせをはめられたことにその理由を転嫁できるが、それだけではなかった。そして私はそれが何かわからなかった。

答えは意外なところから来た。映画を観た山田さんからお手紙が来たのである。それには「あなたには私の作品は向いていないです」と書かれていた」

この映画は、現在、松竹ホームビデオからＤＶＤとして発売されているので、興味を持たれた方はご覧になることをお勧めしておく。

（本稿は光文社文庫版『眼中の悪魔』および『棺の中の悦楽』の解説を基に加筆いたしました）

本書は、「山田風太郎ミステリー傑作選一」（光文社）より、『眼中の悪魔』（平成十三年三月）、『棺の中の悦楽』（平成十三年七月）を底本としました。

本文中には、不具者、めくら、きちがい、唖など、今日の人権擁護の見地に照らして不当・不適切と思われる語句や表現がありますが、作品発表当時の時代的背景を考え合わせ、また著者が故人であるという事情に鑑み、底本のままとしました。

編集部

誰《だれ》にも出来《でき》る殺人《さつじん》／
棺《かん》の中《なか》の悦楽《えつらく》

山田風太郎《やまだふうたろう》ベストコレクション

山田風太郎《やまだふうたろう》

平成23年 9月25日　初版発行
令和6年 9月20日　6版発行

発行者●山下直久

発行●株式会社KADOKAWA
〒102-8177　東京都千代田区富士見2-13-3
電話　0570-002-301（ナビダイヤル）

角川文庫 17033

印刷所●株式会社KADOKAWA
製本所●株式会社KADOKAWA

表紙画●和田三造

●お問い合わせ
https://www.kadokawa.co.jp/（「お問い合わせ」へお進みください）
※内容によっては、お答えできない場合があります。
※サポートは日本国内のみとさせていただきます。
※Japanese text only

ISBN978-4-04-135672-2　C0193

◆◇◇

角川文庫発刊に際して

角川源義

第二次世界大戦の敗北は、軍事力の敗北であった以上に、私たちの若い文化力の敗退であった。私たちの文化が戦争に対して如何に無力であり、単なるあだ花に過ぎなかったかを、私たちは身を以て体験し痛感した。西洋近代文化の摂取にとって、明治以後八十年の歳月は決して短かすぎたとは言えない。にもかかわらず、近代文化の伝統を確立し、自由な批判と柔軟な良識に富む文化層として自らを形成することに私たちは失敗して来た。そしてこれは、各層への文化の普及滲透を任務とする出版人の責任でもあった。

一九四五年以来、私たちは再び振出しに戻り、第一歩から踏み出すことを余儀なくされた。これは大きな不幸ではあるが、反面、これまでの混沌・未熟・歪曲の中にあった我が国の文化に秩序と確たる基礎を齎らすためには絶好の機会でもある。角川書店は、このような祖国の文化的危機にあたり、微力をも顧みず再建の礎石たるべき抱負と決意とをもって出発したが、ここに創立以来の念願を果すべく角川文庫を発刊する。これまで刊行されたあらゆる全集叢書文庫類の長所と短所とを検討し、古今東西の不朽の典籍を、良心的編集のもとに、廉価に、そして書架にふさわしい美本として、多くのひとびとに提供しようとする。しかし私たちは徒らに百科全書的な知識のジレッタントを作ることを目的とせず、あくまで祖国の文化に秩序と再建への道を示し、この文庫を角川書店の栄ある事業として、今後永久に継続発展せしめ、学芸と教養との殿堂として大成せんことを期したい。多くの読書子の愛情ある忠言と支持とによって、この希望と抱負とを完遂せしめられんことを願う。

一九四九年五月三日